弘道书系

中国古代散文

名篇导读

杨昊鸥　著

暨南大學出版社
JINAN UNIVERSITY PRESS

中国·广州

图书在版编目（CIP）数据

中国古代散文名篇导读/杨昊鸥著．—广州：暨南大学出版社，2013.11
(2019.1 重印)
（弘道书系）
ISBN 978-7-5668-0789-2

Ⅰ.①中… Ⅱ.①杨… Ⅲ.①古典散文—文学欣赏—中国—高等学校—教材
Ⅳ.①I207.62

中国版本图书馆 CIP 数据核字（2013）第 235587 号

中国古代散文名篇导读
ZHONGGUO GUDAI SANWEN MINGPIAN DAODU
著　者：杨昊鸥

出 版 人：徐义雄
策 划 人：杜小陆
责任编辑：杜小陆　杜晓杰
责任校对：史　阳
责任印制：汤慧君　周一丹

出版发行：暨南大学出版社（510630）
电　　话：总编室（8620）85221601
　　　　　营销部（8620）85225284　85228291　85228292（邮购）
传　　真：（8620）85221583（办公室）　85223774（营销部）
网　　址：http://www.jnupress.com
排　　版：广州良弓广告有限公司
印　　刷：佛山市浩文彩色印刷有限公司
开　　本：787mm×960mm　1/16
印　　张：12.25
字　　数：215 千
版　　次：2013 年 11 月第 1 版
印　　次：2019 年 1 月第 2 次
定　　价：35.00 元

前　言

“中国古代散文名篇导读”是我担任高校教职以来开设的第一门课，是针对非汉语言文学专业学生开设的全校公选课。

这门课的开设对于我来说是一次饶有意义的尝试。我在硕士和博士研究生阶段的主攻方向之一是中国文章学，其中特别着力于散文写作和散文理论方面的研究，所以在知识储备上我有足够的信心能够担任课程的讲授。但另一个非常现实的问题也摆在面前，那就是现今高校公选课面临的尴尬局面。我的很多同事都发出这样的感慨：“给非中文专业的学生上公选课真是痛苦。”我理解他们所说的“痛苦”，多数学生只是为了凑学分而来选课，既缺乏对文学的热爱，也毫无学习的动力。于是，学生学得乏味无聊，老师上得心灰意冷，大家如坐针毡，相看两厌。有一些老师另寻他策，为博学生高兴，开设一些花哨无益的课程，活生生把大学课堂变成了相声专场或是娱乐秀。后一种情况，总让我想起《史记·儒林列传》里辕固对公孙弘说过的一句铿若金石的良言：“务正学以言，无曲学以阿世！”

在准备这门课的时候，有三个方面是我特别注意的。第一，所有讲授的内容，必是我亲身研读、亲身体会得来的成果。苟无己见，虽众口一词，尽量避而不谈；若有会心，则不惮打破陈说，亦不刻意回避前贤之说以自证高明。我选择古代散文作为自己的研究方向，是因为这些熠熠生辉的作品深深打动着我、影响着我，我也坚信这些动人之处有着感染普世人心的伟大力量。作为教师，我的义务正是带领学生细细领略和品味这些激动人心的力量。在课程开始之前，一位朋友偶然瞥见我第一次课的教案，那是关于《尚书·秦誓》的内容，她惊呼：“《尚书·秦誓》？这么难，学生会听吗？”朋友的顾虑不无道理，《尚书》的佶屈聱牙连古人都畏惧三分，何况今天的年轻学子。而在第一次课临近末尾的时候，我讲到秦帝国的命运犹如一个先天不足的贫寒子弟，凭借不屈不挠的努力、坚毅顽强的拼搏，以及开阔博大的胸怀，最终战胜了许许多多含着金钥匙出生的“官二代”、“富二代”而成就了举世无双的辉煌伟业，其中的奥秘，竟可以在短短的《尚书·秦誓》中找到答案。此时，我能感觉到课堂一片肃穆，有一种精神的力量映照在一双双年轻的眼睛里。我深知这不是我的成功，而是伟大作品焕发出了尘封已久的光芒，而我只不过为它轻轻拭去了表面的尘埃。

第二，所有的讲授内容必须基于作品。没有任何东西能够取代作品而更好地表达作者心中所有。一切不基于作品而空发的议论和感想都是打边鼓，而这一点却是目前文学教育最大的流弊。目前流行的许多文学教材、文学鉴赏书籍，很喜欢匆匆下一个“大包围”，隔靴搔痒地说说作家A是什么风格、作家B有什么样的思想感情，学生像记交通信息一样记忆了许多这方面的东西，虽然记住了一个又一个标签，却对活生生的作品非常陌生。比如在讲授陶渊明散文的课上，几乎所有的学生都能像背书一样回答陶渊明是一个不愿做官、品格高洁的诗人，却没有一个人能凭借对文本的认知回答《归去来兮辞》和《桃花源记》哪一篇写在前（这两篇文章都是中学语文的课文，仅从文本本身也不难判断先后问题），两篇文章所传达的情绪究竟有何细微不同。所以我坚持带领学生对作品作逐字逐句的疏通、研读，并在文本细读的过程中讲授相关知识。

第三，我力图将所讲授的古代散文与当下社会和人生经历相结合。当然，前提是基于文本，且文本与我们的生活确有联系。我坚信与生命无关的古董哪怕再精美，都是没有生命力的东西，而我所讲授的古代散文是活生生的，不是无用的死古董。对高古如《尚书》、《论语》这样的著作，我侧重于讲授其至今仍能摄受人心的厚重思想和平实道理；对唐宋文章名家的作品，我更多是结合了中国历史发展中唐宋文官集团的崛起和成型，来说明这种文官思想和趣味；对《世说新语》、晚明小品文这样意趣盎然的可人小品，则结合当下社会的恶趣味予以对比和评论；对于示人以写作门径的归有光散文、桐城古文等，我侧重于对今天仍然适用的文章写作原则和文章技法进行讲授……要之，我希望学生通过学习这门课程能够真正从古人的作品中学习到有用的东西，而不是记住一串又一串令人生厌的名字和无用的题目。我相信，学生虽然年轻，但多数业已成年，基本的判断力是具备的。我不会将沉闷乏味的责任推给年轻的学生，因为他们在无益无趣和真切的知识之间能够迅速、敏锐地作出判断。

在授课过程中，学生认真学习、积极参与，甚至提出了一些相当有水平的问题，学习热情超出我的想象，给了我莫大的鼓励。另一方面，我在授课之初因没有找到适合大学生公共课学习的教材而颇费心思，多数时候只能借助幻灯片和印发材料，这催生了我将讲义整理出版的想法。希望这本不成熟的小书能够为高校学生学习中国古代散文提供帮助，激发起年轻学生对古代散文的兴趣。

而今我虽然忝列高校教席，但实则刚结束学生生涯不久，从学力、见识上说仍是一介学生。通过整理出版讲义这种形式，我可以更加广泛地求教高明，并可以更加简明直接地面对批评。

目　录

导论　何谓散文

“何谓散文?”当我在“中国古代散文名篇导读”的第一次课上向学生提出这个问题的时候，我发现他们的反应各有不同。

有些同学撇撇嘴，似乎这是个再简单不过的问题。他们回答说，散文就是想怎么写就怎么写。

有些同学交头接耳，似乎想讨论出一个定义性更强的说法。他们回答说，散文是和诗歌、小说、戏剧并列的四种文学体裁之一。

有些同学也许以往有过一些写作经验，他们回答说，散文就是形散而神不散的文章。

有些同学皱着眉头，抬眼看着天花板。我感觉这种表情的意思是大概了解散文的形态和写法，但一时难以把它概括得很准确。

我说大家说得都很有道理，但是我希望大家用最简单的方式去理解散文。散文——不是韵文，就是散文。

那么什么是韵文呢?我仍然希望大家用最简单的方式去理解。在写作上有修辞和韵律限制的就是韵文，我们都熟悉的格律诗，如五律、七律、五绝、七绝，要求每篇要多少句，每句多少字，这就是最常见的韵文。格律诗是要求非常严格的韵文。早于格律诗的古诗，比如大家都知道的《诗经》、《楚辞》里的作品，魏晋南北朝的民歌，如《木兰辞》、《敕勒歌》，再到后来的唐诗、宋词、元曲，都有字数和韵律方面或宽或严的要求，都是韵文。直到今天流行歌曲的歌词，只要押韵，即可视为在韵律方面有所要求，就可以视为韵文。

除了比较容易理解的各种诗歌是韵文之外，还有一些体裁也是韵文，比如赋和对联。赋和对联都要求句子的字词之间要对仗，名词对名词，动词对动词，而且意思要相近或者相对，像“云对雨，雪对风，晚照对晴空……”，这就是修辞上的要求。此外对联还在音节上有所要求，要求平仄相对，上联的最后一个字要是仄声，下联的最后一个字要是平声。有了这些要求，就被称为韵文。

知道了什么是韵文，我们就能理解什么是散文：在写作上没有修辞和韵律限制的就是散文。当然，韵文和散文是相当现代的说法，古人的说法是“有韵曰文，无韵曰笔”（刘勰《文心雕龙》）。我们学习中国古代散文，需要了解一些中国古代的文化背景。

所以，韵文和散文从根本上说不是一种体裁概念，而是一种语言概念，这和大家以往学过的诗歌、小说、散文、戏剧的体裁概念有所不同。打个比方来说，语言好比是各种建筑材料，写成的文字作品是修好的房子。学材料物理的同学很容易理解这个问题，理论上说我们可以用任何材料修房子，可以用砖瓦砌，可以用木材搭建。我们读过的小说，多数是采用散文这种语言写成的，但是也有韵文参与写作的小说，比如中国传统的章回小说中就有大量的诗歌、赋掺杂其中，像《西游记》里面有一篇赋，写得非常漂亮：

势镇汪洋，威宁瑶海。势镇汪洋，潮涌银山鱼入穴；威宁瑶海，波翻雪浪蜃离渊……（《西游记·第一回：灵根育孕源流出，心性修持大道生》）

又像《红楼梦》里面的诗词曲赋，如《枉凝眉》、《葬花吟》等。再如中国传统的戏剧，如昆曲、京剧，里面的唱词往往是韵文，而念白往往是散文。这些都是韵文和散文共同参与形成的文字作品的例子。

用我们刚才那个建筑材料的比方继续说下去——虽然会有一点不尽恰当，但只是为了帮助大家理解——韵文好比是需要经过加工的砖瓦材料，而散文就好比是天然的木材；刚才我们说到的韵散结合的小说、戏剧，就是砖瓦混木材建成的房子；各种诗词歌赋，就相当于纯粹用砖瓦砌成的房子。而我们在这门课程中要学到的各种官方文件，如《尚书》；哲学著作，如《庄子》；史书，如《史记》；笔记，如《世说新语》；议论文，如韩愈的一些文章；回忆录，如《浮生六记》等，都是纯木材搭建的房子。

散文是我们所使用的语言材料，从实用性的角度来说，我们可以用散文这种语言材料来创作许多我们需要的文体，就好像我们可以用木材建造许多我们需要的房子。

散文这种语言材料和韵文相比，首先，它是相对天然的。我们日常所说的话，即口语，天然形成的就是散文。有没有人用韵文作为口语来说话？还真是有，但多数是呆子。我们的课程后面会涉及南朝笔记小说《世说新语》，其中有一个故事：

郑玄家奴婢皆读书。尝使一婢，不称旨，将挞之，方自陈说，玄怒，使人曳着泥中。须臾，复有一婢来，问曰："胡为乎泥中？"答曰："薄言往愬，逢彼之怒。"（《世说新语·文学》）

郑玄是汉代的经学大师、大学问家，他要求家里的奴婢全部都要读书。有一次一个奴婢惹他生气了，他一气之下派人将之拖到泥水里。过了一会儿，另外一个奴婢路过，见她倒在泥水里，就问她怎么回事。她的这个问句虽然只有一句"胡为乎泥中"，但其实是引用《诗经·邶风·式微》里的句子，所以是韵文。而受罚的奴婢的回答"薄言往愬，逢彼之怒"，则引用了《诗经·邶风·柏舟》里的句子，也是韵文。这样的对话，文雅是够文雅了，但是听起来特别酸。《世说新语》记载这一则故事本身也不是为了突出郑玄一家人多么有文化，而是当成笑话来讲的。这一问一答的意思其实用散文来说很好懂，问："你为什么在泥里啊？"答："去跟他（主人）说话的时候，正好碰上他发脾气。"要是这样用散文说，简简单单，没有一点酸味。

再如清代有个神魔小说《绿野仙踪》，里面写过一个极其酸腐的老儒生，有话不会好好说，偏偏要拽文。人家说他的文章不好，他就骂人，骂人也非要用韵文：

嗟彼狡童，不识我文；维子之故，使我极其名。嗟彼狡童，不识我诗；维子之故，使我有所思。嗟彼狡童，不识我赋；维子之故，使我气破肚。（《绿野仙踪·第七回：走荆棘投宿村学社，论诗赋得罪老俗儒》）

这一段话是《诗经》的戏仿体，一本正经酸溜溜地说下来，结果当然是徒增笑柄：

于冰大笑道："我今生再不敢见你先生了！"说罢，又复大笑。（《绿野仙踪·第七回：走荆棘投宿村学社，论诗赋得罪老俗儒》）

以上举这两个例子是想让大家明白，散文比韵文相对天然，我们日常使用最广泛的口语，就是实用性最强的散文。在口语的基础上稍加提炼，使之更加简洁、准确和文雅，就变成了书面语。古代的书面语就是文言文，在文言文的基础上再加以修饰，通过修辞和韵律的辅助，才变成了韵文。所以韵文是一种经过多道加工而形成的语言材料，而散文则是可以天然取用的，或者施以少量加工就可以使用的语言材料。

散文和韵文相比较的第二点，就是散文的实用性比韵文强。东西的实用性和装饰性在一定程度上是成反比的。一般来说，装饰性越强的东西实用性越差，反之亦然。金银首饰的装饰性特别强，但不能用不能吃，基本没有实用性。木头和石头（装饰性的奇木奇石不在讨论之列）看起来普普通通，却能按照我们的要求做成各种有用的东西。

韵文和散文的关系也基本如此。总的来说，韵文比较注重装饰性，而散文比较偏重实用性。这是大体上的划分，如果认真追究起来，很多韵文也有它特定的实用性，如格律诗有应考和交际的重要功能，词、曲有玩物娱情的特殊作用，但从韵文的写作追求上来看，语言的精致始终是被韵文作家放在第一位来考虑的。关于语言的精致，我们要把思路打开一点来理解，不要狭义地认为纤丽、华美才叫作精致。传统认为唐代评论家司空图有一部诗学名著，叫《二十四诗品》，其中列出了二十四种诗歌风格加以阐释，分别是：

雄浑、冲淡、纤秾、沉着、高古、典雅、洗炼、劲健、绮丽、自然、含蓄、豪放、精神、缜密、疏野、清奇、委曲、实境、悲慨、形容、超诣、飘逸、旷达、流动。

也许我们直观上会认为这样的句子才可以被称之为精致：

小山重叠金明灭，鬓云欲度香腮雪。

这样的句子固然是绮丽得很精致，但还有更多的风格，雄浑如：

江间波涛兼天涌，塞上风云接地阴。

沉着如：

黑云压城城欲摧，甲光向日金麟开。

劲健如：

旌蔽日兮敌若云，矢交堕兮士争先。

冲淡如：

鸟去鸟来山色里，人歌人哭水声中。

旷达如：

雪上偶然留指爪，鸿飞哪复计东西。

自然如：

采菊东篱下，悠然见南山。

……

这些风格、感情各异的句子，都是经过作者在语言上精心择选、安排、提炼而来的，都属于上面谈到的“语言的精致”。哪怕是看起来平实、清淡的韵文也是如此，那是作者在精致基础上的另一种追求。杜甫有两句很有名的话：

为人性僻耽佳句，语不惊人死不休。

杜甫是中国文学史上思想感情特别厚重的一位诗人，今天的人们往往从思想和感情的方面去理解杜诗，但从他自己的这两句话来看，“佳句”就是在修辞和声律上经过千锤百炼的语言，是他终生写作的最高追求。

散文在这个方面和韵文有所不同。散文在修辞的精致方面虽然不如韵文，但它的实用性相当强。古人用散文来发布政令、宣化道德、签订盟约、记录重要历史人物的言行和重大历史事件的发生、发表政治哲学见解、将传说编写成故事、向君王献言进谏、写书信和碑志、记录人生和求学的经历……我们说中国古代的散文实用性比韵文广泛得多，这个观点应该是没有什么异议的。有许多非中文专业的同学是抱着了解一点中国古代文化的想法来学习中国古代散文的。从这个角度来说，通过学习古代散文，我们可以广泛地接触到中国传统文化中的文史知识，而韵文则代表着相对精致的一面，两者都是中国传统文化中重要的组成部分。

第三，我希望同学们不要在“精致”这个问题上打结绕住，不要把何者更加精致理解为何者更加有价值，或者何者的文学地位更高。除了我们上面谈到的语言精致的问题，对古代文化了解比较深的同学也许会举出这样一个事实来说明韵文的地位比散文高，那就是在古人的文集当中，作品的编排是按先诗后文的顺序进行的。我们只要翻开古人的文集，就能看到，列在前面的是以诗赋为代表的韵文，后面才是碑志、书信、议论、游记之类的散文。这确实是一个事实，但由此认为韵文的地位比散文高的看法则是片面的。因为在大的传统文化背景下，文集，即集，是排在整个文化链条相对末端的位置。我们也许听说过《四库全书》这部大型丛书，它的书籍编排是以经、史、子、集为顺序，集排在最后，而数量庞大的经、史、子三类书籍绝大多数都是用散文写成的。当然，这都是依据中国古代传统学术的观念来看的，我们今天只是对其作常识性了解和普通学习，没有必要为散文和韵文刻意分出个高下优劣，重要的是它们都承载着传统文化的丰富内涵，都值得我们认真学习。

之前有一位同学说过，散文就是想怎么写就怎么写。这种说法在理论上是成立的，就好像我们说话，想怎么说就怎么说，没有人规定你一句话必须五个字或者七个字，也没有人规定你每句话一定要押什么韵，这看起来似乎说明写作散文很容易。其实，写作散文确实很容易，会说话就会写散文，在这个方面，散文的门槛比韵文要低。但真正好的散文，却是非常难得的。大道至简，大音希声，在没有乐谱的琴弦上弹奏乐曲是最难的事情，而我们的古人却做到了，他们用尽量少借助修辞和韵律帮助的散文写下了许多能够穿透时间的动人篇章。

是的，没有人规定过散文一定要怎样写，但中国古代散文在漫长的发展过程中形成了一种蓄意典雅，寓兼美于中正，以平淡、简古为路径，力图达到返璞归真、反虚入浑之境的伟大传统。这样的文学传统在今天，也许会让年轻的同学们感到陌生。在以互联网为代表的现代媒体高度发达的今天，如潮水般的文字信息时时刻刻浮现在我们的周围，让我们的文字审美很容易流于甜滑、俗软。一位摄影师朋友曾经感慨，如今的互联网和各种媒体充斥着大量后期处理过度的艳丽照片，他们称之为“糖水片”，看多了之后给人感觉好像天天在吃糖，腻得巴不得吃些清淡养人的东西，哪怕白米饭也好。这个局面和当下的散文写作庶几近似。我设置这门“中国古代散文名篇导读”的课程，主要目的是为非中文专业的高校学生提供一个了解和学习中国传统文化的平台。如果在此之外大家还能够从中国古代散文的精华中体会并汲取到古质、浑成的文学力量，那将会是非常成功的学习经历。我期待着。

第一章　荣怀系于一人

——从《尚书·秦誓》看秦帝国的崛起

推荐阅读：

司马迁《史记·秦本纪》

童书业《春秋史》

杨宽《战国史》

尚书·秦誓

公曰："嗟，我士，听，无哗。予誓告汝群言之首。古人有言曰：'民讫自若，是多盘'，责人斯无难，惟受责俾如流，是惟艰哉。我心之忧，日月逾迈，若弗云来。惟古之谋人，则曰未就予忌；惟今之谋人，姑将以为亲。虽则云然，尚猷询兹黄发，则罔所愆。番番良士，旅力既愆，我尚有之。仡仡勇夫，射御不违，我尚不欲。惟截截善谝言，俾君子易辞，我皇多有之，昧昧我思之。如有一介臣，断断猗，无他伎，其心休休焉，其如有容。人之有技，若己有之；人之彦圣，其心好之。不啻若自其口出，是能容之。以保我子孙黎民，亦职有利哉。人之有技，冒疾以恶之；人之彦圣而违之，俾不达，是不能容。以不能保我子孙黎民，亦曰殆哉。邦之杌陧，曰由一人。邦之荣怀，亦尚一人之庆。"

一、五经概览

《尚书》是中国传统文化当中最核心、最基本的经典之一。儒家传统所谓的六经，《诗》、《书》、《礼》、《乐》、《易》、《春秋》，其中《书》就是《尚书》。《乐》失传了，剩下的《诗》、《书》、《礼》、《易》、《春秋》合称五经，我们都听说过四书五经，所谓五经就是指这五部经典。

我知道，多数同学一听到四书五经这几个字就开始准备打瞌睡了，感觉那是迂腐古板如孔乙己的人才会读的书；还有少数同学，也许是随着近年来社会上“国学热”的兴起，对传统文化有那么一点了解，激发起了一点学习传统文化的热情，说到四书五经又觉得好像有点高不可攀，觉得那都是讲高深道理的书。这两种看法其实都是误解。以五经为代表的儒家经典既不陈腐，也不神奇，我希望大家用最直接、最简单的思路去理解儒家经典。五经这样的著作，说白了，就是古代的官方文件、官方档案汇编。经学史家钱基博先生在《经学通志》里面说过一段很精辟的话：

古之所谓经，乃三代盛时典章法度常所秉守，见于政教行事之实，而非圣人有意作文字以传后世也。

我们今天说“经典”这个词说得太多、太滥，一部小说、一部电影、一款设计……只要影响大，今天的人都喜欢用“经典”这个词去形容，说着说着就变成了形容词。其实钱基博先生对“经典”原意的阐释非常精确，就是和政治有关，对政治产生重大影响（特指正面影响）的官方文件和典章制度。①

下面，我们逐个地来看看五经的情况：

《诗经》，我们今天的文学研究主要把它看成是娱情的诗歌集，其实在以前《诗经》主要是担任教化功能的。中国古代有“诗教”的传统，即认为善与美的诗歌作品能够导养正性，培育好的人品道德。更简单地说，《诗经》有点类似于我们今天官方审订的思想道德课课本。古代的诗和音乐在很大程度上是合一的，所谓诗就相当于我们今天说的歌词，是要用来唱的，所以《诗经》和失传的《乐经》在功能上是一致的，“诗教”和“乐教”都是为了培养健全的人格及良好的道德。这个思路不是中国古人所特有的，在当代社会也有运用和尝试。2009年，德国导演 Paul Smaczny 以委内瑞拉极其特殊的“音乐救助体系”（EI Sistema）为主题，拍摄了一部叫《音乐带来希望》的纪录片，主要内容是讲南美贫穷国家委内瑞拉原来治安混乱、人口素质低下，后来通过音乐教育的方式，让大量贫困儿童接触、学习音乐，在很大程度上提高了人口素质，为人们带来了生活

① 这样的解释并非钱基博先生独创，而是中国传统学术的基本看法，此处取钱先生之说，因其表述简明易懂。

的希望。我们千万不要小看古人的智慧，真正的智慧是可以活学活用，在任何一个时代焕发光彩的，比如“诗教”和“乐教”在今天仍然可以带给我们很多启示。

《尚书》，就是重要政治人物的讲话记录汇编，本来是分成一篇一篇的，一篇一个内容，汇编在一起就成了《尚书》。有时是政治人物的会议纪要，比如《皋陶谟》，是舜帝和大臣皋陶、禹一起讨论政事的记录；有时是帝王为了贯彻重大的政治举措而当众发表演说，比如《盘庚》，是商代的盘庚帝为了迁都而发表演说说服臣民；有时是君王对臣僚或者诸侯国君所作的训诫，比如《大诰》、《康诰》、《酒诰》等；还有战争时的动员讲话，我们今天还经常用到的一个词“誓师”，这个“誓”不是诅咒发誓一定要打赢战争，而是从《尚书》这里来，就是帝王或军政要人面对自己的军队发表动员讲话，比如我们今天要学习的《尚书·秦誓》……传统上把《尚书》分为典、谟、训、诰、誓、命六体，其实也很简单，就是六种形式的讲话记录而已。我们可以联想一下现代社会的例子，诸多国家领导人发表的重要讲话、重要会议纪要，比如“二战”时期美国总统罗斯福发表的美国对日宣战演说，印度民族英雄甘地在争取民族独立时发表的关于“非暴力不合作”的演讲，中国改革开放时期邓小平的南行讲话，2000 年联合国千年首脑会议纪要……如果把这种性质的讲话内容记录下来，并且编辑成书，那就是一部工业文明背景下的《尚书》。

《礼经》，是一部秦汉以前儒家有关各种礼仪制度的论著选集。“礼”在中国的意思和今天主要作为“礼貌”、“礼节”的意思不同，而主要指制度。比如什么样的人在什么场合下应该做什么样的事，穿什么样的衣服，说什么样的话，这些在中国古代都有较为严格的制度规定。制度的发达在某种意义上与文明的程度成正比，孔子之所以特别热爱周朝的文明，热情地宣称“周监于二代，郁郁乎文哉！吾从周”（《论语·八佾》），正是因为在孔子眼中，周朝的制度最为完备和发达。《礼经》中记载的关于中国先秦时代的各种制度设计，是深入研究中国文明发生、发展的重要资料。

《周易》，是中国上古先民对宇宙万物的思考结晶，是关于宇宙和人生思考高度理论化的描述，代表着在上古时期的生产力条件下能够达到的最高哲学水平。我们今天一说起《周易》，可能马上联想起的是算命、看风水，其实占卜、命相、风水这些东西是比较晚出的，也只是《周易》学其中一个很小的部分，不能和《周易》画等号。我们只需要了解《周易》的主体是哲学方面的内容，其他后来晚出的东西都是基于这个哲学系统的衍生物就可以了。《周易》的内容实在是太精深，孔子都要到五十岁才能学《易》，所以坦率地说，我目前还没有能力对《周易》作深入讲解，而只能作一些常识性的介绍。

《春秋》，是记录周天子、诸侯和国家重大事件的编年史，或者叫作大事记。据孟子的说法，各个诸侯国都有史官负责编写本国的编年史，晋国的编年史叫“乘”，楚国的编年史叫作“梼杌”，“春秋”据说是鲁国编年史的叫法，所以《春秋》传统上被认为是以鲁国为中心编写的编年史。这样的文件在今天本身属于国家档案的性质，但是古人认为这些关于重大事件的记录除了档案性质之外还有更重要的作用，那就是警诫权势人物不要干坏事，也就是所谓的“《春秋》作，而乱臣贼子惧”，意思是虽然你生前很有权势，但是如果你干了坏事是会被记录下来的，要遗臭万年。马克思在《法兰西内战》一书中说过一句名言：“刽子手们已经被历史永远钉在耻辱柱上。”有一根历史的耻辱柱摆在那里，权势人物在干坏事的时候多少是会感到一点畏惧的。这是中国史学的一个重要传统，史实记载不单单是一个备查的档案，还有威慑坏人的作用，让坏人即便生前没有得到惩罚，死后总逃不脱历史的耻辱柱。

举例来说，春秋时期齐国的大夫崔杼，把自己的主君齐庄公杀了，当时齐国负责写史的太史就照实记录下来，只写了“崔杼弑其君”几个字。崔杼当然觉得这样写不行，弑君是冒天下之大不韪的大罪，于是命令太史换个说法。太史不肯，于是崔杼把他杀了；换了太史的弟弟来写，还是不肯改，又杀了；再换太史的小弟弟来写，仍然不改，于是太史一家三兄弟都被杀了。但是这件罪恶的事最终被记录下来，后人都知道崔杼是个弑君的坏人。

说到这里我们发散开多讲一点。英国作家乔治·奥威尔有一部伟大的小说《1984》，里面描述了一个邪恶的极权国家，这个国家设立了一个专门的部门，部门工作就是每天烧报纸。我们现代有句歇后语叫“坟头烧报纸——糊弄鬼”，小说里的这个部门不是糊弄鬼，是糊弄人。为什么要烧报纸呢？就是把被记录下来的不好的事情全部收集起来销毁掉，说白了就是篡改历史。当局干了什么坏事，或者有什么怕被老百姓记住的事，就把文字记录通通烧掉，后来的人们就看不见了，进而就慢慢遗忘了，再接下来坏人就可以继续冠冕堂皇地坐江山。小说里有句有名的话：“控制现在的人控制过去，控制过去的人控制未来。”这跟我们古代所谓“君举必书”、“不偏不倚”的《春秋》精神真是有天壤之别。

以上就是五经的基本情况。五经是中国古典政治和古典文化的主体理论支柱，我们今天虽然不必人人把五经奉若神明，但如果想要深入了解中国古典文化，就必然绕不开五经，它们是中国古典文化最核心的部分。打个比方来说，这五部经典相当于中国大地上的五岳，大家知道中国有句老话叫作“五岳归来不看山”，杜甫登泰山的时候曾发出“一览众山小”的感慨，如果我们对五经有所了解，那么我们对中国文化把握的高度就自然而然摆在那里，这是我有必要向大家简要介绍五经的原因。

二、秦帝国发展史概说

我们今天要讲的内容，是传世《尚书》中的最后一篇——《秦誓》。说到秦国，大家都不会陌生，所有人都知道秦始皇统一了中国，李白有两句诗叫“秦王扫六合，虎视何雄哉”。我们一提到秦帝国，第一个直观的印象肯定是很雄健，很有力量，金戈铁马的感觉。当代的影视作品涉及战国题材的时候，秦国也总是以一种很强大、很整肃的形象出现。这种印象不能说不对，到了战国晚期，秦国确实在各个方面都已经比较领先，影视作品和我们多数人印象中的秦国，主要是秦国在这个时期的形象。但是我们多数人可能会忽略这样一个历史事实，那就是秦国在整个春秋战国时期，在多数的时间里并不是第一流的大国，而是一个相当边缘的小国家。

周王朝是一个分封制的国家，所谓分封制就是周天子把土地分成一块一块的，分给自己的族人、亲信。把土地分给他们的同时给一个封号，表示你就是这块土地上的主人，这就是我们熟知的诸侯和诸侯国。周天子和诸侯之间的关系，并不是后来郡县制建立之后帝王和地方官员的那种金字塔式的上下级关系，通俗地说，是大哥和小兄弟们之间的关系。大哥和兄弟们分了家，名义上兄弟们都要尊重大哥，诸侯都要向周天子进贡、朝见，但是分给兄弟们的土地、家产实际上就是人家的了，你就算是大哥也不再拥有支配权。所以周王朝从建立到最后覆灭，虽然看上去有接近八百年，但并不是一个大一统的王朝，而是一个天子之邦和大量诸侯国并立的局面。这个局面有点像今天我们有联合国，但实际上各个国家是各自主持自己的内政外交的。

武王伐纣成功，周王朝建立之后，周天子大量分封诸侯，这些受封诸侯多数是周天子的家人和亲信，还有在伐纣战争中的功臣。比如说姜太公，真正的名字叫吕尚，被封在齐；周武王的弟弟周公旦被封在鲁；周武王的儿子唐叔虞被封在晋，等等。我们要注意，在周朝建立之初，一开始是没有秦国的。秦人的祖先既不是周天子的同族，又没有在伐纣战争中立过什么功劳，最初只是在周王朝负责养马的工作，身份是比较低贱的。后来因为他们善于养马，周孝王在西面划了一块地给他们。封地给他们的原因也很简单，主要是让他们去防御西面的少数民族犬戎。秦人得到的封地不仅土地相对贫瘠，还暴露在异族入侵的前沿，地缘条件非常险恶。说白了，像吕尚、周公旦、唐叔虞这些和周天子关系非常密切的诸侯，所分封到的土地都是地理条件非常好的地方，如齐国靠海、盐铁发达，晋国土地肥沃、幅员广阔等，这些好的封地是封给诸侯和他们的子孙去享福的。而秦国完全不一样，秦人不是周天子大哥的亲兄弟，根本轮不到他们享福，他们是被拉去当看门狗替人卖命的。其他的诸侯国一开始根本看不上秦国，诸侯国之间开"联合国大会"的时候都不通知秦国。他们普遍认为秦国人地位卑贱，加之长期和少数民族杂居，不懂周文明的礼节，是西边的野蛮人。这种状况，就好像一群含着金钥匙出生的贵族子弟联合鄙视一个蓬头垢面的贫寒子弟，而这个暂时为他们卖命的贫寒子弟日后所爆发的巨大能量是当时绝对没有人能够想象到的。

孟子说过一句大家熟知的话："生于忧患，死于安乐。"艰苦的自然环境和残酷的政治地缘并没有把秦人逼上绝路，正相反，秦人在恶劣的环境中奋发图强，逐渐站稳脚跟，并且不断积极地扩大自己的势力范围，增强自己的政治实力。秦国早期的君主，像秦仲、秦庄公、秦襄公、秦文公、秦宣公……都非常有进取心，一代一代兢兢业业、从无到有地艰苦经营着秦国。具体的过程，参见我在本章开头列出的三种文献和著作。他们在后世的名声不如秦穆公和秦始皇那么大，但是他们对秦国发展的贡献却一点也不亚于秦穆公和秦始皇，是秦国走向伟大的奠基人。可以说，秦国既不是含着金钥匙出生的"官二代"，也不是一夜暴富的暴发户，而是在许多代人精诚努力经营下必然崛起的大国。我们不能仅仅知道秦国最终横扫六合的气魄，还更应该记住秦国从卑微走向强大的整个艰苦的过程。

我们今天要讲授的《尚书·秦誓》，是秦国的一位重要君主秦穆公在一次重要战争结束之后面对秦军将士发表的演讲。这次演讲比较特殊，首先，它是在战争结束之后发表的，这和《尚书》中其他的"誓"辞不同，像《甘誓》、《汤誓》、《牧誓》这些都是战前的动员讲话。其次，《尚书》中其他“誓”辞主要内容多为义正词严地列数战争对手的过失，表明自己发动战争的正当性，而这一篇《秦誓》虽然是发表在一场秦军的大胜仗之后，但“誓”辞的主体内容是以自我批评和自我追悔为主。

要深刻理解《尚书·秦誓》这篇意味深长的重要文献，我们必须首先要对秦穆公和他所经历的这场重要战争——秦晋殽之战有基本的了解。

秦穆公是秦国发展史上一位非常重要的人物，我们前面提到，秦国在许多代君主的辛苦经营之下逐渐扩大领地和提高政治地位，这种进步是累积型的，一直累积到秦穆公的时代，秦国才正式成为了一个可以和中原传统强国相匹敌的大国，秦穆公也因此被后人称为“春秋五伯（霸）”之一。

秦穆公是秦国历史上非常有作为的一位君主，非常重视广纳贤才。在关于他的历史记载中，有很多和礼贤下士相关的内容，比较著名的有“九方皋相马”、“羊皮换贤”、“亡其骏马”等。其中“羊皮换贤”最为著名，大概是说有一位奚国的贤人叫百里奚，奚国被晋国灭掉之后，百里奚在逃难中沦为了楚国的奴隶。秦穆公为了得到百里奚的辅佐，假意派人到楚国去告诉楚王百里奚是秦国逃亡的罪犯，用五张羊皮把他换了回来，厚礼相待。于是百里奚成为了秦穆公重要的辅弼之臣，并为他介绍了另一位贤人蹇叔出仕，是为秦穆公的左膀右臂，为秦国的发展壮大立下了卓著的功勋。

秦穆公不仅广纳贤才，而且自己身先士卒、锐意进取。在他的辛苦经营之下，秦国辟地千里，称霸西戎，卓然崛起为一代大国，非常了不起。那么是不是说秦穆公的一生就如此地光辉闪耀，从来没有犯过错误呢？答案是否定的。秦穆公曾经因为一次重大的失误，让秦国将士遭受了不应该遭受的重大损失，这就是著名的秦晋殽之战。

三、殽之战概说

我们简单介绍一下殽之战的起因和经过。

因为有百里奚、蹇叔等一众贤才的辅弼，加之秦穆公自己的锐意进取，秦国的实力蒸蒸日上。他在称霸西戎之后渐渐起了东进中原的念头，但是秦国的东面横卧着当时的中原强国晋国。说到晋国，那是春秋时期的巨无霸式的超级大国，春秋和战国的分野就在后来公元前 403 年的三家分晋。晋国因为内乱分裂为韩、赵、魏三个国家，而这分裂出的三个国家都能位列战国七雄，成为三个强国，未分裂的晋国的强大由此可见一斑。所以秦穆公要东进中原，就不得不和超级大国晋国争利，这本来是一件非常危险的事情，因为以当时秦国的实力并不足以和晋国一较短长，但是秦穆公在秦国蒸蒸日上的局面之下有些迫不及待，导致他作出了一个非常冲动和冒进的军事决定。

公元前628年，和晋国毗邻的郑国国君郑文公去世，恰巧同年，晋国的晋文公也去世了。这时，郑国北门的守卫杞子派人密报秦穆公，让秦穆公派兵袭击郑国，而自己届时作为内应可以为秦军打开城门。秦穆公听到这个消息非常高兴，认为这正是一个东进的良机，于是就这件事征求蹇叔的意见，没有想到的是蹇叔给他当头泼了一盆冷水。蹇叔的理由很简单，他提出突袭他国这种军事行动必然要行动迅捷才能成功，而秦国和郑国相隔较远，长途奔袭很容易走漏消息，而且也很容易造成将士疲惫，战斗力下降，成功的几率很低。应该说蹇叔反对出兵袭郑的理由虽然简单，但也很充分，值得秦穆公认真参考。不过此时的秦穆公头脑发热，急于求成，匆匆命令百里奚之子孟明视、蹇叔之子西乞术、白乙丙率军袭郑。蹇叔预感到这次远征必然失败，于是在秦军开拔时跑到军队面前大哭，这就是著名的“蹇叔哭师”的故事。秦穆公面对蹇叔的苦苦劝谏并没有改变决定，反而大骂蹇叔是个老不死的糊涂蛋——我们知道人在头脑发热的时候是很难听进去反对意见的，贤明如秦穆公的领导者也不例外。

孟明视等人率军冬天出征，到第二年的春天才行军到了郑国的邻国滑国。这时正好有个郑国的大商人弦高要去周国做生意，看到秦军大规模向郑国靠拢，非常吃惊。弦高是一个爱国商人，他一方面赶紧派人回郑国报信，另一方面带着十二头牛到秦军的军营里去，假意告诉秦国人说郑国人早就知道他们要来了，先派弦高来犒劳秦军将士，这就是“弦高犒师”的故事。秦军将领孟明视等人被弦高这么一诈，以为郑国人真的早已得到消息，做好了战斗准备，这样一来袭击也就失去了意义，只好撤军。也许是孟明视等人觉得这样无功而返不好向秦穆公交代，于是顺道把郑国边上的小国家滑国灭掉了，之后才撤军回国。

滑国是晋国和郑国边境上的一个小国家，是晋国的同姓国，在势力范围上属于晋国的控制范围。秦军在晋文公刚刚去世不久灭掉了滑国，这就深深触动了晋国人的神经，晋国人认为这是秦军对自己赤裸裸的挑衅。于是晋国集结军队披麻戴孝，在秦军返程的必经之路殽山伏击秦军。我们知道有一句古话叫作“哀兵必胜”，果然，情绪激动的晋军在殽山大败秦军，并且俘虏了孟明视、西乞术和白乙丙。

这一仗的惨败，让秦军蒙受了重大的耻辱。如果秦穆公是一个平庸的领导者，那么他完全可以把这次秦军的重大失败归罪于孟明视等直接率军的将领，毕竟孟明视等人下令灭滑并不是一个明智的决定。秦穆公曾经置蹇叔的忠告于不顾，如果没有人出来为失败顶责任，这对于一国之主来说是非常没有面子的事情。对于多数领导者来说，找一个替罪羊来敷衍塞责是再正常不过的选择了。

但是秦穆公没有这样做。他想尽办法把孟明视等人从晋国秘密营救回国，并专门到很远的地方去迎接他们，而且当众向孟明视等人沉痛致歉，追悔自己没有听从蹇叔的忠告，令得大军覆灭，主将受辱，把殽之战失败的责任完全承担了下来。之后，秦穆公重新重用孟明视等败军之将，率领国人厉兵秣马，在三年之后率军攻晋。

公元前 624 年，秦穆公率军渡过黄河攻入晋国境内，渡河后烧掉船只表明绝不后退的决心，沿路攻城略地一直重新打到了殽山。在殽山这个地方，秦穆公命令部下将三年前战死在此地的秦军将士的遗骸找出来，隆重地就地掩埋，并为死去的亡将亡军发丧，痛哭三日。之后，秦穆公面对部众发表了一篇讲话，这篇讲话，就是《尚书·秦誓》。

四、《尚书·秦誓》导读

《尚书》主要是用上古汉语记录而成，因为相隔的时间太长，在文字的解释、翻译上有相当高的难度。不要说我们今天的现代人，就是唐代的大文章家韩愈也曾经感慨过《尚书》非常拗口难读。对于非文学专业的同学来说，大概了解它的通篇意思就可以了。关于具体字、词、句解释上历来有分歧的地方，如果有兴趣可以进一步深入研究。

下面我们逐字逐句来读一遍《尚书·秦誓》。

公曰：“嗟，我士，听，无哗。予誓告汝群言之首。”

“公”，就是秦穆公。“嗟”，是语气词，表示呼唤。“我士”，我的将士们。“无哗”，不要喧哗。“群言之首”，指我所说的重点，相当于英语里的 my point。

古人有言曰："民讫自若，是多盘"，责人斯无难，惟受责俾如流，是惟艰哉。

"古人"，中国传统的语境里说到古人，不是一般随随便便古代的人，而往往是指古代杰出的、伟大的人。所以说"古人云"，或者"古人言"这种话一说出来，往往是很具有指导意义的格言。"民讫自若"，人们如果能够自觉遵循正道。"是多盘"，这样就会得到安乐。"责人斯无难"，批评别人是没有什么困难的事情。"惟受责俾如流，是惟艰哉"，然而受人批评的时候内心还能够像流水一样顺从，那才是非常不容易的事。这一句话，就是秦穆公前面所说的"群言之首"，就是这篇演讲的重点所在。我们之前大致了解了殽之战的经过，三年之前殽之战秦军惨败的根本原因，就在于秦穆公不听蹇叔的忠告和批评，一意孤行，所以说"惟受责俾如流，是惟艰哉"，接受别人的批评是多么难的事情啊。秦穆公发表这篇演讲，一开始就开门见山地表示，这是一次自我追悔和自我批评的演讲。

我心之忧，日月逾迈，若弗云来。

"我心之忧"，我的内心是如此地忧愁、痛苦。大家可以设身处地地想一想，这是一次胜仗之后的演讲，领导者秦穆公并没有表现出喜庆或者亢奋的情绪，而是不断地传达出沉痛的悔恨感，这是一种什么样的氛围。"日月逾迈，若弗云来"，日月指时间，这句话的意思是时间已过去，就不再回来了，和《论语》里"子在川上曰：'逝者如斯夫！不舍昼夜'"的意思接近。

秦穆公为什么如此地忧愁、沉痛呢？因为他所犯下的重大错误已经随着时间的流逝，永远地留下了遗憾和损失，再不能更改了，即便是今天成功复仇击败晋军，也不能掩盖三年前的重大失败。

惟古之谋人，则曰未就予忌；惟今之谋人，姑将以为亲。

"就"，顺从。"予"，我。"惟古之谋人，则曰未就予忌"，对于年老的谋士，因为他们没有顺从我的意思而被我忌恨。"惟今之谋人，姑将以为亲"，而年轻、不成熟的谋士，我却把他们视为亲信。

这一句里面出现了“古之谋人”和“今之谋人”两种人。在中国传统文化里有这样一种倾向，就是“古”象征着沉稳、厚重，“今”象征着轻佻、不成熟。所以“古之谋人”和“今之谋人”分别对应的是年老的、沉稳的谋士和轻佻的、见识有限的谋士。

虽则云然，尚猷询兹黄发，则罔所愆。

“虽则云然”，虽然说是这样。“尚猷询兹黄发，则罔所愆”，若是还能够咨询、听从老年人的意见，就不会有什么过失。

这里的“黄发”和陶渊明《桃花源记》里“黄发垂髫”的“黄发”意思相同，是指老年人，进一步是指蹇叔这样年高德劭、富有见识的谋士。事实上，蹇叔正是凭借自己丰富的阅历对袭击郑国之事作出了正确的预测，但秦穆公没有听从，所以这里才说如果听从老年人的意见，就不会有过失。

番番良士，旅力既愆，我尚有之。

“番番”，读为皤，pó，指白头发，“番番良士”也是指年老的贤良之士。“旅力既愆”，体力已经衰弱了。“我尚有之”，“有”是亲近的意思，我应该亲近这些体力衰弱的年老之士。

仡仡勇夫，射御不违，我尚不欲。

“仡仡勇夫”，雄健勇武的人。因为前面讲了老年人，这里相对应是讲健壮的年轻人。“射御不违”，射是射箭，御是驾车，都是很需要体力的事情，年轻人的精力好，能够箭无虚发，驭技纯熟。“我尚不欲”，我却还不够喜欢他们。

惟截截善谝言，俾君子易辞，我皇多有之。

“惟截截善谝言，俾君子易辞”，至于那些巧言令色，用花言巧语动摇我说出的话的人。“我皇多有之”，我怎么能够去亲近这种人呢！

根据我们的生活经验和阅读历史的经验，花言巧语的佞人、小人在生活舞台和历史舞台上总是很多的，用我们今天的话来说就是“马屁精”。古人早就意识到，作为领导者和正人君子一定要对这种人多加防范。《论语》里孔子说过一句很有名的话，叫作“巧言令色，鲜矣仁”，就是说花言巧语的人道德水平都很低。《尚书·皋陶谟》里大禹也说过，领导者如果能够做好自己的本分，“何畏乎巧言令色孔壬”，哪里还怕这些巧言令色之徒。你们看，只有做好自己，有底气才不怕（“何畏”）他们，可见巧言令色之徒是很可怕，很会坏事，很值得防备的。虽然史籍上没有明确记载秦穆公的失误决策是否受到了身边佞人的影响，但从这篇演讲来推断，可能是有的，所以这里特别提出自诫。诸葛亮的《出师表》里面有一句大家耳熟能详的话：“亲贤臣，远小人，此先汉所以兴隆也。”其实，秦穆公上面的这三句话概括起来，就是“亲贤臣，远小人”，这是一切贤明君主安邦兴国的共同特点，我们能在历史上找出无数的例子。

昧昧我思之。如有一介臣，断断猗，无他伎，其心休休焉，其如有容。

“昧昧我思之”，我深沉地思考这样一件事。这里给大家讲一个小笑话，传说清末有一次考试，默写《尚书·秦誓》，有一个考生写“昧昧我思之”，写成兄弟姐妹的“妹”。考官也很有幽默感，给他写了个批语：“哥哥你错了。”所以大家记住，这里的“昧昧”是深沉、深入的意思。“如有一介臣，断断猗，无他伎”，如果有一位大臣，为人忠直耿介，并没有其他方面过人的技艺。“其心休休焉，其如有容”，但是他的心胸宽广、心地善良，并且有容人之量。这句话后面可能有阙文，或者只是省略，后面隐藏的意思是这样的人我应该亲近和重用。这句话很重要，秦穆公说他经过认真的思考，认为辅臣最重要的品质应该是忠直耿介，心胸宽广，而不是其他方面的技艺。我不知道各位对这个结论有什么样的看法，可能赞同或者不赞同。我们这门课后面会有专题讲嵇康的《与山巨源绝交书》，也会涉及这个问题。

人之有技，若己有之；人之彦圣，其心好之。不啻若自其口出，是能容之。

“人之有技，若已有之”，别人有高超的技艺和才能，我很高兴，就像自己也有一样。“人之彦圣，其心好之。不啻若自其口出，是能容之”，别人的品德高尚，享有美誉，我应该发自内心喜欢他们，就好像从自己的口中说出一样自然，能够包容他们而不嫉妒。

这一点对于领导者来说是很重要的。我们可以发现，一个集体里面的领导者往往不是某一项技能最突出的人，而是能够团结和调度有才能者的人。汉高祖刘邦评价自己说运筹帷幄不如张良，总理国家不如萧何，带兵打仗不如韩信，但是这三个人都心甘情愿辅佐他打天下。愚蠢的领导者总是生怕自己的部下有什么比自己强的地方，自己要当十项全能冠军，这样一来，有才能的人就不可能被吸引到他的身边，他也就注定不能成功。

以保我子孙黎民，亦职有利哉。

“以保我子孙黎民”，重用这样的人，这里指前两句讲到的有才能的人和有德行的人，就可以兴邦兴业，让子孙和百姓得到保佑，这是非常有利的事情。

人之有技，冒疾以恶之；人之彦圣而违之，俾不达，是不能容。以不能保我子孙黎民，亦曰殆哉。

这一段话是对上一段话的反面论说，意思是如果别人有技艺才能，我就嫉妒进而厌恶他；别人有美好的品德我却（因为嫉妒）而违背他，有意妨碍或者疏远他，这就是不能容人的表现。这样做，就不能让子孙百姓得到保佑，这是多么危险的事情啊！

邦之杌陧，曰由一人。邦之荣怀，亦尚一人之庆。

“杌陧”，动荡不安。“荣怀”，兴旺，繁荣。“邦之杌陧，曰由一人”，国家如果动荡不安，是由一个人造成的，这个人就是这个国家的领导者。“邦之荣怀，亦尚一人之庆”，国家的兴旺繁荣，也是缘于领导者的正确领导。

这篇演讲到这里，就非常简洁有力地结束了。用这样两句话结尾是非常大气的，它体现了秦穆公非常坚定的担当精神。项羽在兵败垓下之后感慨地说："此天之亡我，非战之罪也。"这就是在为失败找借口，说失败是因为老天不帮他，可见"力拔山兮气盖世"的项羽说到底是个没什么担当的人，注定要失败。但我们看秦穆公完全不是这样，他敢于把一个国家的兴衰系于一身：如果失败，是我的过错；如果胜利，是我的成功。

秦穆公的这篇演讲，至少体现了以下两种精神。

第一，勇于承认错误，勇于承担责任。

第二，作为领导者，要心胸宽广，选贤任能不以个人好恶为标准。

这两种精神总结起来好像只是两句口号，人人都会说，没有什么了不起。但如果我们结合秦穆公的生平，乃至于整个秦帝国崛起的过程，就不得不惊叹地发现，这两种精神实际上贯穿在秦穆公和历代有所作为的秦国领导者不懈的追求过程之中。

总体而言，多数秦国领导者具备的这些宝贵精神比其他诸侯要多得多，尤其是不断改进自己的自省能力和选贤任能的积极追求。关于这一点，我们决不能忘记秦国是在生存条件极为恶劣的夹缝中发展起来的这个历史背景。在春秋战国时期，其他许多诸侯国都取得过惊人的政治、经济、文化方面的成就，但是像齐国、晋国、楚国这样的大国和称霸国，本身建立在良好的政治条件和地缘条件之上，它们在发展过程中付出的艰辛是无法和秦国相提并论的。

这次演讲，根据《史记》的记载，发表于秦穆公三十六年，即公元前 624 年。第二年，秦穆公采用贤人由余的计谋攻打西戎，益国十二，开地千里，称霸西戎。周天子专门派遣使臣颁赐金鼓，正式承认秦国的大国地位。此时距秦灭六国统一天下（公元前 221 年）尚有约四百年的时间，但秦穆公在殽山之上所宣示的秦人的精神，预示了四百年后秦人的必将胜利。

这看起来仿佛是一段非常富有象征意义的历史叙述。其实，对于一个国家也好，对于一个人也好，不公平的生存环境是任何一个时代都无法避免的。但只要有勇于承认错误、不断改进自我的精神和宽广包容的心胸，秦人就可以从卑贱的养马者逐渐发展壮大，从艰难地争取自己的生存空间到和老牌贵族诸侯一争高下，最终成就举世无匹、一匡天下的辉煌伟业。人有这样的精神，就可以在任何时代最终战胜那些含着金钥匙出生的"官二代"、"富二代"。这样的历程尽管艰辛，然而精神的力量就在于能够在艰辛的道路上照亮我们的前途。

第二章　言约义丰，平实厚重
——《论语》二则选讲

推荐阅读：

杨伯峻《论语译注》

子曰："周监于二代，郁郁乎文哉，吾从周。"（《论语·八佾》）

子曰："学而时习之，不亦说乎。"（《论语·学而》）

《论语》是大家耳熟能详的一部书，大家都知道这是一部记录孔子和孔门弟子言行的语录体著作。它和《尚书》相同的地方在于都是对话语进行记录整理而成。不同的地方在于，《尚书》记载的都是代表官方的演讲和谈话，言辞比较正式，有一定的篇幅；而《论语》记录的是比较日常的言谈，形式接近口语，相对随意一些，有话则长无话则短，总体上是以短小的篇幅为主，多数时候短到只有一两句话。

我们在导论中已经谈到，口语是散文最天然、最直接的一种形式。口语比起书面语来说，有一种难以取代的质朴的文学美感。传统的文学教材在谈到先秦诸子散文的时候，往往对《墨子》、《庄子》、《孟子》、《荀子》、《吕氏春秋》等书面化非常成熟的著作关注比较多。这些先秦子书的散文成就确实很高，在谋篇布局、取象譬喻、论证说理等写作方面对后世的影响很大，但我们同时也应该注意，《论语》除了在思想学术上的重要地位之外，在文章学方面的价值也是非常突出的。宋代文章理论家陈骙有一部著名的散文修辞学著作《文则》，其中谈道：

夫《论语》、《（孔子）家语》，皆夫子与当时公卿大夫及群弟子答问之文。然《（孔子）家语》颇有浮辞衍说，盖出于群弟子共相叙述，加之润色，其才或有优劣，故使然也。若《论语》虽亦出于群弟子所记，疑若已经圣人之手。（陈

骙《文则》）

这段话大概的意思是说《论语》写得太好了，好得让人怀疑其中有一些段落不是孔门弟子的记录，而是出自孔子（圣人）自己之手。这个推论应该说没什么依据和道理，因为孔子本人宣称自己“述而不作”（《论语·述而》），就是只讲述前人的学问，而不自己加以发挥创造，所以后世才认定《论语》是出于孔门弟子的记录。但陈骙对《论语》文章学价值的高度赞扬是值得我们注意的。

《论语》在文章学上的价值，大致可以总结为言约义丰、平实厚重。一两句亲切直白的叮嘱，往往包含着让人受用无穷的人生经验和社会哲理，这和其他洋洋洒洒的先秦子书有所不同。打个比方来说，其他的先秦子书，如《墨子》、《庄子》、《孟子》、《荀子》、《吕氏春秋》，就像外壳很厚、很漂亮的水果，看起来就很漂亮，一层一层剥开，最后吃里面的一点香甜的果肉和果仁；而《论语》像一口洁净的泉眼，永远不紧不慢地流淌着清水，怎么挖都挖不完，无论你什么时候去掬一捧来喝，都是那样解渴驱乏。接着这个比方继续说下去，水果有各种各样的味道，各人的口味不同，喜欢吃的水果就不同，而且各人有各人的体质，有些水果宜多吃，有些水果宜少吃，而清水是人人皆宜的，谁喝都有好处。

近世以来，有一种看法认为《论语》只是一部讲普通人情世故的书，并没有包含什么深刻的道理，如著名的哲学学者方东美就持这种看法。目前图书市场上流行的各种现代人对《论语》的解读也大概是把《论语》当作心灵鸡汤、警句佳言来贩卖，这不能不说是买椟还珠式的盲见。

我们在本章中选讲《论语》其中的两则，虽然只是短短的两句话，但里面包含的意思是很丰富的，和《论语》一书的主旨以及孔子思想的精髓有直接的关系。有必要说明，关于用《论语》其中的一两句话来说明《论语》全书的主旨，前人各有说法。20世纪中国顶尖的哲学家熊十力先生认为“子在川上曰：‘逝者如斯夫，不舍昼夜’”（《论语·子罕》）一句为《论语》的主旨（见熊十力著《读经示要》）。熊十力先生的学生，易学家潘雨廷先生则是从“子曰：‘志于道，据于德，依于仁，游于艺’”（《论语·述而》）为切入点去解读《论语》（见张文江编著《潘雨廷先生谈话录》）。熊先生和潘先生在哲学方面的造诣很高，尤其对《周易》有很精深的研究，所以他们对《论语》的解读有一定的从易学角度切入的倾向性，阐发很精彩，值得学习。在本章中选讲《论语》两则是从我自己的角度去把握《论语》的主旨，因为我认为这两则所包含的精神是非常值得当代大学生了解的。

一、一体两面的复古与现实批判

子曰："周监于二代，郁郁乎文哉，吾从周。"

孔子说："周代的制度兼备夏、商二代的优点，多么璀璨辉煌啊，我遵从周礼。"

毫无疑问，孔子是个坚定的复古主义者，他的毕生追求是令周道复行于东方。这也许是现代人反感孔子的最重要的原因。现代人心态上有一种自信，相信历史进化论所谓"世道必进，后胜于今"，一谈到复古，那几乎就成为了"反动"的代名词。中国历史上常常有复古的思潮和风气，所以现代人普遍在心态上对古人缺乏尊重，以为古人都是脑筋僵化的傻子。

让我们撇开各种复杂而绕口的历史学理论、政治学理论和社会学理论之争，先来思考一个很简单的问题：人们在什么情况下会觉得自己过得不好。

这个问题的答案也很简单，人们当然是在比较中发现差距的，而比较又往往是从时间的纵向上展开的：以前过得好，现在过得没那么好。具体地说，比如，以前有饭吃，现在没饭吃；以前日子安定，现在天天打仗；以前夜不闭户，现在道德滑坡……没有以往作为参照，则无法衡量今天的生活质量。所以人们开始发现当下的问题，往往是在和以往的比较中见微知著的，以往是这样，今天也是这样。

孔子所处的时代，是中国历史上的春秋时期。周朝的历史分为西周和东周，简单来说，西周是周天子具有较高权威的时期，而东周则是周天子权威瓦解、诸侯国以实力争霸的时期。东周又分为春秋、战国两个阶段，还是用简单的方法来划分，春秋时期各诸侯相对来说还是要讲一点点规矩的，即便是争霸战争也要打上"尊王攘夷"的口号，名义上还是尊奉周天子为大哥的；而到了战国时期就没那么多场面上的讲究了，各国之间赤裸裸地打来打去，周天子形同虚设。所以孔子所处的时代是一个原有秩序崩坏的历史时期，孔子毕生的努力名义上是复行周道，实质就是要恢复已经崩坏了的社会秩序；名义上是复古，实质是基于对现实的强烈不满而倡导的社会改革。

要特别注意的是，孔子所谈的复古，并不是一味地回到过去，越早越好。这一点和后世一谈古制就盲目地说上古三代不同，好像金庸的小说《鹿鼎记》里没有文化的韦小宝也会人云亦云地说“鸟生鱼汤”（尧舜禹汤）。孔子的复古是有选择地复古，他从实际的文献、证据出发，去研究、考察历史的情况，不是想当然地乱说。

“夏礼，吾能言之，杞不足征也；殷礼，吾能言之，宋不足征也。文献不足故也。足，则吾能征之矣。”（《论语·八佾》）

这句话的意思是：夏朝尽管离今天很遥远了，但夏朝的制度我能够说清楚（是因为我掌握了夏朝的历史文献），夏朝后代的杞国虽然还在，但不足以作证。商朝尽管离今天很遥远了，但它的制度我能够说清楚（是因为我掌握了殷商的历史文献），商朝后代的宋国尽管今天还在，但不足以作证。说不清的原因是历史文献不充足，如果文献充足的话，那么我就能搞清楚它们的制度。

孔子不仅精研历史，也非常留心学习当下的政治制度。

子禽问于子贡曰：“夫子至于是邦也，必闻其政。求之与？抑与之与？”子贡曰：“夫子温、良、恭、俭、让以得之。夫子之求之也，其诸异乎人之求之与！”（《论语·学而》）

子禽问子贡说：“孔夫子每到一个国家，一定去了解这个国家的政治，是他求别人告诉他的呢？还是别人主动告诉他的呢？”子贡说：“夫子具有温和、良善、恭敬、节俭、谦逊五种美德，（使得人们愿意和他交往）从而获得相关的知识。夫子这样的人啊，即便是他主动去求来的知识，也和别人求人的方法不尽相同吧！”

子入太庙，每事问。或曰：“孰谓鄹人之子知礼乎？入太庙，每事问。”子闻之曰：“是礼也。”（《论语·八佾》）

孔子进入到太庙，有不懂的地方就问人。有人说：“谁说这个鄹人（孔子的父亲叔梁纥）的儿子懂礼呢？一到太庙就到处问东问西的。”孔子听说之后，说：“（对不知道的事情就谦虚下问）这才是礼啊！”

可见，孔子是一个实事求是、博闻强识的学者，他对历史、社会的研判是建立在客观的证据和广博的见闻基础之上的。他希望社会能够回到周朝（西周）建立的秩序轨道上，而不是回到更加古老的夏、商时代，是因为他通过长期的研究发现，周朝的制度兼具夏、商二代的优点，最完美，最值得遵从。

尽管孔子对周朝制度的判断在今天仍然留有可以讨论的空间，但孔子身上那种强烈的现实批判精神，以及他坚持通过学习、研究的方法来找到重建社会秩序路径的实事求是精神，却是留给后人的历久不衰的精神财富，值得我们深入体会。

二、“学而时习之”与儒学真精神

子曰：“学而时习之，不亦说乎。”（《论语·学而》）

这是大家耳熟能详的孔子语录，是《论语》开篇第一句。从浅的角度说，几乎每一个人都知道这句话的字面意思，无非是说学了东西之后反复温习是很值得高兴的事情。大家以前中学学这一段的时候也许就这么噼里啪啦背过去，而对它的深意就没有更多思考了。

实际上，这句话的内涵和《论语》、孔子的思想以及整个儒学文化都有非常密切的联系。这句话被置于整部《论语》的开篇，绝不是随意排列的，而是孔门弟子用孔子说过的最简洁直白的话提纲挈领地点明儒学的精髓。下面我们来深入地研究和体味它的含义。

20 世纪中国思想界有一个被讨论得很激烈的话题，就是中国为何自古以来没有发展出形态很成熟的宗教，像佛教、印度教、犹太教、基督教、伊斯兰教等。大家普遍比较接受的一个观点是，中国虽然没有独立发展出形态成熟的宗教，但是在精神领域，因为我们的儒学非常发达，而且对近两千年来的中国人的思想影响很大，所以儒学在 20 世纪又被称为儒教，或者叫作孔教。

实际上，儒学和宗教在内核上确实有接近的地方，在接近之中又有分歧。宗教的理论预设是“人”是天生有缺陷的、不完美的，如佛教里讲人有业力，基督教里讲人有原罪，表述不同，实际的意思就是缺陷（包括道德上的、智力上的、生理上的）。宗教的终极追求之一就在于修复“人”的缺陷，使之达到完美。这个过程和目标，宗教上有自己的方法和手段，如佛教是通过修行达到觉悟，佛教里有个术语叫作“圆觉”，圆就是圆满，没有一点缺陷；基督教则是通过虔信、忏悔等方式，最终使有罪的灵魂进入天堂，那么这个洗清原罪的灵魂就是圆满的。

儒学同样有“人”的缺陷这个理论预设。比如：

子曰：“吾十有五而志于学，三十而立，四十而不惑，五十而知天命，六十而耳顺，七十而从心所欲，不逾矩。”（《论语·为政》）

这段话我们反过来看，哪怕贤明如孔子这样的人，三十之前未立，四十之前有惑，五十之前不知天命，六十之前未能耳顺，七十之前未能从心所欲于世间规范。这些阶段性的知识或道德障碍，就是人的缺陷。

但是儒学在弥补缺陷、追求完美的方面和宗教却迥然异趣。儒学所追求的完美，被称为“至善”。宋代以来的儒家经典《大学》是从《礼记》中单独抽出的一篇，《大学》的第一句话是：“大学之道，在明明德，在亲民，在止于至善。”“止于至善”，就是达到完美，没有一点缺陷。儒学追求“至善”的手段非常简单明了，那就是学习，通过学习一切知识和美德懿行来弥补愚昧并完善德行。通过学习来完善自身，止于至善之境，被称为“大学”。这个“大学”不是我们今天所说的高等院校，而是“高境界的学习”的意思，需要和普通的学习区分开来。所以《论语》的第一句话以“学”开头，而《论语》通篇是在讲如何“学”和“学什么”。

在《论语》中孔子自述自己学而不厌的句了非常之多，比如：

子曰：“十室之邑，必有忠信如丘者焉，不如丘之好学也。”（《论语·公冶长》）

子曰：“默而识之，学而不厌，诲人不倦，何有于我哉！”（《论语·述而》）

子曰：“我非生而知之者，好古，敏以求之者也。”（《论语·述而》）

子曰："学如不及，犹恐失之。"（《论语·泰伯》）

我们上面引述的孔子"十有五而志于学"的那段话，也正是孔子一生学而不厌、追求至善的真实写照。孔子最喜欢的学生是颜回，为什么呢？因为颜回最好学，可惜寿命不长，这让孔子特别痛心：

哀公问："弟子孰为好学？"孔子对曰："有颜回者好学，不迁怒，不贰过，不幸短命死矣！今也则亡，未闻好学者也。"（《论语·雍也》）

我们可以回想一下中国历代的儒士、儒生，他们有一个共同的特点，那就是在知识上都具有相当的储备。中国古代的知识分子、学者不一定是儒士，如东晋的葛洪是道教学者，唐代的玄奘是佛教善知识，但儒士一定是学者，没有知识的人绝不可能被称为儒士，这一点简直举不出反例来。其原因就在于学习知识是儒学追求完美的重要手段，这和佛教徒通过念佛（尤其净土宗）或基督教徒通过祷告等方式来追求完美是完全不同的。

明白了"学"的重要性，其次是"学"的方法。孔子提出的方法也很简明，"时习之"，经常练习，经常温习。"习"字的本义是小鸟很不熟练地扇动翅膀，练习飞翔，引申开就是练习的意思。BBC（英国广播公司）拍过一个很精彩的纪录片叫作《冰冻星球》，其中有一段拍初生的信天翁练习使用翅膀飞翔，开始很笨拙，很不熟练，后来慢慢熟练起来，最后一个镜头是从高高的山崖跳下，展翅飞向大海，让人印象深刻。这个片段对"习"的描述很直观，练习，就是把所学的理论上的东西通过反复尝试，融入实践，也是把观念融入到自己的本能当中去。我们如果有真正学习一样东西的经验就非常容易理解了，比如，学习打球、弹琴、绘画等，我们总是先从老师那里学到一定的概念，然后在反复实践中把这些概念转化为实际操作。

学习具体的技能是这样，学习道德同样如此，孔门弟子曾子就说过：

"吾日三省吾身：为人谋而不忠乎？与朋友交而不信乎？传不习乎？"（《论语·学而》）

曾子为什么要每天三次反省自己呢？其实这是一种练习的方式，他已经学习过并且知道“为人谋而忠”、“与朋友交而信”、“传而习”是良好的道德习惯，但是也许有点担心自己做不到，所以每天都要提醒自己。就好像一个学习弹琴而技法未精的人怕自己忘记指法，要时不时刻意地提醒自己。

学和习要结合在一起的道理听起来很简单，好像小学生都知道，但实际上人们常常犯学、习分离的毛病。以今天高校的文学专业教育来说，就是一个典型的学、习分离的现状。文学系的学生，包括研究生甚至教师，多数是纸上谈兵，研究诗歌的多数不会写诗歌，研究小说的多数不会写小说，研究古代文学的很多连《昭明文选》都没能熟读。这是十分荒谬的事情，正好比钢琴教师不会弹琴，书法教师不会写字。这样的情况在其他领域也时有发生，所以对于非文学专业的同学来说，也是一件值得警惕的事情。我们记住并深刻理解孔夫子讲“学而时习之”的道理，就能最大限度地避免这种荒谬的事情发生在自己身上。

通过学来实现自我完善，通过习来深入、达成学的目的，这个过程中还有一个重要的元素——说（悦），就是欣悦、愉悦、快乐，就是孔子所说“不亦说乎”。我们前面讲到过，儒学不是宗教，却是一门深深具有宗教情怀的学说。真正受到宗教情怀滋养的人，内心都是充满愉悦和快乐的，所以我们看《论语》里有很多地方提到快乐，比如：

子曰：“贤哉，回也！一箪食，一瓢饮，在陋巷，人不堪其忧，回也不改其乐。贤哉，回也！”（《论语·雍也》）

子曰：“饭疏食饮水，曲肱而枕之，乐亦在其中。”（《论语·述而》）

子曰：“其为人也（孔子自谓），发愤忘食，乐以忘忧，不知老之将至云尔。”（《论语·述而》）

我们看，无论是艰苦的生活环境，还是生理衰老的悲哀，都不能影响孔子和他的弟子的快乐，原因就在于以孔子为代表的儒家信徒始终沐浴在追求完美、止于至善的宗教情怀之中。所以学习这件事对于儒家的信徒而言，就好比西藏的佛教徒一步一拜磕长头去朝圣，磕得手脚长茧、头破血流，旁人看起来辛苦，吃力不讨好，朝圣者自己的内心却是充满了幸福和愉悦的。

当然，这并不是说儒学的这种信仰是所有人应该绝对奉行的，也有人不相信学习可以成为达成完美的手段。庄子就提出“吾生也有涯，而知也无涯，以有涯随无涯，殆已”（《庄子·养生主》），意思是人的生命是有限的，但知识是无穷无尽的，用有限的生命去追求无限的知识，这太危险了。这句话里的“殆”和《论语》里“思而不学则殆”的“殆”是同一个意思，字面意思是危险。为什么危险呢？因为走错路了！从这里就能看出孔子和庄子在思想上的一个分水岭，孔子思想的大前提是终身学习，在这个大前提下你的学习方法不对，那是走错了路，而庄子则认为用毕生去追求知识本身就是一条错路。

再如《红楼梦》里有一个情节，贾政要贾宝玉以《论语》里的“十五有志于学”为题作文章，贾宝玉提笔就来：“夫不志于学，人之常也；圣人十五而志之，不亦难乎。”不喜欢学习，不以学业为志向，我想贾宝玉这句话真是说到了多数人的心坎上。读过《红楼梦》的人都知道，《红楼梦》一开头专门写了一个跛脚道人和一个癞头和尚，象征着这部小说从精神上讲有道家的东西也有佛教的东西，却偏没有儒家的味道，所以主人公贾宝玉“不志于学”是必然的。贾宝玉这个公子哥儿有很多可爱的地方，他怜香惜玉，看到水一般的姐姐妹妹就发自内心地高兴，对高格调的文化品位有积极的追求，但他的快乐之中绝不包含学习之乐，所以他尽可以是一个情种、一个艺术家，最后成为一个佛教徒，但绝不可能成为一个儒者。

近些年随着国学热的兴起，好像社会上流行着谈论儒家、谈论《论语》的时尚，同时还伴随着一些社会活动的开展，比如穿汉服、祭拜孔子等。当然不好说这些潮流和活动对不对，但衡量一个人是不是儒家思想的信徒，其实标准并不在于他穿什么衣服，会不会背《论语》，拜不拜孔子……我们只要简单地看一个人是否践行了“学而时习之，不亦说乎”的宗旨——即是否以通过学习来完善自身为毕生的追求，并真实地乐在其中——便可以立刻判断他是不是真的儒家信徒。不管学的是理工、经济、法律、历史……只要一个人热爱学习，并且真正乐在其中，他就能够成为一个和孔子一样的真正的儒者。

美国耶鲁大学前校长小贝诺·C. 施密德特在1987年耶鲁大学迎新典礼上的演讲中说过这样一段话：“在任何一所大学，只要为知识而忠于知识的思想占支配地位，对真理，或者至少是对近似真理的无止境追求便价值无上。”尽管有中西、古今之别，但我们以“学而时习之，不亦说乎”的内涵作为标准，则完全有理由说，这位美国的校长先生所表达的教育理念和孔子是非常接近的。

“学而时习之，不亦说乎”的后面紧接着有两句话，也是大家非常熟悉的：“有朋自远方来，不亦乐乎？人不知而不愠，不亦君子乎？”后面两句话和前面一句话连在一起，是孔子合起来说的一段话，它们之间是有关联性的。如果我们以前对“学而时习之，不亦说乎”的意思不够了解，那么很有可能也就不明白为什么后面会跟着说这样两句。

“有朋自远方来，不亦乐乎？”我们今天的“朋友”概念比较宽泛，好像在一起有过交往的人都泛称“朋友”，但是古人说“朋友”的意思是比较严格的，叫作“同师曰朋，同志曰友”，意思是在同一个老师门下受业的人叫作“朋”，具有相同志向和志趣的人叫作“友”。总体来说，古人所说的朋友是在学业上有同样的追求、在想法上有共同点的人。那么和孔子在学业上有同样的追求、在想法上有共同点的人是什么人呢？就是我们前面讲到的，能够“学而时习之，不亦说乎”的真正的儒家信徒。这样的人从古至今都非常少，今天的人多数不爱学习，以前的人也多数不爱学习，更不要说以学习为建立信仰的方法。实际上，如果我们去读一读孔子以及孔门弟子的一些材料，如《史记》里的《孔子世家》、《仲尼弟子列传》、《孟子荀卿列传》等，就会发现以孔子和孔门弟子为代表的儒家信徒，他们的生活总体上是比较边缘化、比较不受人理解的，重要的原因之一就是贾宝玉说的“夫不志于学，人之常也”。所以我相信，孔子和孔门弟子的身边总是围绕着志趣毫不相同且不理解他们的人，有时难得碰见一个志趣相投的人，往往是来自遥远的他方，这个时候，就会激发出非常罕有的相互认同的情感，“不亦乐乎”。

“人不知而不愠”，这里的“不知”是“不知我”的省略，意思是别人不理解我但我并不因此不高兴。这个“愠”字用我们今天流行的词汇来说就是“郁闷”，指暗暗不高兴。我们都有过这样的生活经历，被别人误解是一件很郁闷的事情。当时作为少数派、边缘群体的儒家信徒，无论是在政治上、学术上，还是在生活上，时刻面临着别人的误解和严厉的批评，被普遍认为是迂腐、滑稽之徒。如和孔子同时的齐国著名政治家、我们熟知的“晏子使楚”的主人公晏婴就曾严厉地攻击过儒家和孔子：

夫儒者滑稽而不可轨法；倨傲自顺，不可以为下；崇丧遂哀，破产厚葬，不可以为俗；游说乞贷，不可以为国。自大贤之息，周室既衰，礼乐缺有间。今孔子盛容饰，繁登降之礼，趋详之节，累世不能殚其学，当年不能究其礼。君欲用之以移齐俗，非所以先细民也。（《史记·孔子世家》）

学术方面，以墨子和庄子为代表的先秦思想家对儒家及孔子都有过不同程度的批评，如：

孔某与其门弟子闲坐，曰："夫舜见瞽叟就然，此时天下圾乎！周公旦非其人也邪？何为舍其家室而托寓也？"孔某所行，心术所至也。其徒属弟子皆效孔丘。子贡、季路辅孔悝乱乎卫，阳虎乱乎齐，佛肸以中牟叛，桼雕刑残，莫大焉。夫为弟子，后生其师，必修其言，法其行，力不足，知弗及而后已。今孔丘之行如此，儒士则可以疑矣。"（《墨子·非儒下》）

瞿鹊子问乎长梧子曰："吾闻诸夫子，'圣人不从事于务，不就利；不违害，不喜求，不缘道；无谓有谓，有谓无谓，而游乎尘垢之外。'夫子以为孟浪之言，而我以为妙道之行也。吾子以为奚若？"

长梧子曰："是黄帝之所听荧也，而丘也何足以知之！"（《庄子·齐物论》）

正是面对普遍的不理解和非难，孔子提出了"人不知而不愠，不亦君子乎"？如果别人不理解我、批评我，我不但不急于反击别人，或者怀恨在心，甚至连一点郁闷都不要有。为什么呢？因为每个人的想法、志向和信仰是非常难改变的，所谓：

"三军可夺帅，匹夫不可夺志也。"（《论语·子罕》）

我们能够想象到，要在三军之中显示勇武、力压群雄成为将帅是多么难的事，但是孔子却告诉我们，比夺帅三军更难的事是改变一个人的志向。所以别人不理解我、批评我，只是因为我们的志向不同，而他们的不理解和批评并不能动摇我坚定的志向和信仰，那还有什么值得不高兴的呢。

实际上，真正坚定的信仰总是保有一种自足的快乐，孔子曰："饭疏食饮水，曲肱而枕之，乐亦在其中。"（《论语·述而》）因为孔子是如此坚定的儒家信徒，所以才会无改其志，无惧他人的误解。在传媒迅速发展的近一百年来，各类名人在报纸上，在刊物上，在网络论坛上，到今天在微博上，有那么多打不完的笔墨官司和口水仗。在那些高分贝或者带着各种技巧的争吵之下，有一些东西正在枯萎。

第三章　逍遥与困顿

——《庄子》选读

推荐阅读：

陈鼓应《庄子今注今译》

流沙河《庄子现代版》

庄子·逍遥游（节录）

北冥有鱼，其名为鲲。鲲之大，不知其几千里也。化而为鸟，其名为鹏。鹏之背，不知其几千里也；怒而飞，其翼若垂天之云。是鸟也，海运则将徙于南冥。南冥者，天池也。

《齐谐》者，志怪者也。《谐》之言曰："鹏之徙于南冥也，水击三千里，抟扶摇而上者九万里，去以六月息者也。"野马也，尘埃也，生物之以息相吹也。天之苍苍，其正色邪？其远而无所至极邪？其视下也，亦若是则已矣。

且夫水之积也不厚，则其负大舟也无力。覆杯水于坳堂之上，则芥为之舟，置杯焉则胶，水浅而舟大也。风之积也不厚，则其负大翼也无力。故九万里，则风斯在下矣，而后乃今培风；背负青天，而莫之夭阏者，而后乃今将图南。

庄子·大宗师（节录）

子舆与子桑友，而霖雨十日。子舆曰："子桑殆病矣！"裹饭而往食之。至子桑之门，则若歌若哭，鼓琴曰："父邪？母邪？天乎？人乎？"有不任其声而趋举其诗焉。

子舆入，曰："子之歌诗，何故若是？"

曰："吾思夫使我至此极者而弗得也。父母岂欲吾贫哉？天无私覆，地无私载，天地岂私贫我哉？求其为之者而不得也。然而至此极者，命也夫！”

庄子·秋水（节录）

庄子与惠子游于濠梁之上。庄子曰：“儵鱼出游从容，是鱼之乐也。”惠子曰：“子非鱼，安知鱼之乐？”庄子曰：“子非我，安知我不知鱼之乐？”惠子曰：“我非子，固不知子矣；子固非鱼也，子之不知鱼之乐，全矣。”庄子曰：“请循其本。子曰‘汝安知鱼乐’云者，既已知吾知之而问我。我知之濠上也。”

庄子·徐无鬼（节录）

庄子送葬，过惠子之墓，顾谓从者曰：“郢人垩慢其鼻端，若蝇翼，使匠石斫之。匠石运斤成风，听而斫之，尽垩而鼻不伤，郢人立不失容。宋元君闻之，召匠石曰：‘尝试为寡人为之。’匠石曰：‘臣则尝能斫之。虽然，臣之质死久矣。’自夫子之死也，吾无以为质矣！吾无与言之矣。”

当提到《庄子》这部书的时候，我想很多人的脑海里第一个联想到的是“逍遥”两个字。的确，《庄子》的第一篇《逍遥游》所展现的鲲鹏展翅扶摇直上九万里的恢宏场景总是能给人留下深刻的印象。如果你也对《庄子》怀有这样的初步印象，那么可能会令你失望的是，本章的出发点不在于加深大家在这个方面的印象，而是另外有话要说。本章所涉及的《庄子》的相关内容，也许和大家平时对《庄子》的直观印象有所区别，这是首先要说明的。

中国古人的书，有的篇幅短、意思长，如《春秋》和《论语》。像《春秋》、《论语》这样的著作，一字一句的背后都富含着值得深入钻研的深意。另外有一些书，篇幅长，意思却相对短，如多数先秦子书都是这样，《庄子》就是其中个代表。有必要说明的是，这并不是说《庄子》这部书不精彩，或者说水平不高。《庄子》是一部非常精彩的书，它在文学想象、取类譬喻等方面非常精彩，这一点毋庸置疑，我们在这里谈到的是它的内涵容量的问题，这是另一个问题。关于读书，有一种说法叫作把“薄书读厚，厚书读薄”，这是很考读书功夫的，但首先要知道哪些书应该往厚里读，哪些书应该往薄里读。在我看来，《庄子》

就是应该往薄的、轻盈的路子上去读，像经史家那种字字研读的方法并不适合《庄子》。好比走路，该轻轻跃过的地方要是重重一脚踩下去，踏了空，说不定就会崴脚。

《庄子》一书共三十三篇，分为内篇七篇、外篇十五篇和杂篇十一篇。内七篇一般认为是庄子本人写成，外篇被认为是庄子门人的手笔，杂篇则混入了其他诸子各家的成分。这样的篇幅看起来很长，但实际上并不是每一篇都具有同样的重要性，如庄子学专家方勇教授在授课时重点讲授其中的四篇，分别为：

《逍遥游》、《齐物论》（内篇）
《秋水》（外篇）
《天下》（杂篇）

方勇教授对《庄子》篇目的选择，应该说是深刻把握了《庄子》的精髓。《逍遥游》和《齐物论》是《庄子》一书的理论核心，在逻辑思路上相互关联，曾有文献家提出过这两篇实际上在早期本来是一篇的观点。《庄子》中的其他篇目都是由此二篇衍生而出，把握了《逍遥游》和《齐物论》，就有足够的理论储备去理解《庄子》全书。《秋水》在思想上并没有什么超出《逍遥游》和《齐物论》的内容，但是它的场景恢宏、譬喻精彩，代表着《庄子》一书的文学水准，也很值得一读。《天下》是《庄子》的最后一篇，是一篇带有思想史论性质的论述，其中一本正经、条分缕析的行文风格，和庄子那种诙谐狡黠的气质不尽相同，但其中对先秦诸子各派的思想做了比较详细的述评，具有较高的参考价值，适合文史素养较高的人学习。对于今天的大学生来说，如果对《庄子》有兴趣，重点选读以上四篇，收获可能会比读一些《庄子》的介绍性读本来得更直接一些。

《庄子》一书在中国思想史、文化史上的影响很大，各种注本很多，各有精彩之处。今人阐释《庄子》的注本中，本章推荐陈鼓应教授的《庄子今注今译》和流沙河先生的《庄子现代版》。前者是对《庄子》的白话文翻译和解释，简明准确。后者是基于《庄子》原文的白话文翻译，行文中加入了一些现代人诙谐的说法，显得更加幽默，可读性更强，但在精神上是符合《庄子》原意的。

一、庄子的“逍遥”到底是什么

庄子·逍遥游（节录）

北冥有鱼，其名为鲲。鲲之大，不知其几千里也。化而为鸟，其名为鹏。鹏之背，不知其几千里也；怒而飞，其翼若垂天之云。是鸟也，海运则将徙于南冥。南冥者，天池也。

《齐谐》者，志怪者也。《谐》之言曰：“鹏之徙于南冥也，水击三千里，抟扶摇而上者九万里，去以六月息者也。”野马也，尘埃也，生物之以息相吹也。天之苍苍，其正色邪？其远而无所至极邪？其视下也，亦若是则已矣。

且夫水之积也不厚，则其负大舟也无力。覆杯水于坳堂之上，则芥为之舟，置杯焉则胶，水浅而舟大也。风之积也不厚，则其负大翼也无力。故九万里，则风斯在下矣，而后乃今培风；背负青天，而莫之夭阏者，而后乃今将图南。

北方的大海里有一种鱼叫作鲲。鲲的身体硕大，无法估量有几千里。鲲有时变化为鸟，叫作鹏。鹏的背展，不知道长到几千里。当它奋起而飞的时候，那展开的双翅就像遮蔽天空的硕大云彩。这只大鹏鸟，随着海上汹涌的波涛迁徙到南方的大海。南方的大海叫作天池。

《齐谐》是一部专门记载怪异事情的书，根据这本书的记载：“鹏鸟迁徙到南方大海的过程中，翅膀拍击水面激起水花，波及数千里远，它凭借翼下扇起的巨风直上几万里的高空，一直飞了六个月才停息。”原野山泽中的雾气，空气中的尘埃，都是大自然中生物用气息相吹拂的结果。天色深青，那是天空真正的颜色呢，还是因为它高旷辽远、没有边际（而显现出的状态）呢？大鹏鸟在高空俯视下方，看到的情境和生物从地下仰视苍天的情境应该是一样的吧。

水如果汇积不深，它浮载大船就没有力量。倒杯水在小坑里，那么小小的芥草（浮在上面）就成为一只小船；但如果放一个杯子在上面就会搁浅，这是因为水太浅而船大。如果（大鹏鸟翅膀下的）风聚积得不够雄厚，那么它托负巨大翅膀的力量便不够。大鹏鸟能够一飞九万里，正是凭借了巨风的承载，然后才乘风而飞，背负青天而没有什么力量能够阻遏它了，然后才准备飞到南方去。

《逍遥游》是大家在中学语文课程中学习过的篇章，对于大学生来说并不陌生。按照大家以往的印象，“逍遥游”是指无所依赖地、绝对自由地遨游于宇宙天地间，这个印象应该说大致上是正确的，但通常由此引发出的一个推论就失之毫厘谬以千里了，人们往往会误认为庄子是一个因为追求逍遥而达于逍遥之境的人。

《逍遥游》开篇，前两段描写了一只由巨鱼变化而来的大鹏鸟，它身体硕大、能力出众，能够展翅高远、俯瞰众生，令人神往。在这样极富浪漫主义的笔调下，人们常常会忽略文义转关之处。实际上，在描写大鹏鸟之后紧接的一段“且夫水之积也不厚，则其负大舟也无力……”才是《逍遥游》理论的核心所在。这一段文字尽管仍然采用了譬喻的写作手法，但行文不像开头两段那么气势恢宏、想象舒张，是读者经常忽略的重点段落。

这段文字表达了什么意思呢？实际上，庄子的这一段文字相当于给前面热气腾腾的宏大场景浇了点冷水，他要说的主要意思是：任何事物所展现出的状态、属性都不是孤立存在的，而是直接取决于事物所处的环境和事物周围的条件。他用比喻的方式说到，如果要让大船有力地航行，那么一定要具有相当深厚的水文条件；否则大船再大，它本身的条件再好，放到浅水里也会搁浅，无法发挥自身的优势。然后由船和水这样一组比喻对应到大鹏鸟和大鹏鸟的翼下之风，意思就很明白了，前面描述的大鹏鸟的种种惊人之举，实际上是因为它处于适合其才性的环境之中，缺少了相适应的环境和条件，大鹏鸟不可能展翅高飞。

《逍遥游》这一篇洋洋洒洒的文字，文中不停地变幻着喻体，其实说来说去，都是变着花样来说明这样一个道理：**真正的逍遥，就是将个体置身于完全适合自身才性的环境之中。**

我们下面简单梳理一下《逍遥游》里主要涉及的自身与环境相适应的比喻：

鹏鸟——无边的天际、厚重的翼下之风

（作为船的）芥草——倒在小坑里的水

蜩与学鸠（小鸟）——榆树和枋树的枝头到地面

冥灵（南方的大龟）——寿命长达以五百年为一个季节

大椿（传说中的古树）——寿命长达以八千年为一个季节

彭祖（传说中的人间长寿者）——数百年的寿命

列子（传说中的神仙）——御气而行，犹有所待

惠子的超级大瓠（大葫芦）——庄子告诉他尽管这个大葫芦大到不能用作普通的用途，但换个思路可以拿来做船用

惠子的长相奇特的大树——庄子告诉他正是因为这棵大树长相奇特，不能用作普通的木料用途，所以才可以免除刀削斧伐，得以全身养命

庄子取类譬喻的本领高超，能够不停换着花样地打比方、作比喻，但实际上这些比喻的意思都基本相同，他所比喻的本体都是实实在在的人生。所以《逍遥游》里有这样一句话，是《逍遥游》一篇真正的核心所在：

故夫知效一官，行比一乡，德合一君，而徵一国者，其自视也亦若此矣。《庄子·逍遥游》

所以那些才智足以胜任一个官职、善行能联合一乡的人，道德能使国君感到满意、能力足以取信一国之人的人，他们看待自己也像是这样（自身才性与所处社会地位、职务相适应）吧。

这样的见解是庄子的独创吗？答案是否定的。实际上，《论语》里记载的孔子及孔门弟子的对答之中常常贯彻着这样的思想。比如：

有子曰："礼之用，和为贵。先王之道，斯为美，小大由之……"（《论语·学而》）

子曰："君子易事而难说也。说之不以其道，不说也；及其使人也，器之……"（《论语·子路》）

"小大由之"，就是根据具体的情况可大可小。"器之"，就是将不同才性的人放到适合他们才性的职位上。我在上一章里谈到《论语》的行文特点是言约义丰，确实如此。孔子坚信"辞，达而已矣"（《论语·卫灵公》），就是说语言表达以准确传达意思为最高的标准，意思说清楚，就可以了。这在散文上造成了一种古拙、质朴的行文风格。而庄子则认为"得意忘言"（《庄子·外物》），即主张只要能够传达意思，语言是可以随心所欲进行塑造的工具，所以《庄子》

的行文张扬、反复、诡黠、俏皮……以丰富的语言表现能力吸引读者，展现出一种截然不同的风格特征。

我们普通人读《庄子》常有一个误区，看到庄子总是一会儿说东、一会儿说西，不是谈论神仙就是谈论奇怪罕见的事物，就以为庄子是个不关心现实人生、只在乎形而上问题的人。实际上，庄子是一个非常专注于现实人生思考的思想家。在《庄子》内七篇中专门有一篇叫《人间世》，其中近一半的内容是孔子和弟子关于现实人生和现实政治的问答，尽管庄子提出的关于人生和政治的意见有时看起来与孔子相左，但关注的焦点是很一致的。传统上往往将庄子和老子并提，合称“老庄”，而我建议各位在学习《庄子》的时候不妨结合《论语》，或许会带给你不一样的启发。

关于庄子的“逍遥”，从义理上说，理解为“将个体置身于完全适合自身才性的环境之中”，大体上是没有差错的。但还有一个由此引申出来的问题值得特别谈一谈，那就是关于自身才性的认识。对自身的认识从古至今就是一个难解的命题，希腊雅典的神庙外刻着一句名言：“人啊，认识你自己！”中国古代先哲老子也有“自知者明”（《道德经·第三十三章》）的箴言。认识自己既然是如此难的一件事，那么在没有充分认识自己的前提下就匆匆忙忙去学庄子的“逍遥”，就很容易流于消极、懈怠。很多人，特别是年轻人，因为暂时阅历浅、能力弱，往往轻易地将自身定义为《庄子》中所说的不成材的一类人，从而失去进取之心。在这一点上，儒家思想中强调自强不息，强调通过自身努力实现弱进于强的内容，可以作为曲解庄子“逍遥”的一剂强力解药。

二、庄子不易察觉的困顿

庄子·大宗师（节录）

子舆与子桑友，而霖雨十日。子舆曰：“子桑殆病矣！”裹饭而往食之。至子桑之门，则若歌若哭，鼓琴曰：“父邪？母邪？天乎？人乎？”有不任其声而趋举其诗焉。

子舆入，曰：“子之歌诗，何故若是？”

曰：“吾思夫使我至此极者而弗得也。父母岂欲吾贫哉？天无私覆，地无私载，天地岂私贫我哉？求其为之者而不得也。然而至此极者，命也夫！”

子舆和子桑是一对好朋友，有一次，连续下了十天的雨（子舆没有见到子桑）。子舆（很奇怪地）说："子桑难道生病了吗?"于是就带着饭去给子桑吃。到了子桑的门口，听见里面好像有一种像是唱歌又像是在哭的声音，屋里面有人弹着琴唱道："是因为父亲吗？是因为母亲吗？是因为老天吗？还是因为世人?"听起来声音衰弱而又急促，但坚持念着这样的诗。

子舆进到屋内，对子桑说："你为什么唱着这样（哀伤）的诗啊?"子桑回答说："我在思索是什么令我陷入到今天这样极端的困境，但没有思考出答案。父母难道希望我贫困吗？苍天无私地覆盖着万物，大地无私地承载着众生，天地难道有意让我贫困吗？我一直在思考（究竟是什么让我困顿）而无所得。但我终究是这样的困顿啊，这也许就是命吧!"

《庄子》这部书初读起来，似乎充溢着一种难以形容的乐观，好像人世间的种种都不放在心上，谈起什么来都是一股满不在乎的戏谑劲儿。但如果你由此认为庄子是一个内心时刻充满愉悦的人，那么很遗憾，你也许被庄子的障眼法蒙蔽了。

如果细读《庄子》，我们会发现，尽管庄子以及《庄子》中记述的得道者多数时候环绕着一种洞彻人生的冷峻和悲寂，但在他们的身上很少能见到因达观而产生的快乐情绪。我所说的快乐情绪，是孔门弟子颜回式的"一箪食，一瓢饮，在陋巷，人不堪其忧，回也不改其乐"（《论语·雍也》），就是说哪怕陷入人生的窘境，但内心依然充实快乐。所以另一位先秦思想家荀子曾批评庄子："庄子蔽于天而不知人。"（《荀子·解蔽》）大概的意思是说庄子一味地强调天道而忽略了人性的特殊性。人有七情六欲，有各种各样不受绝对理性控制的情感因素，《道德经》就将天道与人道区分开来："天之道，损有余而补不足。人之道，则不然，损不足以奉有余。"（《道德经·第七十七章》），可见不能简单地把物理与人情进行比附。

以《庄子》最核心的理论"逍遥"来说，我们前面谈到"逍遥"的含义是**"将个体置身于完全适合自身才性的环境之中"**。这样看似简单的境界实际很难达到，原因就在于人总是会因对自身的执着而对自我产生认知偏差。另外更重要的是，即便正确认知自身才性，也可能会因为对名誉、利益的渴求，而对并不符合自身才性的社会地位产生动心忍性式的纠结。所以《庄子》中的理想人物也许通晓天道物理，但他们的情绪往往陷入一种困顿不能自拔的虚无主义之中。

其中最具有代表性的段落，就是本节引述的《庄子·大宗师》中“霖雨十日”的故事。《大宗师》是一篇阐释天理与人性浑一的文字，其中谈到许多将人性并入天理的得道者的言行事迹。有趣的是，“霖雨十日”这个故事，被庄子放在了《大宗师》的结尾。故事中的子桑却因为人生面临极度困境，陷入了哭天喊地、不可理喻的悲哀之中。这是庄子借助寓言人物之口唱出了内心真实的困顿。这样的困顿，在哲学上或许是一个无解的命题，在美学上却具有一种值得深刻品味的悲剧精神，它象征着有局限的人类面对永恒时空的囚禁注定未能图破。

我曾在电影里看到过这样一个故事。有个人去看心理医生，他告诉医生自己很悲观和孤独，总觉得世界是如此冷酷。医生告诉他治疗的方法很简单，世界上最好的小丑正在镇上演出，去看一场小丑的表演就能重新找回对生活的乐观。这个人突然大哭起来，他说，我就是那个小丑。

在我的眼中，庄子就是这个小丑。“霖雨十日”的故事，就是小丑难得敞开心扉的一哭。

三、庄子和他的好朋友惠子

庄子·秋水（节录）

庄子与惠子游于濠梁之上。庄子曰：“鯈鱼出游从容，是鱼之乐也。”惠子曰：“子非鱼，安知鱼之乐？”庄子曰：“子非我，安知我不知鱼之乐？”惠子曰：“我非子，固不知子矣；子固非鱼也，子之不知鱼之乐，全矣。”庄子曰：“请循其本。子曰‘汝安知鱼乐’云者，既已知吾知之而问我。我知之濠上也。”

庄子和惠子同在濠水的桥上游玩。庄子说：“你看鯈鱼在水里游得多么悠闲自在，这不就是鱼儿的快乐吗？”惠子说：“你又不是鱼，你怎么知道鱼的快乐？”庄子说：“那你不是我，你怎么知道我不知道鱼儿的快乐？”惠子说：“我不是你，固然不知道你；你也不是鱼，你不知道鱼的快乐，这也是完全可以肯定的啊。”庄子说：“还是让我们从头说起吧。你一开始说‘你怎么知道鱼的快乐’的时候，就是明明知道了我知道鱼儿的快乐而问我。我是在濠水的桥上知道鱼儿快乐的呀。”

庄子·徐无鬼（节录）

庄子送葬，过惠子之墓，顾谓从者曰："郢人垩慢其鼻端，若蝇翼，使匠石斫之。匠石运斤成风，听而斫之，尽垩而鼻不伤，郢人立不失容。宋元君闻之，召匠石曰：'尝试为寡人为之。'匠石曰：'臣则尝能斫之。虽然，臣之质死久矣。'自夫子之死也，吾无以为质矣！吾无与言之矣。"

庄子送葬，经过惠子的墓地，回过头来对跟随他的人说："郢地有个人，用白垩泥在自己的鼻尖上涂了个像蚊蝇的翅膀大小的白点，让泥水匠人用斧子砍削掉这一小白点。泥水匠人挥动斧子呼呼作响，轻易地削掉了白点，鼻尖上的白泥完全除去而鼻子却一点儿也没有受伤，郢人站在那里面不改色。宋元君知道了这件事，召见泥水匠人说：'你表演给我看看。'泥水匠人说：'我确实曾经能够砍削掉鼻尖上的小白点。虽然如此，但我的好搭档已经死去很久了。'自从惠子去世之后，我再也没有可以相互砥砺的对手了，我再也没有可以与之论辩的人了！"

庄子是一个幽默细胞很发达的人，喜欢开玩笑，喜欢调侃别人，喜欢正话反说。所以我们读《庄子》的时候，要特别有一点提防之心，不要以为庄子调侃谁，就以为庄子讨厌谁，有时候情况恰恰相反，庄子最经常调侃的人，其实是他最好的朋友——惠施。

惠施，在《庄子》里被称为惠子，大概是《庄子》中出现次数最多的人物。在《庄子》一书中，惠子的形象多数情况下是个带有点迂笨、不知变通、在和庄子的辩论中时常处于下风的老实人。

那么实际情况是不是这样呢？其实，惠子是与庄子同一时期的著名政治家、辩论家和哲学家。先秦诸子各家学派之中，有一派后来不太引人注意的名家，惠子就是名家学派的创始人和主要代表人物。名实之辩是先秦哲学家普遍比较关注的重要命题，意思是一件事物的称呼（概念、意义）和它本身之间的关系，相当于古希腊哲学中的理式与存在。以惠子为代表的名家学派，偏重强调事物"名"的一面，实际上就是强调事物抽象的属性。在总体比较务实的中国文化里面，名家学派在先秦以后影响甚微。但是在西方文明里，哲学上理式与存在之争从古希腊一直贯穿到20世纪。这也许是中西文化的一个重要分水岭，没有对抽象事物执着的思考和研究，纯抽象的学科——现代数学就无法建立，而现代数学是工业文明之母。中国文明最终没有自发建立起现代数学，从而没有自动进入工业时代，从名家的不受重视上，也许可以发现一些原因。

惠子的实际情况，绝不像《庄子》中所描述的那样迂笨不堪，而是一位在各国享有良好声誉的政治家、外交家。除了积极于政治事务之外，他还热爱思考抽象的哲学问题。也许正是因为他所思考的问题过于抽象，在一般人眼里显得无用，这才使得以废柴（大樗）自居的庄子将他视为朋友。同时，也许因为惠子是一位具有重要影响的政治家，这让庄子常常变着花样调侃他。

在本节引述的两段和惠子相关的《庄子》段落中，第一段是大家非常熟悉的“子非鱼”的故事。其实细读这一段对话我们可以发现，所谓“子非鱼＋子非我”的辩论，是一个注定没有结论的逻辑循环，谁也不可能在逻辑上说服谁，但庄子和惠子这两个人就在那里非常固执地把对话进行了下去，洋溢着一种可爱的孩子般的执着。尽管对话的结尾仿佛以庄子的胜利告终，但也并没有跳出逻辑循环，如果惠子愿意继续下去——实际上是《秋水》的作者愿意继续写下去，他们的对话还可以无限地拉长。

第二段文字是《庄子》全书中少有的真情流露。庄子是一个在理论上强调生死齐同的哲学家，甚至连他的妻子去世了，他也只是面对遗体鼓盆而歌，看起来好像很潇洒。但在谈论到已经去世的惠子的时候，他竟发自内心地表达了怅惋和痛惜。

由此可见，惠子在庄子的心中确实是最惺惺相惜的好朋友。而就是这最惺惺相惜的好朋友，却最经常遭到庄子的调侃，可见庄子的性格中狡黠、俏皮的一面被他自己放大到很夸张的地步。《庄子》这部书也和庄子其人一样，具有狡黠、俏皮的特征，这是阅读《庄子》要特别注意的地方。

第四章　映照生辉

——《史记》传人技法选讲

推荐阅读：

司马迁《史记》（中华书局十卷本）

史记·伍子胥列传（节录）

始伍员与申包胥为交，员之亡也，谓包胥曰："我必覆楚。"包胥曰："我必存之。"及吴兵入郢，伍子胥求昭王。既不得，乃掘楚平王墓，出其尸，鞭之三百，然后已。申包胥亡于山中，使人谓子胥曰："子之报仇，其以甚乎！吾闻之，人众者胜天，天定亦能破人。今子故平王之臣，亲北面而事之，今至于僇死人，此岂其无天道之极乎！"伍子胥曰："为我谢申包胥曰，吾日莫途远，吾故倒行而逆施之。"于是申包胥走秦告急，求救于秦。秦不许。包胥立于秦廷，昼夜哭，七日七夜不绝其声。秦哀公怜之，曰："楚虽无道，有臣若是，可无存乎！"乃遣车五百乘救楚击吴。

史记·李将军列传（节录）

李将军广者，陇西成纪人也。其先曰李信，秦时为将，逐得燕太子丹者也。故槐里，徙成纪。广家世世受射。孝文帝十四年，匈奴大入萧关，广以良家子从军击胡，用善骑射，杀首虏多，为汉中郎。广从弟李蔡亦为郎，皆为武骑常侍，秩八百石。尝从行，有所冲陷折关及格猛兽，而文帝曰："惜乎，子不遇时！如令子当高帝时，万户侯岂足道哉！"

……

居久之，孝景崩，武帝立，左右以为广名将也，于是广以上郡太守为未央卫尉，而程不识亦为长乐卫尉，程不识故与李广俱以边太守将军屯。及出击胡，而广行无部伍行陈，就善水草屯，舍止，人人自便，不击刁斗以自卫，莫府省约文书籍事，然亦远斥候，未尝遇害。程不识正部曲行伍营陈，击刁斗，士吏治军簿至明，军不得休息，然亦未尝遇害。不识曰："李广军极简易，然虏卒犯之，无以禁也；而其士卒亦佚乐，咸乐为之死。我军虽烦扰，然虏亦不得犯我。"是时汉边郡李广、程不识皆为名将，然匈奴畏李广之略，士卒亦多乐从李广而苦程不识。程不识孝景时以数直谏为太中大夫。为人廉，谨于文法。

一、《史记》是一部什么书

《史记》是一部什么书？这个问题听起来似乎特别简单，大家的第一反应应该会说：那是一部史书。了解得多一些的人会进一步谈到，《史记》是二十四史之首，是一部伟大的历史著作，同时它还是一部杰出的文学著作，鲁迅曾经盛赞《史记》为"史家之绝唱，无韵之离骚"。

这样的看法基本正确，如果是考试答卷可以得九十分。大家会奇怪了，这难道还不是标准答案吗？差十分差在哪里呢？实际上，无论是将《史记》视为史书，还是将它视为文章学典范，都是《史记》诞生以后经过了很长时间慢慢形成的后人的看法，和它原本的形态不尽一致。《史记》诞生于西汉，将《史记》视为史书是东汉到魏晋南北朝以来"史籍"观念树立过程中产生的看法，而将它视为地位较高的文章学典范，则是要晚至宋代，直至明清时期才兴起的观念。尽管这些看法在今天已经深入人心，但是和西汉时期司马谈、司马迁父子写作《史记》的本意有一定的偏差。

那么《史记》原本的写作动机究竟是什么呢？

《史记》原来的名字叫作《太史公书》。太史公，是对担任太史这个职务的人的尊称，司马谈和司马迁父子相继担任过这个职务，所以书中的太史公就是指他们父子俩。太史这个职务，大家直观想过去，可能会误以为是负责记录历史的官员，实际上在汉代并不是。太史在西汉主要的职责是掌管国家图书和天文历法，笼统一点说，相当于兼任今天的国家图书馆馆长和国家天文台台长。尽管这个职务里面有个"史"字，但实际上记录历史并不是太史的分内职务。

《太史公书》在体例上直接继承了战国末期政治家、思想家、富商巨贾吕不韦组织门客编撰的《吕氏春秋》。《吕氏春秋》是先秦时期著名的子书，所谓子书，就是诸子之书。我们经常听说先秦诸子这个说法，这个"子"是思想家

（主要集中在哲学和政治学方面）的意思，子书，就是各个不同学术流派的思想家写的书。所以《太史公书》首先在体例上是一部子书。在写作动机上，司马迁有一篇写给他的好朋友任安的著名书信《报任安书》——这也是中国古代散文史上的不朽名篇，在这封书信里他有一个很著名的说法：

欲以究天人之际，通古今之变，成一家之言。

这句话的意思是我希望探明天道和人道的奥秘，通达古今历史的变化，把这些思考凝聚成一部书，形成自己的一家之言。从这个说法里可以很明确地看到，司马迁写作《太史公书》并不是要单纯地记录历史，而是要通过记录历史上鲜活的人物和事件来思考人类社会的进程以及冥冥之中仿佛难以琢磨的天道规律，这是非常典型的先秦诸子遗风。所以，《史记》，也就是《太史公书》的本来面目是一部子书。而且值得特别注意的是，这部书的写作并不是司马谈父子的分内职责，而是一种私人著述行为。历史的经验告诉我们，那种基于自身强烈表达冲动而写下的作品往往能够不朽，因职责而完成的作业则似乎较容易流于乏味。这也许是《史记》和《汉书》（《汉书》其中一部分也属于私人著述）在二十四史中地位远远高于其他官修史书的原因之一。

把《史记》的性质还原为子书，对《史记》的价值丝毫无损。古希腊历史学家、哲学家希罗多德的《历史》（又名《波希战争史》）就是一部集考证史料和哲学思辨于一体的皇皇巨著。在古希腊语中，“历史”和“哲学”本来就是同一个词。这实际上是一个很简单的道理，所谓历史就是已经发生过的事情，人类把已经发生过的事情记录、整理出来，目的就是为了从中思考和总结出社会人生发展的规律，这就必然要上升到哲学层面。没有历史的支持，哲学思考就好像没有实验数据支持的理工科报告，是靠不住的；没有对历史进行提炼总结，那么已经发生过的事情也就不能聚合成有意义的东西，只是一盘散沙。今天我们的学科分化越来越细致，文、史、哲各个学科泾渭分明，从某种意义上说未必是一件高明过古人的事情。

司马氏父子的《史记》和希罗多德的《历史》情况比较接近。后人把《史记》列为正史之首，这样的观念是肯定了其对记录历史的优良传统的继承，但是哲学思考这个方面就被排除在外。《史记》不仅是中国正史的第一部，也是成就最高的一部，最重要的原因就在于它的内涵比普通的史书更加深广，在性质上超出了普通史书的定义范畴。

除了哲学和历史方面的成就之外，我们都知道，《史记》的文学成就也非常高，到了明清之际甚至被人们推崇为“文章祖宗”。中国历史上最大的文章学流派清代桐城派将《史记》奉为圭臬。清代桐城派有一个著名的文章理论，叫作“义理、考据、辞章”，即认为好文章要义理、考据、辞章三者兼备。我们把这个理论说得直白一些，义理就是哲学思考，考据就是重视事实，辞章就是行文精彩。义理、考据、辞章三者兼备当然是非常高的标准，但《史记》当之无愧。

《史记》的高超成就是整体性的、多方面的，所以要对它进行深入研读并不是一件容易的事情。不容易到什么程度呢？尽管《史记》在中国文化史上的名气和影响都非常大，但在古代那么多评论家以及热衷于学习《史记》的人之中，只有非常少的人会把它当成一部兼含文、史、哲三方面的整体性著作来对待，多数是一些浮光掠影的附和者。清代的学者、文章家方苞是《史记》评论家中的佼佼者，他的《史记》研究很能抓住重点，价值很高。文化素养较高的同学如果希望对《史记》有一个符合它原貌的正确认识，那么《方苞集》中关于《史记》的评论值得好好玩味。

本章将要涉及的关于《史记》的内容比较浅近，主要从《史记》的文学方面来谈，文学方面之中又只选取它刻画人物的一种具体手段来谈，也就是传人方面的技法。“传”读作 zhuàn，是记录、记载的意思，我们平时说“传奇”这个词，经常把“传”读成 chuán，其实没有读对。“传奇”就是记录离奇的事，“传人”就是记录人物。

传人方面的精彩只是《史记》整体成就之中很小的一个部分，尽管角度小，却很高超，被后人继承和发扬光大，特别是经常被援用到小说和戏剧当中去。

二、《伍子胥列传》选讲

史记·伍子胥列传（节录）

始伍员与申包胥为交，员之亡也，谓包胥曰：“我必覆楚。”包胥曰：“我必存之。”及吴兵入郢，伍子胥求昭王。既不得，乃掘楚平王墓，出其尸，鞭之三百，然后已。申包胥亡于山中，使人谓子胥曰：“子之报仇，其以甚乎！吾闻之，人众者胜天，天定亦能破人。今子故平王之臣，亲北面而事之，今至于僇死人，此岂其无天道之极乎！”伍子胥曰：“为我谢申包胥曰，吾日莫途远，吾故倒行而逆施之。”于是申包胥走秦告急，求救于秦。秦不许。包胥立于秦廷，昼夜哭，七日七夜不绝其声。秦哀公怜之，曰：“楚虽无道，有臣若是，可无存乎！”乃遣车五百乘救楚击吴。

伍子胥和申包胥曾经是好朋友，到伍子胥逃难的时候，他对申包胥说：“我一定要灭掉楚国。”申包胥回答他说：“我一定要保全楚国。”后来（伍子胥带领）吴国军队攻入楚国的都城郢，伍子胥到处寻找楚昭王的下落。因为没有找到楚昭王，伍子胥于是掘开楚平王（楚昭王的父亲、伍子胥的杀父仇人）的坟墓，将楚平王的尸体从墓中掘出，鞭尸三百下，然后才罢休。申包胥此时流亡山中，（听说了伍子胥鞭尸楚平王的事）托人转告伍子胥：“您这样复仇，实在是太极端了。我听说人聚众在一起（团结一心）就能战胜天意，而天理（包括伦理道德）也一定能反过来战胜人的无知妄为。您作为楚平王的臣子，曾经亲自对平王北面称臣，到今天竟然对平王鞭尸，这难道不是违逆天理到了极点的事情吗?”伍子胥对来人说：“请你代我向申包胥致歉。我人已到暮年，但距离我的目标（灭亡楚国）还很遥远，所以我才敢做这样倒行逆施的事。”此时申包胥逃到秦国，向秦国求救。秦国不答应申包胥的求救，申包胥就站在秦国的公廷之上日夜痛哭，哭声连续了整整七个日夜。秦哀公同情申包胥，说：“楚国虽然无道，但是有申包胥这样的（忠肝义胆的）臣子，怎么能够不保全它呢！”于是派遣了五百架兵车攻打吴国，以解救楚国的危难。

《伍子胥列传》是《史记》中的传记名篇，突出刻画了伍子胥这个经典的复仇者形象。伍子胥的父亲伍奢是楚国有名的官员，因为在政治风波中失势，被政敌构陷入狱。伍奢有两个儿子，大儿子叫伍尚，小儿子叫伍员，也就是伍子胥。伍奢被捕入狱之后，楚平王诱骗他的两个儿子说如果他们前来投降，就可以让父亲伍奢活命，如果不来，伍奢的性命不保。伍尚和伍员得到消息后经过商量，看穿了楚平王的计谋，但两兄弟的决定完全不同。伍尚认为既然无论如何都不能保全父亲的生命，那么自己如果独自求生，将会被天下人耻笑。伍员的看法则完全相反，他认为正是因为父亲注定性命不保，自己如果再白白送死就会连报仇的机会都完全丧失。这两兄弟的人生也由此呈现出截然相反的轨迹，伍尚明知必死而随父殉节，伍员则仓皇出逃，用尽一生的精力和才智实现了他的复仇理想。

伍子胥这个人物，司马迁对他有一个评价，叫作“怨毒”，实在是非常精当。伍子胥是一个不折不扣的心怀怨恨、行事狠毒的人。“怨毒”这个词，明末清初的批评家金圣叹拿来评点过《水浒传》里的一个人物，林冲，也非常精当。金圣叹的思路就是从司马迁那里来的。伍子胥和林冲有很接近的地方，他们的狠毒来自于满腔的怨恨，而满腔的怨恨又来自于自身背负的血海深仇。

像伍子胥这样极端的人物是很容易写出彩的，因为性格太为突出。中国有很多以伍子胥为题材的小说、戏剧，在刻画伍子胥的时候都是刻意朝着“怨毒”的方向去加深。比如，京剧《文昭关》里的伍子胥有这样两句唱词：

> 对天发下宏誓愿，
> 我不杀平王我的心怎甘。

这两句戏文唱起来咬牙切齿，完全凸显出伍子胥“怨毒”的人物性格。但是，《史记》在处理伍子胥这个人物形象的时候，手法就要更加灵活、智慧，表现更加立体和富于层次感。

司马迁是怎么做到的呢？他拉出另外一个人来对照着写：申包胥。

在本节节选的《伍子胥列传》中，申包胥和伍子胥之间的故事只有两次对话，简洁有力，耐人寻味。

我们先来看看第一次对话：

> 员之亡也，谓包胥曰：“我必覆楚。”包胥曰：“我必存之。”①

伍子胥在逃亡的时候，专门去告诉申包胥：“我一定要灭掉楚国。”这能看出伍子胥和申包胥之间的交情非同一般。因为颠覆祖国这种冒天下之大不韪的事情，一般人真的要做，也只是在心里暗下决心，很少会堂而皇之地说出口。但伍子胥的语气给人的感觉简直是义正词严、一本正经。申包胥的回答也同样是义正词严、一本正经：“我一定要保全楚国。”

---

① 第一次对话的记录原本出自《左传·定公四年》。《左传》中的记录以申包胥为中心，而《史记》将其移植到伍子胥的本传中。

这两句对话之间包含着很多意味。伍子胥对楚国恨之入骨，是因为他身负父兄的血海深仇，所以尽管他是一个叛国者，但他的作为仍然情有可原。申包胥则是忠于楚国的大夫，从立场上说，他们两人之间是完全对立的。伍子胥专门去告诉申包胥他要覆灭楚国，其实传达出这样一种坚定的意志：楚王负我在先，我必覆之。仅此而已，和其他事情扯不上关系，甚至不影响他们两人之间的私交。而申包胥的回答也同样坚定：我是楚国大夫，楚王无负我之处，所以我一定要保全楚国。两个人的话语中都出现了同样两个字“我必”，可见两人都是意志极其坚定、立场极其分明的人。

第二次对话出现在伍子胥引吴军攻破楚都郢，鞭尸楚平王，快意复仇之后：

（申包胥）使人谓子胥曰：“子之报仇，其以甚乎！吾闻之，人众者胜天，天定亦能破人。今子故平王之臣，亲北面而事之，今至于僇死人，此岂其无天道之极乎！”伍子胥曰：“为我谢申包胥曰，吾日莫途远，吾故倒行而逆施之。”

第二次对话时，两人的处境完全调转过来，伍子胥成为了得势的一方，而申包胥成为了流亡者。要注意，两次对话都是由流亡者的一方首先发起，这就把两人坚定的意志表现无遗，在这个方面，两人是统一的。在第二次对话中，流亡者申包胥首先发难，指责伍子胥行事极端、悖逆道德。而伍子胥的回应更加值得回味，“为我谢申包胥”一句中的“谢”是道歉的意思。伍子胥向申包胥表示道歉，也就是说他认同申包胥对他的指责。

实际上，尽管伍子胥和申包胥在表面上看起来立场对立，一个要覆楚，一个要存楚，但他们在思想深处对对方有着相当的认同，并且深深知道对方的认同。伍子胥告诉申包胥，我要灭亡楚国，申包胥的回应有一种默认在其中，他理解伍子胥的血海深仇，但认同不等于趋同，更不等于苟同。你有你的正当理由，我理解，但我也有我的正当理由要去坚持，要去捍卫。而申包胥指责伍子胥行事极端的时候，伍子胥同样默认了申包胥对祖国故主深挚的感情。

伍子胥历尽艰辛引吴军入楚，鞭尸楚平王，报了父兄的血仇，实现了他的誓言。

申包胥七日七夜哭秦廷，感动秦人，出兵救楚，保全了楚国，也实现了他的誓言。

司马迁要在伍子胥的传记里加入申包胥，并将两人放在一起对照着写，真是一种很巧妙的构思。伍子胥的经历本身非常极端，非常富有典型性，如果就顺着他自身的经历写下来，伍子胥这个人物尽管极端，尽管会留给人深刻的印象，但形象并不丰满。《伍子胥列传》中伍子胥和申包胥是一体两面的两个人，本传中对申包胥的着墨，其实都是在揭示伍子胥更加深刻的性格因素。

伍子胥的坚韧、执着、立场分明，正是春秋时期风云人物的普遍气质。纷乱春秋的背后，交织着无数这样坚韧的自由意志的冲突。这样恢宏的历史氛围，在《史记》中通过对伍子胥和申包胥的两次简短对话展现出来，真是非常高妙。

三、《李将军列传》选讲

史记·李将军列传（节录）

李将军广者，陇西成纪人也。其先曰李信，秦时为将，逐得燕太子丹者也。故槐里，徙成纪。广家世世受射。孝文帝十四年，匈奴大入萧关，广以良家子从军击胡，用善骑射，杀首虏多，为汉中郎。广从弟李蔡亦为郎，皆为武骑常侍，秩八百石。尝从行，有所冲陷折关及格猛兽，而文帝曰："惜乎，子不遇时！如令子当高帝时，万户侯岂足道哉！"

……

居久之，孝景崩，武帝立，左右以为广名将也，于是广以上郡太守为未央卫尉，而程不识亦为长乐卫尉，程不识故与李广俱以边太守将军屯。及出击胡，而广行无部伍行陈，就善水草屯，舍止，人人自便，不击刁斗以自卫，莫府省约文书籍事，然亦远斥侯，未尝遇害。程不识正部曲行伍营陈，击刁斗，士吏治军簿至明，军不得休息，然亦未尝遇害。不识曰："李广军极简易，然虏卒犯之，无以禁也；而其士卒亦佚乐，咸乐为之死。我军虽烦扰，然虏亦不得犯我。"是时汉边郡李广、程不识皆为名将，然匈奴畏李广之略，士卒亦多乐从李广而苦程不识。程不识孝景时以数直谏为太中大夫。为人廉，谨于文法。

将军李广是陇西成纪人。他的祖先叫李信，是秦朝的将领，当年俘获燕太子丹的人就是他。李家原本定居槐里，后来迁移到成纪。李广的家族世代传授箭法。孝文帝十四年，匈奴大举入侵萧关，李广以良家子弟的身份参军抗击敌人，以其善于骑术和箭术，杀敌众多，被任命为皇帝的近侍官。李广的堂弟李蔡也是郎官，同样担任武骑常侍（陪同帝王游猎的随从官），一年俸禄八百石。李广曾随汉文帝出行，常常有冲锋陷阵、攻破敌关及与猛兽格斗的壮举，汉文帝感慨地说："真是可惜啊，你没有遇到合适的时机！如果把你放在高祖的时代，（你凭借勇猛而）受封万户侯简直不在话下！"

……

（李广任上郡太守）过了很多年，汉景帝去世了，汉武帝即位。武帝身边的官员认为李广是一代名将，因此将他由上郡太守调任未央宫卫尉，而程不识也担任长乐宫卫尉，两人都是曾经的戍边将领。以前出兵攻打匈奴的时候，李广的部队没有特别严格的队列和阵势，只是习惯把部队安扎在靠近水草丰盛的地方，停宿的时候大家都觉得很便利，晚上也不用敲着炊具作警示，军帐事务则简化各种文案工作。（尽管看起来准备很粗略）但李广在部队远处安插了哨兵，所以从没有被袭击。程不识（和李广的做法正相反）对部队的编制、阵势要求严格，晚上敲着炊具作警示，军中文官每天处理文案一直要忙到天亮，全军（随时保持警惕）不能休息，也没有被袭击过。程不识说："李广的部队纪律简易，如果遇上匈奴人偷袭，他们是没有办法防御的。但李广的部下也因此过得安逸快乐，都愿意为他效死。我的部队虽然纪律烦琐扰人，但（因为行事严谨）匈奴人也不敢来袭击我们。"当时在汉朝边疆地区，李广和程不识都是著名的将领，但匈奴人更加惧怕李广过人的谋略，士兵也大多喜欢跟随李广而以跟随程不识为苦。程不识在汉景帝时因多次直言进谏而被提拔为太中大夫，为人廉正，对待文案法令非常慎重。

李广是《史记》中刻画的一位典型的"失败英雄"。

《史记》里着力记述的人物，尤其是列传中记述的人物，往往带着一种强烈的"失败英雄"式的悲剧色彩。这也许正是《史记》中的传记千百年来令人着迷的重要原因之一。对于历代的读者而言，甚至对于绝大多数芸芸众生而言，失败是比成功更加寻常的人生状态。"失败英雄"的悲剧性，不在于英雄最终沦于世俗意义的失败，而在于人类的才智、努力在面对命运——社会历史条件——时不堪一击的脆弱。

《李将军列传》中刻画的飞将军李广，是一位武艺高强、骁勇善战、富于战争智慧、性情洒脱豪迈之人。这样一位英雄人物，无论在当时还是在后世，都受到了人们的认可和敬爱，但他偏偏是一个失败者，这是很令人惋惜的事情。原因在哪里呢？

汉文帝曾对李广感叹说，他没有遇上合适的历史时代，如果李广生在汉高祖刘邦的时代，一定能够建立惊天动地的功业。汉文帝的这个说法，我们结合历史背景就很容易理解。汉高祖刘邦的时代，是打天下的时代。刘邦一生主要的功业，如参与反秦战争、与项羽楚汉争霸、剿杀地方叛乱势力、抗击匈奴入侵……多数是和征伐武功联系在一起的。所以在刘邦的时代，军事人才，特别是善于灵活变通、不拘一格的军事人才往往能够脱颖而出，如张良、韩信、陈平、曹参、周勃等。刘邦对此很自信，一开始也有重武轻文的倾向，《史记·郦生陆贾列传》载：

陆生（贾）时时前说称诗书。高帝骂之曰："乃公居马上而得之，安事诗书！"陆生曰："居马上得之，宁可以马上治之乎？"……高帝不怿而有惭色。

书生陆贾经常跟刘邦谈论《诗经》和《尚书》，刘邦听得不耐烦了，就很傲慢地骂道："你的老板我是骑在马上打天下的，哪里有工夫去理会《诗经》和《尚书》这种东西！"陆贾从容回答道："你骑在马上打天下，难道能够骑在马上治理天下吗？"刘邦听了，虽然不高兴，但仍然觉得有些惭愧。

上面这则故事说明了这样一个历史事实：刘邦大半生的主要精力是放在打天下上面的，等打下江山坐天下的时候，情况就变了，不能再单纯依靠军事人才来治理天下。另外，在打天下的时候需要人才灵活多变、屡出奇谋，而等到坐天下的时候，则要依靠固定的规章制度和部下严谨守成。唐初名臣魏征有一篇铭文叫作《九成宫醴泉铭》，里面有这样两句话：

始以武功一海内，终以文德怀远人。

这两句话是称赞唐太宗李世民的，和刘邦的情况基本一致，也是每一个朝代建立、发展的一般规律。所以我们看汉代的历史，汉高祖打天下，大量依靠军事人才，而他之后的吕后、文帝、景帝则比较多依靠知识分子。而且我们仔细观察更可以发现，汉高祖倚重的重要人物性格方面普遍比较灵活、外向，而到了文帝、景帝的时代，朝廷重臣的气质就比较趋向于持重、内敛。

李广生活在完全不适合他的文治时代。为了强化这种个人与命运的冲突，司马迁又特别找到了一个人物来和李广对照着写：程不识。

程不识这个人物，在《李将军列传》中被描述为和李广齐名的戍边将领。但实际上，除了《史记》和这部分内容照录《史记》的《汉书》以外，程不识的生平没有被别的资料记录下来。所以程不识在当时是否和李广齐名，这一点很可疑。我倾向于认为这是作者的人为拔高，是一种写作上的安排。

在《李将军列传》中，程不识的形象比较刻板，和李广的军事才能相比实际上有很大的差距。首先，“士卒亦多乐从李广而苦程不识”，作为军事将领来说，受到部众拥戴、令士卒甘愿效死是最重要的能力。在这个方面，程不识虽然以严酷的纪律约束部下，但在领导方面毫无亲和力，军心不附，作为军事将领并不合格。其次，虽然程不识和李广都没有遭到过匈奴的袭击而覆灭，但“匈奴畏李广之略”，也就是说匈奴人真正惧怕的是李广。李广不仅能够率部免遭袭击，而且还有能力破虏逐胜。

尽管两人在军事才能方面的优劣高下一望即知，但程不识能够成为和李广齐名的将领，并同样因为戍边有功而调任中央。从历史的角度讲，那是一个不需开拓、仅需守成的时代，程不识以无过为功，倒也很顺应历史潮流。甚至到后来，程不识在仕途上大有所获，从武官转型为文臣，升任太中大夫。但李广终其一生没有重大建树，始终居于人下，屡遭同僚排斥，最后含愤自尽。

可以说，程不识和李广的两条人生线索，很清晰地勾勒出汉文帝、汉景帝时期的历史潮流——程不识顺着潮流，李广逆着潮流。如果没有程不识作为比照，李广的悲剧性就很难被形象地置于宏大的历史潮流背景之下来被读者审视。本传中对程不识的着墨虽然不多，却是很高超的写作安排。

映照对比，是《史记》刻画人物常用的一种手段。司马迁在刻画人物时，除了对其言行的记述描写、对其品德才能的评定之外，还特别加入了映照对比的手法，即往往将另一个与传主属性相近、相同或相反的人物纳入行文中来，使得人物形象在比较中更加鲜活、深刻。这样的写法，在后来的《水浒传》和金庸小说等以刻画人物为中心的文学作品中被进一步发扬光大，丰富了传统文学的写作手法，在今天仍然具有学习的价值。

第五章　贵族风神

——《世说新语》选讲

推荐阅读：

沈海波《世说新语（选译）》

余秋雨《遥远的绝响》

鲁迅《魏晋风度及文章与药及酒之关系》

世说新语（节选）

陈仲举言为士则，行为世范，登车揽辔，有澄清天下之志。为豫章太守，至，便问徐孺子所在，欲先看之。主簿白："群情欲府君先入廨。"陈曰："武王式商容之闾，席不暇暖。吾之礼贤，有何不可！"

德行第一

南郡庞士元闻司马德操在颍川，故二千里候之。至，遇德操采桑，士元从车中谓曰："吾闻丈夫处世，当带金佩紫，焉有屈洪流之量，而执丝妇之事？"德操曰："子且下车。子适知邪径之速，不虑失道之迷。昔伯成耦耕，不慕诸侯之荣；原宪桑枢，不易有官之宅。何有坐则华屋，行则肥马，侍女数十，然后为奇？此乃许、父所以慷慨，夷、齐所以长叹。虽有窃秦之爵，千驷之富，不足贵也。"士元曰："仆生出边垂，寡见大义，若不一叩洪钟，伐雷鼓，则不识其音响也！"

言语第二

孔文举年十岁，随父到洛。时李元礼有盛名，为司隶校尉。诣门者，皆俊才清称及中表亲戚乃通。文举至门，谓吏曰："我是李府君亲。"既通，前坐。元礼问曰："君与仆有何亲？"对曰："昔先君仲尼与君先人伯阳有师资之尊，是仆与君奕世为通好也。"元礼及宾客莫不奇之。太中大夫陈韪后至，人以其语语之，韪曰："小时了了，大未必佳。"文举曰："想君小时必当了了。"

言语第二

钟会撰《四本论》，始毕，甚欲使嵇公一见，置怀中，既诣宅，畏其难，怀不敢出，于户外遥掷，便回急走。

文学第四

桓宣武命袁彦伯作《北征赋》，既成，公与时贤共看，咸嗟叹之。时王珣在坐，云："恨少一句。得'写'字足韵，当佳。"袁即于坐揽笔益云："感不绝于余心，溯流风而独写。"公谓王曰："当今不得不以此事推袁。"

文学第四

魏武将见匈奴使，自以形陋，不足雄远国，使崔季珪代，帝自捉刀立床头。既毕，令间谍问曰："魏王何如？"匈奴使答曰："魏王雅望非常；然床头捉刀人，此乃英雄也。"魏武闻之，追杀此使。

容止第十四

嵇康身长七尺八寸，风姿特秀。见者叹曰："萧萧肃肃，爽朗清举。"或云："肃肃如松下风，高而徐引。"山公曰："嵇叔夜之为人也，岩岩若孤松之独立；其醉也，傀俄若玉山之将崩。"

容止第十四

一、《世说新语》与中国贵族

《世说新语》是中国历史上一部很有名的书，也是很受历代读者欢迎的一部书。《世说新语》之所以如此受欢迎，最大的原因，当然，首先是因为它很有趣。中国历史上的经典、名著，多数比较严肃，有益的多，有趣的少，《世说新语》属于极少的有趣的那一种，而且在有趣之中属于极有趣的那一种。如果说前面的章节涉及的典籍，如《尚书》、《论语》、《庄子》、《史记》这些属于应当认真学习的对象，那么《世说新语》相对比较轻松，属于适合玩味的对象。

《世说新语》有趣在哪里呢？对《世说新语》有一定了解的人大概会知道，这本书里记载了魏晋南北朝时期许多著名人物的言行事迹，这些言行事迹闪耀着智慧和幽默的光芒，可谓妙趣横生。但《世说新语》里记载的魏晋人物究竟是些什么人呢？

《世说新语》里记载的魏晋人物，从共同的属性上来说，是贵族以及富含贵族气质的一群人。今天我们谈到贵族，好像第一印象就不好，脑子里马上浮现起脑满肠肥、衣着华丽、庸碌不堪的形象。这当然也是贵族形象的一种真实情况，但只能说是堕落贵族的真实情况。这就好比说，孔乙己是传统知识分子的一种真实情况，但只能说他是迂腐知识分子那一类，不是全部，因为中国传统的知识分子也有很大一部分是渊博的、坚韧的。不能因为有了孔乙己式的人物就忽视了欧阳修、黄庭坚、文天祥……这样的知识分子。魏晋南北朝时期，是被人称之为“贵族时代”的历史时期。在这个时期之中，贵族把持了政治、经济、文化各个方面的重要资源，并在此基础上创造了形态丰富的贵族文化。我们读《世说新语》，可以体会到魏晋时期的贵族和我们想象中那种堕落贵族还是有很大不同的，他们品德贤良、容貌出众、反应机敏、言谈精彩、品位高雅，不禁让人想见其风神而生钦慕之心。

下面，我们通过学习《世说新语》的两个章节，来体会真正的中国贵族气质是什么样子的。

陈仲举言为士则，行为世范，登车揽辔，有澄清天下之志。为豫章太守，至，便问徐孺子所在，欲先看之。主簿白：“群情欲府君先入廨。”陈曰：“武王式商容之闾，席不暇暖。吾之礼贤，有何不可！”

德行第一

陈藩（字仲举）的言语是读书人的准则，行为是当时的典范，他出仕为官，有建立太平世道的远大志向。他出任豫章（今江西南昌）太守，刚刚到任，就向属下打听当地贤人徐稚（字孺子）在哪里，想先去拜访徐稚。书记官向他建议说：“属下的官员都希望您先到官署（见面、休息）。”陈藩说：“当年周武王得到天下之后，连席子都没有坐热，就立刻去拜访贤人商容。我（像周武王一样）礼贤下士，有什么不可以！”

南郡庞士元闻司马德操在颍川，故二千里候之。至，遇德操采桑，士元从车中谓曰：“吾闻丈夫处世，当带金佩紫，焉有屈洪流之量，而执丝妇之事？”德操曰：“子且下车。子适知邪径之速，不虑失道之迷。昔伯成耦耕，不慕诸侯之荣；原宪桑枢，不易有官之宅。何有坐则华屋，行则肥马，侍女数十，然后为奇？此乃许、父所以慷慨，夷、齐所以长叹。虽有窃秦之爵，千驷之富，不足贵也。”士元曰：“仆生出边垂，寡见大义，若不一叩洪钟，伐雷鼓，则不识其音响也！”

言语第二

南郡庞统（字士元）听说贤人司马徽（字德操）在颍川，特地从两千里外专程赶去拜访他。到颍川的时候，庞统看见司马徽在采桑，庞统（因失望而没有下车）在车上说：“我听说大丈夫处世，应该带金印、佩紫绶（建立功名），怎么能够折损过人的才能，而去做那些妇人做的事情呢？”司马徽说：“您请下车来（听我说）。您只知道错误的捷径可以速达，却不去担心迷途的危险。当年伯成亲耕自养，不羡慕诸侯的荣华；原宪居住在简陋的地方，不愿做官住豪宅。哪里有住在华美的房子里，出门就骑着高头大马，前簇后拥着几十个侍女的人可以建立伟大的功业？这就是许由、巢父慷慨辞让，伯夷、叔齐感叹国家灭亡，饿死首阳山的原因呀！当年（吕不韦）尽管采用不正当手段获得秦国的爵位，齐景公尽管没有德行而富有四千匹良马，都不足为贵啊。”庞统说：“我出生在偏僻的地方，很少听说正确的道理。如果不是亲自敲洪钟、击雷鼓，就不会知道它们的轰鸣声了呀！”

通过这两则材料可以看出（类似的例子在《世说新语》里还可以举出很多），《世说新语》里记载的人物，他们身上那种贵族气质，绝不是首先体现在奢华的物质生活方面，而是自重身份。

今人读《世说新语》，往往喜欢挑其中富有艺术家气质的段落去读，如果这样去读，《世说新语》所记载的魏晋人物好像只是一群生活上潇洒、放荡的艺术家、思想家，这就忽略了《世说新语》更加本质的气质——自重身份的贵族气。

《世说新语》里所展示的魏晋人物自重身份，首先重视的是自身的品德和才能，而不是职位和财富。在上面第一则材料之中，陈藩身为豫章太守，并不以职位自恃，而是以周武王自比，以礼贤下士为己任。陈藩这个人在中国历史上以志向高远闻名，《后汉书》记载了一个关于他的很有名的故事。在陈藩少年的时候，有一位长辈来看望他，发现他家里很杂乱，就善意地对他说：你应该把房间和庭院整理干净，好迎接客人。陈藩回答说：大丈夫处世，应该以澄清天下为己任，哪里顾得上去打扫房间呢！陈藩的长辈听了，大为惊奇。我们今天比较熟悉的一句话“一屋不扫，何以扫天下”，就是从陈藩这个典故里面演化出来的。实际上原来的典故里并没有这句话，以澄清天下为己任，不屑于做琐碎家务事的陈藩，在中国历史上一直是被视为胸怀大志者的楷模。后来，陈藩真的通过自己的努力担任了政府相当高级别的官员，最后在汉末与宦官的斗争中不幸身死。

上述第一则材料，是整部《世说新语》的第一则。看起来，这一则内容似乎没有太多有趣活泼的东西。而实际上，这一则材料所透露出来的主人公陈藩（尽管陈藩本人从身世上讲并非贵族）的气质，正是魏晋贵族气质的一种底色，他们多数志向高远，以天下为己任，体现了贵族精神中那种担当和责任感。

第二则材料的人物大家可能相对熟悉一些，特别是喜欢读《三国演义》的人对庞统和司马徽应该毫不陌生。他们就是小说《三国演义》里著名的“凤雏”庞统和水镜先生司马徽。这里特别要提一下，《世说新语》是一部很有影响的书，它的影响力大到连正史《晋书》都有很多内容直接取材于它。《三国演义》也有受到《世说新语》影响的成分，其中很重要的部分，就是处士（没有做官的知识分子）身上也包含着自重身份的贵族气息。

在第二则材料中，庞统千里迢迢去拜见传说中大名鼎鼎的司马徽，发现司马徽并没有如想象中一般富贵荣华，进而对其产生了鄙夷之心。这和《三国演义》里贪恋名爵的庞统形象是非常接近的。而司马徽面对这样的质疑，自信地回答庞统说，一个人的价值不取决于富贵功名这样外在的东西，而取决于道德操守。司马徽对自身品德和才能如此地自信，和《三国演义》里诸葛亮高卧隆中时那种自信饱满的气质也是庶几近之。

无论是像陈藩一样出仕为官，还是像司马徽一样无职可居，无论世俗身份的高低贵贱，《世说新语》里记载的人物，多数具有自重身份的贵族气质。因为自重身份，所以对理想、对生活有着较高的追求，这是一种真正的贵族精神。如果把这个逻辑反过来，因为羡慕奢华的生活而东施效颦地摆出一副贵族模样，一定会被有见识的人耻笑。后者的例子，在当下实在不胜枚举，最典型的是目前国内的楼盘广告，楼盘位置好一点、修得漂亮一点，在广告上总是喜欢吹嘘所谓的贵族品位，其实是一件颇具讽刺意味的事。

余秋雨的散文集《山居笔记》里有一篇以魏晋人物为内容的作品，叫作《遥远的绝响》，是一篇文笔流畅的散文作品，值得一读。但这篇散文里谈到的魏晋人物，主要是谈魏晋文人，其实并没有抓住魏晋人物的核心精神——乃是自重身份的贵族精神而非简傲不羁的文人气，后者只是前者的一种表现形式。

二、贵族底色之上的综合文化素养

我们上面谈到，《世说新语》中记载的魏晋人物身上有一种自重身份的贵族气息，这是真贵族的底色，却不是魏晋人物所独有的。如果我们看看先秦的文献，就会发现先秦人物中具有这样气质的人也非常多，如我们大家比较熟知的称霸西戎的秦穆公、使楚的晏婴、论战的曹刿、自荐的毛遂，等等。我之所以称这种自重身份的气质为贵族的底色，原因就在于，魏晋人物在这一层底色上涂抹上了另外的丰富的色彩，使之与前代贵族区别开来，那就是超凡的文化品位和文化追求。而我特别强调这个底色的原因在于它是一个不可或缺的基础，在中国历史上有很多片面追求文化品位的人，丝毫没有责任感和担当，如晚清时期没落的八旗子弟，整天招猫逗狗玩蛐蛐，有钱和有闲的就玩玩古董字画，这样的人没有贵族气质的底色，最多可称为玩家，和真贵族一点儿也沾不上边。

魏晋南北朝时期是中国历史上文化大爆炸的时代。思想方面，佛教大规模东传，与本土道家思想和汉代儒学相结合，产生了思辨张力空前的魏晋玄学。艺术方面，中国书法至魏晋发展至完全成熟的形态，产生了钟繇、王羲之这些难以超越的书法巨匠。文学上，魏晋南北朝诗文在形式、内容、技法各个方面作出了积极的尝试，为唐代文学的大繁荣做好了准备。在这样的历史背景之下，魏晋人物在综合文化素质方面是非常突出的，超越了前代。在先秦时期，一个人只要具备高尚的品德、过人的见识和智慧便可以让人刮目相看。但到了魏晋时期，仅有这两者还不够，综合的文化素质被纳入对一个人的评判标准中来。

我们来看看下面几则材料。

孔文举年十岁，随父到洛。时李元礼有盛名，为司隶校尉。诣门者，皆俊才清称及中表亲戚乃通。文举至门，谓吏曰："我是李府君亲。"既通，前坐。元礼问曰："君与仆有何亲？"对曰："昔先君仲尼与君先人伯阳有师资之尊，是仆与君奕世为通好也。"元礼及宾客莫不奇之。太中大夫陈韪后至，人以其语语之，韪曰："小时了了，大未必佳。"文举曰："想君小时必当了了。"

言语第二

孔融（字文举）十岁的时候，跟随父亲到洛阳。当时李元礼（以志向高远、品德高尚）闻名天下，是监督京师的监察官。去拜访李元礼的人，只有是才俊之士和有好名声的人，以及他家的亲戚才能被门卫允许进入。孔融到李家门前，对门卫说："我是李大人的亲戚。"于是门卫让他进去，并招待他坐好的席位。李元礼问他："您和我有什么亲戚关系呢？"孔融回答说："当年我的祖先孔子和您的祖先老子有师徒之谊，这就说明我与您两家是世代交好的世交啊。"李元礼和其他宾客（听了孔融的回答）无不对他赞叹称奇。太中大夫陈韪晚到（没有听到他们的对话），有人把孔融的回答告诉了陈韪，陈韪大不以为然地说："小时候聪明伶俐，长大了未必如此。"孔融说："想来您小时候一定是聪明伶俐了。"

孔融这个人大家应该都不陌生，我们都听说过"孔融让梨"的故事。"孔融让梨"在一般的儿童教育中，被认为是尊老爱幼的象征。但如果我们对孔融其人有一定的了解的话，我们会发现，"孔融让梨"很大程度上是在说明孔融反应机敏、善于言辞。

在上引一则材料中，孔融作为一个十岁的少年，面对名满天下的李元礼毫无畏惧，侃侃而谈；在受到陈韪批评的时候更是针锋相对，通过反诘还以颜色。以我个人的观点来看，一个少年，小小年纪就言辞浮华刻薄，可能未必是一件值得赞叹的事。正如孔融在成年之后，最终因为言辞失当，锋芒太甚，死于曹操之手。但在这一则材料中，当时的人对孔融的回答几乎一边倒地赞叹称奇。而《世说新语》记载这一则事迹，本身也包含了对孔融的一种赞赏态度。《世说新语》中有"言语"一门，专门记录时人精彩的对话，可见口头表达能力在魏晋南北朝时期是一种受到高度重视的能力。

钟会撰《四本论》，始毕，甚欲使嵇公一见，置怀中，既诣宅，畏其难，怀不敢出，于户外遥掷，便回急走。

文学第四

钟会写了一篇叫《四本论》的文章，刚刚写完的时候，很想请嵇康看一看。于是他把文稿放在怀中，等到了嵇康的家门口，又害怕了（担心嵇康的水平太高，对他的文稿不满意），怀中的文稿迟迟不敢拿出来，最后只好把文稿从户外扔到里面去，扔完之后赶忙逃走。

钟会是魏国太傅钟繇之子，名门之后，并且在军事上很有成就。三国之中的蜀国，就是覆灭于钟会伐蜀，当时的人都将他比作汉代开国名臣张良（张子房）。这样一位出身高贵、军事才华卓越的世家子弟竟然热衷于写文章；不仅热衷于写文章，而且把写文章这件事还看得特别重，专门拿着自己的作品跑去找当时最负盛名的文化人嵇康，想听听嵇康的意见。最终的结果是，钟会没有勇气当面把作品交给嵇康，只好把文稿从窗外扔进去，扔完之后赶忙逃走。

钟会是名门之后，又是一代将才，照理说应该非常自信。但是在这一则材料中，我们发现钟会仿佛是一个青涩的文艺青年，显得羞赧并且胆怯。其中的原因，与当时的社会风气有很大的关系。在魏晋时期，一个人诗文写得好不好，是人物评价标准中一个重要的环节。所以钟会非常希望自己的作品能够得到嵇康的赏识，因为这种渴望过于强烈，导致了过分紧张。

桓宣武命袁彦伯作《北征赋》，既成，公与时贤共看，咸嗟叹之。时王珣在坐，云："恨少一句。得'写'字足韵，当佳。"袁即于坐揽笔益云："感不绝于余心，溯流风而独写。"公谓王曰："当今不得不以此事推袁。"

文学第四

桓温命袁宏写一篇《北征赋》（宣扬桓温北伐的战功），袁宏写好之后，桓温拿来给当时的贤良才士一起看，大家都赞叹（写得好）。当时王珣也在，他说："（虽然写得很好）遗憾的是少了一句，如果有一句用'写'字作韵就更好了。"袁宏立刻在座位上提笔加了一句："感不绝于余心，溯流风而独写。"桓温对王珣说："当今不得不以文章之事推重袁宏啊。"

这一则材料可以与上一则材料相对照学习。袁宏是东晋著名的文史家，著有史学名著《后汉纪》，并有大量辞赋传世。桓温是东晋权臣、军事家，长期独揽朝政。桓温对袁宏的赞赏，主要集中在对其文采的认可，可见写作能力在当时是多么受到重视。

魏武将见匈奴使，自以形陋，不足雄远国，使崔季珪代，帝自捉刀立床头。既毕，令间谍问曰："魏王何如？"匈奴使答曰："魏王雅望非常；然床头捉刀人，此乃英雄也。"魏武闻之，追杀此使。

容止第十四

魏武帝（曹操）接见匈奴使者。曹操自认为自己的外貌丑陋，不能以雄健的外表慑服远方的少数民族，就让手下的美男子崔琰（字季珪）代替自己，而自己抓着刀站在座位边上（扮演侍卫）。接见完匈奴使者之后，曹操让间谍去问他："你觉得魏王怎么样？"匈奴使者回答说："魏王固然气度风雅超乎常人，但他身边那个带刀侍卫才是真正的英雄。"曹操听说之后，派人追杀这个匈奴使者。

嵇康身长七尺八寸，风姿特秀。见者叹曰："萧萧肃肃，爽朗清举。"或云："肃肃如松下风，高而徐引。"山公曰："嵇叔夜之为人也，岩岩若孤松之独立；其醉也，傀俄若玉山之将崩。"

容止第十四

嵇康身高七尺八寸，风度姿态出众。见过他的人都赞叹说："（嵇康）举止潇洒安定，气度爽朗，身形清健挺拔。"又有人说："（嵇康）举止安定犹如松树下的清风，高远而从容。"山涛说："嵇康的外貌啊，像挺拔的孤松傲然独立，当他喝醉的时候，则像一座高大的玉山摇摇将倾。"

魏晋时期，人物的外貌是经常被拿来公开品评的。对外貌的品评，又常常集中在气质、风度方面，而不仅仅局限于五官、身材，所以在《世说新语》之中，专门设立了"容止"（即容貌）一门。从上面两则材料中可以看出魏晋时期这种重视人物外貌品评的风气。

在第一则材料中，权倾一时的魏武帝曹操在接见外使的时候，竟然因为对自己的外貌不够自信而找人冒名顶替。而匈奴使者竟然也非常准确地捕捉到了冒名顶替者和正牌曹操的气质差距，冒名顶替的崔琰气度风雅，颇有清流之风，然而真正的曹操虽然五官、身材有所不及，却能够体现出叱咤疆场、纵横四海的英雄气概。匈奴使者虽然没有明说，但叙述中实际上已经暗含了他识破曹操伎俩的意思。这个故事的结尾是曹操派人追杀了慧眼识英雄的匈奴使者，却没有讲明这样做的动机。我想曹操之所以这样做，动机大概有两种：第一种可能是不希望匈奴使者将自己外表并不风雅的情况带回匈奴，也即曹操希望以风雅的外貌示人；第二种可能是曹操认为匈奴使者眼光太过老辣，或许会发展成为难以对付的敌人，所以特意将其杀死，免除后患。

第二则材料主要是对嵇康的记述。嵇康是魏晋时期大名鼎鼎的文化明星，除了在各个文化项目上具有高超的水准之外，他潇洒、风雅的外貌也为时人所津津乐道。从这一则材料当中我们可以看出，魏晋人物推崇的外貌，是身材高大、挺拔，气度安定、清隽，并且意气风发、潇洒自如。

从本章所引述的几则材料中可以看出，魏晋人物在生活的各个方面，特别是涉及文化生活的方面，对人对己，要求都非常高。完美的魏晋人物，应该是在具有责任和担当的贵族精神之上，还具备机敏的言谈、高超的写作能力和不同凡俗的外貌气质。《世说新语》中所称道的魏晋人物，大多同时兼具以上几种素质，如嵇康、谢安、王羲之等。如果在某个方面有所欠缺，那么对不起，即便是权倾朝野如曹操，军功卓著如钟会、邓艾等，《世说新语》的作者也总会在行文中流露出调侃或评价不高的意思。

鲁迅先生有一篇著名的演讲稿，叫作《魏晋风度及文章与药及酒之关系》。这篇讲稿的名气实在太大，以至于很多人对魏晋人物的印象是比较极端的，好像魏晋人物多数是些爱酗酒、嗑药的行为艺术家。这也许是鲁迅先生的一种借题发挥，有很多个人情感因素在里面，但并不是完全客观的情况。如果要了解历史上著名的魏晋人物和魏晋风度，那么我们真该自己去读一读《世说新语》。

以魏晋人物为代表的中国式贵族有强烈的尚文倾向。西方国家的骑士精神、日本的武士道精神，本质上都是基于责任与担当的贵族精神，但是在此基础之上衍生出的是一种尚武的精神，这和中国的情况不太一样。中国式贵族尚文的一面经过千百年来的持续发展，在文化艺术的各个方面取得了举世瞩目的成就，而在另一个方面，也导致了繁文缛节的积弊。林岗教授在历史政治随笔集《醉论风雨六十年》中曾感慨地谈到，时至晚清时期，中国的士大夫阶层还普遍在苦心钻研馆阁体书法的时候，日本的上流社会已经在工业文明的洗礼之下将眼光投向世界，厉兵秣马，枕戈待旦。

第六章　两个正牌魏晋人物的冲突

——嵇康《与山巨源绝交书》导读

与山巨源绝交书

康白：足下昔称吾于颍川，吾常谓之知言。然经怪此意尚未熟悉于足下，何从便得之也？前年从河东还，显宗、阿都说足下议以吾自代，事虽不行，知足下故不知之。足下傍通，多可而少怪；吾直性狭中，多所不堪，偶与足下相知耳。间闻足下迁，惕然不喜，恐足下羞庖人之独割，引尸祝以自助，手荐鸾刀，漫之膻腥，故具为足下陈其可否。

吾昔读书，得并介之人，或谓无之，今乃信其真有耳。性有所不堪，真不可强。今空语同知有达人无所不堪，外不殊俗，而内不失正，与一世同其波流，而悔吝不生耳。老子、庄周，吾之师也，亲居贱职；柳下惠、东方朔，达人也，安乎卑位，吾岂敢短之哉！又仲尼兼爱，不羞执鞭；子文无欲卿相，而三登令尹，是乃君子思济物之意也。所谓达则兼善而不渝，穷则自得而无闷。以此观之，故尧、舜之君世，许由之岩栖，子房之佐汉，接舆之行歌，其揆一也。仰瞻数君，可谓能遂其志者也。故君子百行，殊途而同致，循性而动，各附所安。故有处朝廷而不出，入山林而不返之论。且延陵高子臧之风，长卿慕相如之节，志气所托，不可夺也。

吾每读尚子平、台孝威传，慨然慕之，想其为人。加少孤露，母兄见骄，不涉经学。性复疏懒，筋驽肉缓，头面常一月十五日不洗，不大闷痒，不能沐也。每常小便而忍不起，令胞中略转乃起耳。又纵逸来久，情意傲散，简与礼相背，懒与慢相成，而为侪类见宽，不攻其过。又读《庄》、《老》，重增其放，故使荣进之心日颓，任实之情转笃。此犹禽鹿，少见驯育，则服从教制；长而见羁，则狂顾顿缨，赴蹈汤火；虽饰以金镳，飨以嘉肴，愈思长林而志在丰草也。

阮嗣宗口不论人过，吾每师之而未能及；至性过人，与物无伤，唯饮酒过差耳。至为礼法之士所绳，疾之如仇，幸赖大将军保持之耳。吾不如嗣宗之贤，而有慢弛之阙；又不识人情，闇于机宜；无万石之慎，而有好尽之累。久与事接，疵衅日兴，虽欲无患，其可得乎？又人伦有礼，朝廷有法，自惟至熟，有必不堪者七，甚不可者二：卧喜晚起，而当关呼之不置，一不堪也。抱琴行吟，弋钓草野，而吏卒守之，不得妄动，二不堪也。危坐一时，痹不得摇，性复多虱，把搔无已，而当裹以章服，揖拜上官，三不堪也。素不便书，又不喜作书，而人间多事，堆案盈机，不相酬答，则犯教伤义，欲自勉强，则不能久，四不堪也。不喜吊丧，而人道以此为重，已为未见恕者所怨，至欲见中伤者；虽瞿然自责，然性不可化，欲降心顺俗，则诡故不情，亦终不能获无咎无誉如此，五不堪也。不喜俗人，而当与之共事，或宾客盈坐，鸣声聒耳，嚣尘臭处，千变百伎，在人目前，六不堪也。心不耐烦，而官事鞅掌，机务缠其心，世故烦其虑，七不堪也。又每非汤、武而薄周、孔，在人间不止此事，会显世教所不容，此甚不可一也。刚肠疾恶，轻肆直言，遇事便发，此甚不可二也。以促中小心之性，统此九患，不有外难，当有内病，宁可久处人间邪？又闻道士遗言，饵术黄精，令人久寿，意甚信之；游山泽，观鱼鸟，心甚乐之；一行作吏，此事便废，安能舍其所乐而从其所惧哉！

夫人之相知，贵识其天性，因而济之。禹不逼伯成子高，全其节也；仲尼不假盖于子夏，护其短也；近诸葛孔明不逼元直以入蜀，华子鱼不强幼安以卿相，此可谓能相终始，真相知者也。足下见直木不可以为轮，曲木不可以为桷，盖不欲枉其天才，令得其所也。故四民有业，各以得志为乐，唯达者为能通之，此足下度内耳。不可自见好章甫，强越人以文冕也；已嗜臭腐，养鸳雏以死鼠也。吾顷学养生之术，方外荣华，去滋味，游心于寂寞，以无为为贵。纵无九患，尚不顾足下所好者。又有心闷疾，顷转增笃，私意自试，不能堪其所不乐。自卜已审，若道尽途穷则已耳。足下无事冤之，令转于沟壑也。

吾新失母兄之欢，意常凄切。女年十三，男年八岁，未及成人，况复多病。顾此悢悢，如何可言！今但愿守陋巷，教养子孙，时与亲旧叙阔，陈说平生，浊酒一杯，弹琴一曲，志愿毕矣。足下若嬲之不置，不过欲为官得人，以益时用耳。足下旧知吾潦倒粗疏，不切事情，自惟亦皆不如今日之贤能也。若以俗人皆喜荣华，独能离之，以此为快；此最近之，可得言耳。然使长才广度，无所不淹，而能不营，乃可贵耳。若吾多病困，欲离事自全，以保余年，此真所乏耳，岂可见黄门而称贞哉！若趣欲共登王途，期于相致，时为欢益，一旦迫之，必发狂疾。自非重怨，不至于此也。

野人有快炙背而美芹子，欲献之至尊，虽有区区之意，亦已疏矣。愿足下勿似之。其意如此，既以解足下，并以为别。嵇康白。

一、嵇康与山涛

通过前一章的介绍，我们对《世说新语》和比较具有代表意义的魏晋人物有了一些基本的了解。我们大概知道魏晋人物多数是一些性格特征突出、内心思想丰富、文化修养深厚、才华出众的活跃分子。如果我们要在魏晋人物里面挑选一个全能冠军，我想，嵇康应该是没有什么争议可以当选的。

嵇康身材高大，外貌英俊，风度潇洒。《世说新语》载：

“嵇康身长七尺八寸，风姿特秀。见者叹曰：‘萧萧肃肃，爽朗清举。’或云：‘肃肃如松下风，高而徐引。’”（《世说新语·容止》）

出众的外貌在特别注重人物形象的魏晋时代很能够为嵇康加分，可他偏偏不修边幅，不喜欢打扮，总是以一副慵懒颓废的样子示人，所谓“土木形骸，不自藻饰”（《与山巨源绝交书》）。嵇康对自己的容貌并不在意，一方面固然因为他的性格比较散淡，追求自然；另一方面，大概也因为他确实是一位成色十足的实力派文化明星，无需在容貌上作更多的强调。

嵇康的才华是多方面的，而且是惊人的。《晋书·嵇康传》称其“学不师授，博览无不该通”，意思说他天赋过人，各种东西都能无师自通。他的诗歌非常有名，尤工四言诗，在中国文学史上有重要的地位。《文心雕龙》将嵇康和阮籍作为魏晋诗歌的代表，并称“嵇志清峻，阮旨遥深”。

嵇康的哲学素养非常高，其所著的《太师箴》、《明胆论》、《释私论》、《养生论》等篇是中国哲学史上重要的篇章，是魏晋玄学的代表之作。

嵇康的音乐造诣举世无双，相传他创作了《风入松》、《长清》、《短清》、《长侧》、《短侧》等名曲，并著有音乐理论著作《琴赋》、《声无哀乐论》等。在嵇康死后，古名曲《广陵散》就在他的手上永远失传了。

嵇康擅长书法，工草书。唐代张彦远在书法理论著作《书法会要》中对古代书法家有一个排位，其中草书第一名是草圣张芝，第二名是嵇康，第三名是王献之。这里顺便说一下，我们后面学习《兰亭集序》的时候会了解中国书法史上地位最高的是书圣王羲之。王羲之是比较自负才华的一个人，但唯独对在他之前的草圣张芝深感佩服，有自愧不如又心有不甘之叹："（吾书比之）张草犹当雁行。然张精熟，池水尽墨，假令寡人耽之若此，未必谢之。"（孙过庭《书谱》）大概意思是说我（王羲之）的草书比张芝只差一点点，但假如我能够像张芝一样用功于书法，也未必会输给他吧。嵇康的书法没有流传下来，但他的草书能够在张彦远的排位中仅次于草圣张芝，位居第二，排在王献之之前（王羲之则排在更后），这是相当高的评价。

通过上面的介绍，我们对嵇康超群的才华有了一个初步的了解，他的任何一项才能在文化史上都堪称顶尖。在文艺修养和文化素质普遍较高的魏晋贵族之中，嵇康绝对是无可争议的全能冠军。而嵇康在中国历史上巨大的名声，除了因为他超人的才华之外，还在于他写了一篇叫作《与山巨源绝交书》的文章。《晋书·嵇康传》用四分之一的篇幅节录了这篇文章，作为对嵇康生平的重要记载。梁朝萧统编选的《昭明文选》则全文辑录了这篇文章。《昭明文选》是中国历史上影响最大的一部文集，在唐宋时被奉为"文章祖宗"，是科举考试兴起以来知识分子的必读书，相当于经典范文集。宋代的时候流传一句话叫"《文选》烂，秀才半"，意思是只要熟读《昭明文选》，就有秀才一半的水平了。中国古代的知识分子对《昭明文选》特别熟悉，对嵇康的《与山巨源绝交书》也就特别熟悉。

那么为什么嵇康要写这篇文章？为什么要和山巨源这个人绝交呢？山巨源又是何许人也？

嵇康为人恃才傲物，交友的门槛很高。他结交的人不是才华横溢的名士，就是不食人间烟火的隐士和修仙者。甚至这些同时代的朋友有时也不能满足他心高气傲的劲头，所以他专门写了一部《圣贤高士传》，记载了从上古以来到三国时期一百多位不求功名、不问富贵的高士。《晋书·嵇康传》里说他写这部书"撰上古以来高士为之传赞，欲友其人于千载也"，就是说和他同时代的人他都不大看得上，他要交朋友都只好在古人里面去找。

与嵇康同时代的朋友中，有几位名气也非常大。阮籍、嵇康、山涛、向秀、刘伶、阮咸和王戎组成了中国历史上最有名的名士小团体，被称为"竹林七贤”。七贤之间的交往并不像老百姓喜闻乐见的“桃园三结义”或是梁山好汉聚义水泊那样蒸腾着滚烫的酒肉气，而处处体现着世家子弟的清贵之气。他们主要处在一起清谈老庄，大搞行为艺术。七贤中的山涛，字巨源，就是《与山巨源绝交书》中提到的山巨源。

嵇康和山涛决裂的起因经过并不复杂。甘露五年（260），司马昭谋弑魏帝曹髦，司马氏弑上篡位取代曹魏政权的事实已成定局。在改朝换代的非常时期，司马昭急需像嵇康这样富有声望的名士出任要职，稳定人心，于是命改仕司马氏的山涛举荐嵇康出仕。嵇康被司马氏的虚伪激怒，写下《与山巨源绝交书》一文作为答复。这篇文章文辞犀利，直言自己清高孤傲、不肯出仕为官的耿介性格，并痛心责怪作为朋友的山涛不理解他，公开宣布与山涛绝交。

嵇康的狂放不羁触怒了司马昭，不久以后，他被罗织罪名杀害。在他临刑前，有三千多名太学生联名上书请求赦免嵇康，另外还有许多豪俊之士自愿入狱陪嵇康一起坐牢，足可以见嵇康在当时的影响力之大。但这都没有能够挽回嵇康的生命，死刑如期执行。在刑场上，他抚琴弹了一曲据说是人间绝响的《广陵散》，然后面无惧色，从容赴死。

嵇康富有悲壮诗意的赴死，更为他增添了无数身后名。他以卵击石，被后世人们看作反抗暴政的精神榜样。嵇康是千古流芳的大名士，他义正词严地撰文指责山涛并和他绝交，所以山涛当然也就不是个好人了。这在古代是一种主流的看法，在今天，多数人仍持这样的看法去解读这篇文章。

然而，关于嵇康和山涛，以及这篇《与山巨源绝交书》，背后还有许多重要的信息被人们有意或无意地忽略掉了。

虽然严格地从身世上说，嵇康并不是一个够资格的世家子弟，他的父亲是个小官吏并且早亡，但他的哥哥嵇喜却做过徐州刺史，而且母亲和哥哥都十分宠爱他，活生生地把他惯出了一身世家公子哥儿的习气。他在《幽愤诗》中有过深切的回忆：“母兄鞠育，有慈无威。恃爱肆姐，不训不师。爰及冠带，冯宠自放。”他成名很早，从个人才能上讲固然算得上是才华横溢，天赋异禀；但在另一个方面，他身上也深深染着世家公子那种高傲、任性、不能包容他人的脾性。这种脾性不是嵇康一个人独有的，而是世家子弟的通病。如西汉景帝时有一个名臣叫汲黯，《汉书》本传载“其先有宠于古之卫君。至黯七世，世为卿大夫”，是个标准的贵族世家子弟。汲黯“为人性倨，少礼，面折，不能容人之过。合己者善待之，不合己者不能忍见，士亦以此不附焉”。倨，就是傲慢；少礼；面折，就是与人交往没有礼貌，喜欢当面顶撞别人，这是任性；合己者善待之，不合己者不能忍见，就是说和自己意趣相投的人就乐于交往，与自己性情不合的人则根本不愿意见面，这是不能包容他人。《汉书》里面用来评论汲黯的这三句话，实际上可以拿来概括一切世家子弟的通病。

在“竹林七贤”之中，在意趣方面和嵇康最相契合的，也是后人经常拿来和嵇康并提的人是阮籍。阮籍在这个方面和嵇康特别相近，也是比较傲慢、任性和不能包容他人。我们现在还常用“青眼有加”这个成语，就是出自于阮籍的故事。《晋书》本传载：“籍又能为青白眼。见礼俗之士，以白眼对之。常言‘礼岂为我设耶？’时有丧母，嵇喜来吊，阮作白眼，喜不怿而去；喜弟康闻之，乃备酒挟琴造焉，阮大悦，遂见青眼。”我们可以回想一下第二章中谈到的孔夫子所提倡的“有朋自远方来，不亦乐乎。人不知而不愠，不亦君子乎”（《论语·学而》），遇上志同道合的人总是令人高兴，这是人之常情，但如果遇上志趣不合、想法不同的人，甚至不被人理解呢？孔夫子的做法是“不愠”，不会不高兴。但像汲黯、嵇康、阮籍这些世家子弟，反应就比较剧烈，非要想尽办法把不满意、不高兴的情绪搞到全世界都知道，根本不考虑别人的感受，还很有表演的意味在里面。所以从这个角度讲，孔夫子的人生修养确实更加令人景仰。

山涛的人生轨迹和嵇康完全不同。山涛是“竹林七贤”中年纪最长的一位。与嵇康完全不同，山涛自幼生活贫寒，人生的发展一直比较平实和质朴，到四十岁才做了一个郡主簿的小官。山涛的身上没有嵇康的世家公子气，也没有他那过人的才华，目前我们甚至看不到他留传下来的文字作品，当然他也没有嵇康少年浮华和少年成名的传奇经历。他比嵇康大十八岁，从年龄上说基本上要比嵇康大一个辈分，却乐意和年轻人嵇康平辈论交。他晚年身居高位，并非尸位素餐，而是政绩卓然。《世说新语·政事》里记载“山公以器重朝望，年逾七十，犹知管时任”，就是说山涛以其才智在朝中享有很高威望，年过七十还负责干部选拔这种重要的工作。《世说新语·识鉴》中更记载着山涛对天下局势准确的预判，当时的人都认为他虽然不学兵法，但军事思想和古代著名军事家孙武、吴起的用兵之道暗合。

山涛还有另外一些看起来并不那么潇洒张扬的事迹。

他不畏权臣，坚持原则，保护同僚，为此遭到过贬官外放的报复。

他虽然身居高位，但是自己的生活克行节俭，常将俸禄薪水散于邻里，救济困苦。

他接受过贿赂。曾有人用数额巨大的财物贿赂他，《晋书》本传记载，“涛不欲异于时，受而藏于阁上”。他不想在昏暗的官场中显得不合时宜，于是将别人贿赂所赠的东西放在楼上。后来事隔多年，行贿者事发败露，山涛把那些东西取出来交给调查的官员，上面积满了灰尘，连封都没有拆开过。

他酒量过人，人们传说他有八斗的酒量，他却极为克制自己饮酒。晋武帝曾有意试探山涛的酒量，专门准备了八斗酒请他喝，并暗中派人把酒加多。但山涛一喝到八斗的量就立刻停下不再喝，保持了身为重臣的仪态。

在时人眼中，山涛并不像嵇康那样以才华和风范名满天下，而是以气度和雅量为世人所推重。作为台阁重臣的山涛的聪明，和嵇康那种世家公子的聪明不在同一个方面。再加上嵇康要比山涛年轻十八岁，我们可以想象一个青年人和一个中年人所流露出来的聪明是不一样的。青年人的聪明往往表现得较为活泼可爱，而中年人的内敛持重未尝不是一种经历了时间洗涤的智慧。

所以《与山巨源绝交书》这篇文章，从写作者和写作对象上来说，是青年人写给中年人，是世家子弟写给台阁重臣，是才华横溢的艺术家写给沉稳干练的高级公务员，是一个言辞尖刻的朋友写给另一个敏于行而讷于言的朋友。

二、《与山巨源绝交书》导读

康白：足下昔称吾于颍川，吾常谓之知言。然经怪此意尚未熟悉于足下，何从便得之也？前年从河东还，显宗、阿都说足下议以吾自代，事虽不行，知足下故不知之。足下傍通，多可而少怪；吾直性狭中，多所不堪，偶与足下相知耳。间闻足下迁，惕然不喜，恐足下羞庖人之独割，引尸祝以自助，手荐鸾刀，漫之膻腥，故具为足下陈其可否。

第一段的内容，主要是说山涛推荐嵇康出仕，让嵇康觉得本以为很了解自己的朋友竟如此不理解自己，所以有必要写这样一篇文章来自白。

在这一段文字中，有一个地方值得注意，即“吾直性狭中，多所不堪”。嵇康坦言自己的性格褊狭，接人待物不能相容。根据我们对嵇康的了解，这样的自我评价还真不是过谦之词，而是相当真实的自白。

吾昔读书，得并介之人，或谓无之，今乃信其真有耳。性有所不堪，真不可强。今空语同知有达人无所不堪，外不殊俗，而内不失正，与一世同其波流，而悔吝不生耳。老子、庄周，吾之师也，亲居贱职；柳下惠、东方朔，达人也，安乎卑位，吾岂敢短之哉！又仲尼兼爱，不羞执鞭；子文无欲卿相，而三登令尹，是乃君子思济物之意也。所谓达则兼善而不渝，穷则自得而无闷。以此观之，故尧、舜之君世，许由之岩栖，子房之佐汉，接舆之行歌，其揆一也。仰瞻数君，可谓能遂其志者也。故君子百行，殊途而同致，循性而动，各附所安。故有处朝廷而不出，入山林而不返之论。且延陵高子臧之风，长卿慕相如之节，志气所托，不可夺也。

这一段话大量运用排比，引用了很多典故，是比较典型的先秦子论的写法，特别具有战国中晚期纵横家的特色。先秦诸子中纵横家对中国散文有重要的影响，排比的运用是其中重要的方面。战国中晚期的纵横家的主要任务是游说诸侯，博得信任。所以纵横家有一种过人的本领，那就是要在尽量短的篇幅之中以言辞夺人，排比是他们大量运用的重要修辞手段。在《史记》中我们可以发现，纵横策士对诸侯的游说，往往先不说结论，也不先说道理，而是劈头盖脸地先说一大段排比句，架势上看起来非常有见识，非常有自信。特别有趣的一个例子是《史记·苏秦列传》里面记载苏秦游说各国诸侯，先夸各国的地域条件如何优良，总是说东南西北各有什么，在排比上的措辞非常接近，换一个国别和地名扣上去就行了。

我们应该明白这样一个道理，带有浓厚战国纵横家味道的中国古代散文传统，有好和不好两个方面。好的方面，是有助于增强文章的气势，易于打动读者。不好的方面，则是这种写作手段容易被滥用，有时流于言过其实，言辞欺人。

嵇康的这一段文字，在文辞上确有过人之处。其排比运用流畅自如，共引老子、庄周、柳下惠、东方朔、孔子、斗谷于菟（子文）、尧、舜、许由、张良、接舆、季札、子臧、司马相如、蔺相如十五人事迹，用典精确，繁而不乱，主要借以说明自己因性情褊狭，不适合入世进取，但从“适性”（能遂其志）的角度来看，却和兼济天下的圣人、君子殊途同归。

此段行文首尾相扣，由“性有所不堪，真不可强”到“志气所托，不可夺也”，再三强化表达了自己性情散淡、无意仕进的意愿。其中的佳句，如“外不殊俗，内不失正”是流传后世的格言警句；“君子百行，殊途而同致”，则是化用了《周易·系辞下》的句子“天下同归而殊途，一致而百虑”，体现了嵇康对文化原典的熟悉和高超的语言驾驭能力。

吾每读尚子平、台孝威传，慨然慕之，想其为人。加少孤露，母兄见骄，不涉经学。性复疏懒，筋驽肉缓，头面常一月十五日不洗，不大闷痒，不能沐也。每常小便而忍不起，令胞中略转乃起耳。又纵逸来久，情意傲散，简与礼相背，懒与慢相成，而为侪类见宽，不攻其过。又读《庄》、《老》，重增其放，故使荣进之心日颓，任实之情转笃。此犹禽鹿，少见驯育，则服从教制；长而见羁，则狂顾顿缨，赴蹈汤火；虽饰以金镳，飨以嘉肴，愈思长林而志在丰草也。

这一段承接上一段，由借用典故以自白，转为直叙身世，比较客观真实地叙写了自己作为一个世家子弟的成长经历和生活状况。其中生动真实之处，嵇康自叙因母亲和兄长骄纵，自己懒于梳洗，甚至连解小便都懒得起身，一直要憋到膀胱发胀才会起来。这样的懒惰、散漫又被身边的人所纵容，所以长大后思想上亲近老庄、不拘礼法简直是一种必然。

嵇康这一段自我剖析非常真实，像法国思想家卢梭的《忏悔录》一样，并不避讳自己的性格缺陷，也不讳言自己的童年成长经历对自己人生造成的影响。然而，嵇康虽然清醒地认识到自己的性格中有傲慢、懒散的缺陷，但也正因为这种世家子弟的傲慢，所以对于这些因性格缺陷而影响到的人生选择（“思长林而志在丰草”）始终抱有一种与众不同的自豪在其中。

熊十力曾经批评庄子对人生缺乏深切的体验。庄子的生平被记录下来的很少，不知道他的遁世是否和生活经历有关。宣称视庄子为师的嵇康，对人生缺乏深切的体验是肯定的。他自称“又读《庄》、《老》，重增其放”，放，就是散漫，散逸的意思。嵇康说自己读了《庄子》和《老子》，只不过是增加了自己的散漫，表明他思想的形成，骨子里是生活经历在起作用，而不是单纯地在学术上对老、庄进行继承。

阮嗣宗口不论人过，吾每师之而未能及；至性过人，与物无伤，唯饮酒过差耳。至为礼法之士所绳，疾之如仇，幸赖大将军保持之耳。吾不如嗣宗之贤，而有慢弛之阙；又不识人情，闇于机宜；无万石之慎，而有好尽之累。久与事接，疵衅日兴，虽欲无患，其可得乎？又人伦有礼，朝廷有法，自惟至熟，有必不堪者七，甚不可者二：卧喜晚起，而当关呼之不置，一不堪也。抱琴行吟，弋钓草野，而吏卒守之，不得妄动，二不堪也。危坐一时，痹不得摇，性复多虱，把搔无已，而当裹以章服，揖拜上官，三不堪也。素不便书，又不喜作书，而人间多事，堆案盈机，不相酬答，则犯教伤义，欲自勉强，则不能久，四不堪也。不喜吊丧，而人道以此为重，已为未见恕者所怨，至欲见中伤者；虽瞿然自责，然性不可化，欲降心顺俗，则诡故不情，亦终不能获无咎无誉如此，五不堪也。不喜俗人，而当与之共事，或宾客盈坐，鸣声聒耳，嚣尘臭处，千变百伎，在人目前，六不堪也。心不耐烦，而官事鞅掌，机务缠其心，世故烦其虑，七不堪也。又每非汤、武而薄周、孔，在人间不止此事，会显世教所不容，此甚不可一也。刚肠疾恶，轻肆直言，遇事便发，此甚不可二也。以促中小心之性，统此九患，不有外难，当有内病，宁可久处人间邪？又闻道士遗言，饵术黄精，令人久寿，意甚信之；游山泽，观鱼鸟，心甚乐之；一行作吏，此事便废，安能舍其所乐而从其所惧哉！

这一段是上一段的深入，继续自白由于自己的傲慢、懒散而造成的与世相违。此段先谈与自己性情最契合的阮籍，说阮籍也是狷介之士，但性格比自己稍微平和一些，紧接着话锋一转，又说回自己。嵇康说自己有七件事不能忍受，有两件事特别不能接受，统称为“九患”。这九件事合起来看，无非都是因为自己的性格褊狭而造成的与世相违，不能够服从既定的社会规范，分开看无非是些公子哥儿派头十足的琐事，像喜欢睡懒觉（“卧喜晚起”）、“不喜作书”（这里的“书”是文案、文件之意）、“不善吊丧”、“不喜俗人”、“心不耐烦”等。之所以要在文字上凑足“九患”，从内容上看并无必要，但“九”在中国传统文化里是阳数之极，有最多的意思。“九患”的意思说白了，就是强调自己与世俗社会全完不相容，难以忍受的事不胜枚举。

此段到最后，总结为决不能做官。一旦做官，则与自己的性情完全违背，自己的生活乐趣和生命追求将完全被剥夺，怎么能够舍弃生命的乐趣而去做自己畏惧的事情呢！

夫人之相知，贵识其天性，因而济之。禹不逼伯成子高，全其节也；仲尼不假盖于子夏，护其短也；近诸葛孔明不逼元直以入蜀，华子鱼不强幼安以卿相，此可谓能相终始，真相知者也。足下见直木不可以为轮，曲木不可以为桷，盖不欲枉其天才，令得其所也。故四民有业，各以得志为乐，唯达者为能通之，此足下度内耳。不可自见好章甫，强越人以文冕也；己嗜臭腐，养鸳雏以死鼠也。吾顷学养生之术，方外荣华，去滋味，游心于寂寞，以无为为贵。纵无九患，尚不顾足下所好者。又有心闷疾，顷转增笃，私意自试，不能堪其所不乐。自卜已审，若道尽途穷则已耳。足下无事冤之，令转于沟壑也。

这一段的意思和第二段、第四段略有重复，主旨在申明“令得其所”、“各以得志”之意。嵇康说，朋友之间相交相知，最重要的是了解对方的天性，然后根据对方的天性来帮助、成全对方。后面接以典故和譬喻的排比，仍是先秦子书常用的写作技巧。此段从显示才情学养的角度来说，嵇康确实有上佳的表现，但从行文的角度来说，则不乏冗繁之弊。

嵇康这一段文字的主要意思在于告诉山涛不要强人所难，强迫生性闲散的自己出仕为官。“己嗜臭腐，养鸳雏以死鼠也”这句话典出《庄子·秋水》。《庄子·秋水》中讲过这样一个故事，惠子做了梁国的相，害怕庄子来夺他的相位，便派人去搜寻庄子。庄子往见惠子，并对他说：“南方有一种叫作鸳雏的鸟，生性高洁，只待在干净的地方，只吃干净的食物和水。有一种以腐烂老鼠的尸体为食的鹰叫作鸱，有一天鸱得到了腐烂的老鼠，正好碰上鸳雏从它头上飞过。鸱担心鸳雏来抢它的死老鼠肉，就对着鸳雏大叫表示驱逐。”嵇康用这个典故，表面的意思很简单，普遍被认为是嵇康指斥山涛为逐臭之人，以自辩清白。但我怀疑此句用此典故别有深意，因为在《庄子》一书中，惠子是最经常出现的一个形象，这个形象常被庄子调侃、奚落、批评，实际上却是与庄子交往最深，也是在学问和思想上相互砥砺的亲密伙伴（详见第三章），我拟之为相声里的逗哏和捧哏。所以对《庄子》有深入研究的嵇康实际上将自己比为庄子，而将山涛比为惠子。庄子和惠子的关系，是貌离神合的关系，嵇康和山涛是否也是这种貌离神合的关系呢？可能性是有的，后面我们会再次谈到。

吾新失母兄之欢，意常凄切。女年十三，男年八岁，未及成人，况复多病。

顾此悢悢，如何可言！今但愿守陋巷，教养子孙，时与亲旧叙阔，陈说平生，浊酒一杯，弹琴一曲，志愿毕矣。足下若嬲之不置，不过欲为官得人，以益时用耳。足下旧知吾潦倒粗疏，不切事情，自惟亦皆不如今日之贤能也。若以俗人皆喜荣华，独能离之，以此为快；此最近之，可得言耳。然使长才广度，无所不淹，而能不营，乃可贵耳。若吾多病困，欲离事自全，以保余年，此真所乏耳，岂可见黄门而称贞哉！若趣欲共登王途，期于相致，时为欢益，一旦迫之，必发狂疾。自非重怨，不至于此也。

此段承接上段，从典故、譬喻说到自己的现实生活。此时嵇康的母亲和兄长刚刚去世不久，心情悲伤，膝下子女年纪尚幼，而且经常生病，在这样的情况之下，他更加无意仕进，只能以全身养命、教养子孙为生活目标。嵇康再三向山涛陈说自己不愿出仕，请他不要为难自己。

野人有快炙背而美芹子，欲献之至尊，虽有区区之意，亦已疏矣。愿足下勿似之。其意如此，既以解足下，并以为别。嵇康白。

此段是文章的结尾。嵇康用《列子·杨朱》中“野人献曝”的典故，意思是俗人心目中所羡慕的名利富贵，在我眼中一钱不值得可笑，你（山涛）虽有一番美意，但奈何与我的志趣相隔太远。望你不要做献曝的野人。我言尽于此，我们从此就各寻其路——绝交了吧。

三、对《与山巨源绝交书》的进一步思考

嵇康写了这样一篇绝交书给山涛，山涛并没有回应，但这并不意味着他们的生活从此再无交集。嵇康在写作《与山巨源绝交书》之后不久被罗织罪名杀害，在临行前，他将自己年幼的儿子嵇绍托付给山涛，并告诉嵇绍：“只要有山涛在，你就不会孤苦无依，就好像父亲在你身边一样。”而山涛也非常忠诚地完成了朋友嵇康的重托，在嵇绍成年之后举荐他做官，帮助嵇绍登上政治历史的舞台。我们前面讲到，嵇康在文中采用《庄子》中庄子和惠子的典故，也许暗含着自己与山涛貌离神合的深意，这种可能性的另一重佐证就是嵇康在临死前最终托孤的人不是和他一样拥有过人才华和名声，并常年和他悠游在一起的阮籍，而是那个

被他公开宣言与之绝交的山涛。当然，这个推论无法被证实，只能说有一定的可能性。

《与山巨源绝交书》这篇文章，历来被解读为嵇康不愿同流合污的高洁品格的自我写照，也被认为是嵇康深具魏晋风度的悲风遗响。与之相对的，同样是“竹林七贤”的山涛则普遍被认为是一个苟且之人、一个品行有亏之人。这样的看法，应该说还留有很大的继续研究的空间。

在这个世界上，像山涛一样挨了骂还心甘情愿地照顾对方的儿子的人，应该很少很少了。而像嵇康一样，痛骂了朋友还深信朋友不会怀恨在心，敢于托孤给对方的人，恐怕就更少更少了。

“竹林七贤”中的小字辈王戎曾这样评价山涛：“璞玉浑金，人皆钦其宝，莫知名其器。”嵇康在《与山巨源绝交书》中一再责怪山涛不理解他的傲慢与散淡，但我们反过来看看，仅就这篇文章所流露出的尖刻与褊狭来看，也很难说嵇康真正理解山涛的为人。山涛固然没有嵇康的风流任性、逞才放旷，但他的中年持重、内不失正的恢宏度量却是如此暖人心肺，值得信赖。好在，嵇康临终前的托孤，是对山涛最深刻的理解。

其实，嵇康和山涛都是货真价实的魏晋人物。真正的魏晋人物，骨子里除了有贵族式的对诗意人生的追求，更具有那股不顾一切的坚持劲头，不论是与世俗乖舛，还是被自己最深交的朋友撰文宣告绝交，都不能改变他们心中为之笃守的坚持。嵇康的高洁放任，山涛的雅量恢宏，都是对魏晋人物的绝佳诠释。

第七章 旷世雅集

——王羲之《兰亭集序》导读

兰亭集序

永和九年，岁在癸丑，暮春之初，会于会稽山阴之兰亭，修禊事也。群贤毕至，少长咸集。此地有崇山峻岭，茂林修竹；又有清流激湍，映带左右，引以为流觞曲水，列坐其次。虽无丝竹管弦之盛，一觞一咏，亦足以畅叙幽情。

是日也，天朗气清，惠风和畅。仰观宇宙之大，俯察品类之盛。所以游目骋怀，足以极视听之娱，信可乐也。

夫人之相与，俯仰一世，或取诸怀抱，悟言一室之内；或因寄所托，放浪形骸之外。虽趣舍万殊，静躁不同，当其欣于所遇，暂得于己，快然自足，不知老之将至；及其所之既倦，情随事迁，感慨系之矣。向之所欣，俯仰之间，已为陈迹，犹不能不以之兴怀。况修短随化，终期于尽。古人云："死生亦大矣。"岂不痛哉！

每览昔人兴感之由，若合一契，未尝不临文嗟悼，不能喻之于怀。固知一死生为虚诞，齐彭殇为妄作。后之视今，亦犹今之视昔。悲夫！故列叙时人，录其所述，虽世殊事异，所以兴怀，其致一也。后之览者，亦将有感于斯文。

一、兰亭雅集

东晋永和九年（353）三月初三，这个日子被一个叫作"兰亭雅集"的事件非常抢眼地定格在中国历史上。

兰亭聚会说白了，就是一群人出去找乐子。那时候没有卡拉 OK，没有桌球厅，也没有酒吧和舞厅之类专门化的娱乐场所，上流社会最流行的娱乐方式是大家相互邀请人来家里清谈。清谈这个事情重点在清，其次才是谈，一切柴米油盐、国家大事都是俗事，没档次，要谈就谈先有鸡还是先有蛋，老聃和释迦牟尼谁比较高明一点，色即是空，空不是没有……当然，总是待在家里也不免让人觉得发闷，就找个天气好的日子到山上喝酒写诗去。音乐本来是聚会中极好的一种助兴之物，但这群人竟也嫌麻烦，乐器也不带，便宽袍大袖、优哉游哉地走向城外的会稽山。

这不是一群普通的人，他们是以会稽市市长王羲之为首的四十二位当时最负盛名的文化名流。所以人们称这次聚会为“雅集”，意思是文化人的聚会。我们现在一听说文化人聚在一起，马上想到的是开会：研讨会、茶话会、笔友会、创作交流会等。现代人印象中的文化人都带有一本正经的学究相，实际上，古人比我们想象得要潇洒得多。

有必要简单介绍一下这次聚会中最有代表性的几位人物。

王羲之，时任会稽内史（相当于市长），琅琊王氏子弟。琅琊王氏是东晋第一大望族，王氏子弟多出类拔萃之辈。王羲之年轻的时候，太尉郗鉴想找一个王家的年轻人当女婿，就派自己的门生到王家去求亲。王家的家长、丞相王导骄傲地说，我们王家的小伙子都很棒，当然我自己吹了不算，最好你自己到家里看一看，看上谁就是谁。王家的年轻人知道是郗鉴派人来选女婿，个个都打起精神来装模作样扮斯文。郗鉴的门生看了一圈以后回去给郗鉴回话：“这王家的小伙子啊，一听说来您派人选女婿，都装得跟大闺女似的，挺没劲儿的。只有一个人露着肚皮躺在床上，好像完全不当回事。”郗鉴一听，特别高兴：“就是他了！就是他了！”后来再去王家一打听，这人就是王羲之。郗鉴把女儿嫁给了他，并由此留下了一个成语，叫作“坦腹东床”，意思是好女婿。我们都知道王羲之是中国历史上赫赫有名的书圣，书法造诣举世无双，有时往往忽略了他其他方面的文化修养也非常高，文采、学识、气度都是一时之选。

谢安，当时是无业青年，阳夏谢氏子弟。谢家和王家同为东晋名门望族。唐代诗人刘禹锡写过一首著名的《乌衣巷》，其中的名句“旧时王谢堂前燕，飞入寻常百姓家”，这里的王、谢，说的就是王羲之和谢安两家。谢安年轻时在会稽当文艺青年，沉迷于写诗作文，对做官毫无兴趣。他在年轻时就非常有名，因为他会用洛阳口音说话。那时洛阳口音被认为是最正统的普通话，而永嘉南渡以后，随着政权的南迁，已经很少有人会说了。谢安的洛阳话特别地道，甚至连骂人也用洛阳话骂，让人觉得他高贵典雅、品味不凡。当然，谢安年轻时作为文艺青年的小名声绝对无法和他日后的千秋万世名相提并论，后来他官至宰相，成为了东晋王室的中流砥柱，也是谢氏家族三百年间最闪耀的人物。

支遁，中国历史上著名的僧人、思想家，也许是兰亭雅集里面长得最丑的一位。魏晋时候的风尚是以貌取人，要进入最高级别的文化圈，长得帅是重要的条件，所以《世说新语》里面记载魏晋名士，都要相互恭维对方的长相。但支遁的长相实在太丑，丑到有人曾明确说喜欢听他发表高论但不愿意见他的面，丑到他去别人家拜访而家仆不敢放他进门。谢安谈到支遁的长相时只好说“见林公（支遁）双眼黯黯明黑”，意思是支遁的眼睛很有神，这大概是一种顾左右而言他的客套。支遁爱好养宠物，不过不是猫猫狗狗这种小玩物，玩的都是高档东西，他喜欢养马放鹤。有人说他一个出家人养宠物不像样子，他很认真地回答说：贫僧养的不是马，是神骏。“神骏”是一个形容词，和谢安说他“双眼黯黯明黑”有异曲同工之意。他是第一个成功运用佛教理论来阐释老庄之道的思想家，世家名士都以结交他为荣。王羲之在没有和支遁交往之前对他颇为不屑，但和他交谈过一次以后就彻底沦为了支遁的粉丝。那时只要支遁开坛说法，必然是场场爆满，在当时很有点文化界领袖的味道。

孙绰，少年成名的天才诗人，世人称其文采“横绝一世”。“横绝一世”这四个字很了不得，自古文无第一武无第二，何况当时的世家子弟大多能诗擅文，名家辈出，连女孩子都能出口成章，孙绰这个“横绝一世”就更加显得有含金量。有名望的贵族大姓去世以后，族人都争着抢着请孙绰写碑文，觉得只有孙绰的手笔才够档次、够分量。孙绰本人对自己的文采也是相当有信心，他写完文章给朋友看，对朋友说：“你尽管把这篇稿子往地上扔，我的文章字字金玉，砸在地上都能听见响声！”除了文采卓越之外，孙绰对佛教也有相当深入的研究。他与支遁交往密切，是较早把佛教和儒家思想融会贯通的思想家之一。

许询，和孙绰齐名的一代文宗，其文采超群也有一个说法，叫作“妙绝时人”，和孙绰的“横绝一世”交相呼应。许询文采出众，玄谈也非常有名，和支遁交往非常深入，后人用“支许之契”来概括他们僧俗之间交情非同一般，也成了一个成语，用来借指出家僧侣和世俗文人之间深厚的交往。许询出身名门，才华超群，多次受到朝廷征辟，而他也屡次避而不就，是当时有名的隐士，与王羲之交往密切。

郗昙，太尉郗鉴次子，善草书，是王羲之的小舅子，与王羲之感情深厚。传说郗昙死后，他的墓中有许多当时名贤的遗墨陪葬，其中王羲之的《兰亭集序》

真迹正在其中，后来被征北军人盗发。

王蕴，司徒左长史王蒙之子，长于政事，一度担任礼部尚书郎，为朝廷推选人才。他处事公允，性情平和，体恤百姓，在当时颇有声望。王蕴的女儿王法惠后来嫁给晋孝武帝成为皇后，晋孝武帝因为他是皇后的父亲，并且确实有服众的声望，便想任命他担任中央高级职务和授予高级爵位。王蕴则认为自己身份上已属外戚，以女显贵，不合古制，于是坚决辞让不受。最后在谢安的劝说下才勉强同意出任地方官员，任会稽内史。王蕴嗜酒，晚年的时候长期醉酒，很少有醒着的时候，但他执政宽和，并不因饮酒废政事，深得百姓爱戴。

王徽之，王羲之第三子，字子猷。“王子猷雪夜访戴”的故事是《世说新语》里最潇洒飘逸的篇章。王徽之在一个大雪纷飞的夜晚无心睡眠，独自饮酒，突然想念起自己的好朋友戴逵，于是冒着严寒连夜乘船溯江而上，船行百余里，来到戴逵家门口却转头回家。有人问他为什么不进去，他说：“我趁着兴致而来，现在兴致尽了就回去，何必一定要见到戴逵。”

王献之，王羲之第七子，气貌出众，在年幼时便被谢安认为是王氏子弟中最出众的一个，后官至中书令，在当时相当于宰相。王献之书法造诣精深，在书法史上被称为“小圣”，与其父王羲之并称“二王”，被认为是书法上“兼众家之长，集诸体之美”的集大成者。

……

参与此次兰亭雅集的一共四十二人，全是围绕在王羲之周围的当时最负盛名的名士及世家子弟，风云际会，一时无两。可以说，这次兰亭雅集正是王羲之召集的盛大文化 VIP 聚会。

结伴出外游玩，四个人可以凑一桌麻将打，但四十多个人凑十桌各打各的就没意思了。如果现在组织这么多人上山春游，坐下要开展一样人人都能参与其中的娱乐项目，恐怕很伤脑筋。但这个问题竟然被他们很轻松地解决了，他们席地坐在一条曲折回转的浅溪旁，把酒杯扔到小溪里，任由细细的溪水把酒杯带动得跌撞漂浮，如果酒杯被溪里的碎石或岸边的水藻卡住不再移动，那么停在谁的面前谁就要作诗一首，作不出来就罚酒。一只酒杯、一条浅溪就能让四十多个人玩得情酣意足，这个极富诗意的场景成为了后世画家常常用来入画的题材。

那一天，这群中国历史上最顶尖、最富有意趣的文化人一共写了三十多首诗，有十六个人诗性不浓，没有写出诗来，被罚了酒。聚会的发起人王羲之在微醺之中即兴挥毫，为这些汇总起来的诗篇即兴写了一篇序，将这次雅集活动记录了下来。兰亭雅集上所作的诗篇，大多都失散了，而王羲之那篇序文的手稿所幸没有被埋没（今所见为摹本），它就是被后世称为“天下第一行书”的《兰亭集序》。

二、《兰亭集序》释读

《兰亭集序》这篇短文，文体性质上属于序文，是对兰亭雅集活动进行简要记叙的一篇文章。此文虽然篇幅短小，但叙事充分，逸趣横生，感怀隽永遥深，辞采文质相宜，短小的篇幅之中层次分明，转合利落，是一篇脍炙人口的千古名文。

永和九年，岁在癸丑，暮春之初，会于会稽山阴之兰亭，修禊事也。

东晋永和九年，即公元353年，按照中国古代天干地支的算法是癸丑年。这个时间从历史上来看，是有一点意味的。晋代分为西晋和东晋，西晋（266—316）是中国短暂的大一统王朝。西晋末年，由于战乱，司马氏政权以及大量人口南迁，定都建康（今南京），称为东晋。在东晋之前，中原文明在政治、经济、文化各方面都主要立足于长江以北的北方。而随着晋室及人口的大量南迁，南方的政治、经济、文化得到了迅速的发展，并随之带来了南北文化的交流与融合。其中一个重要的方面就是南方清新秀丽的山水风貌与南迁而来的品味精致的贵族文化相融合，兰亭雅集就是这种文化融合的一个具体表现。简单来说，就是南方的山水成为了贵族重要的文化资源和精神养料。所以兰亭雅集的地点很重要，它是在秀丽的南方山水中举办的；另一方面，它的时间也很重要，正是到了永和九年的时候，这种文化融合已经进行得比较充分了，才会孕育出兰亭雅集这样的文化盛会。

“暮春”是指农历三月，这次雅集是三月初三举办的，所以叫作“暮春之初”。

“会稽山阴”这句话有两种解释，一种是会稽的山阴县；另一种是会稽山的北面，“阴”有山北面的意思。

“修禊”是古代的一种风俗，人们相约在每年三月初三这一天到河边洗濯，认为这样可以洗去不好的运气，后来演变成一种春游活动。

群贤毕至，少长咸集。

我们前面已经介绍过部分参与此次雅集的与会者，用“群贤毕至”来概括真是毫不夸张。其中还有部分王羲之的子侄晚辈，所以再补充一句“少长咸集”，非常精炼准确。

此地有崇山峻岭，茂林修竹；又有清流激湍，映带左右，引以为流觞曲水，列坐其次。

这一句记叙集会的环境。“崇山峻岭”后来成为了一个成语，出自这里。“崇”是高，“峻”是陡峭，“崇山峻岭”意谓高大陡峭的山岭。“茂”是茂密，“修”是修长、高大，“茂林修竹”意谓茂密高大的竹林。我们知道竹子是典型的南方植物，竹的形象与树木相比更具有南方地域的秀美、轻灵。

“清流激湍”一句值得细细品味，从字面翻译意思是清澈的水流流势很急。因为兰亭雅集举行于“崇山峻岭，茂林修竹”的环境里，即在高山上的竹林里举行，所以“清流”不会是大江大河，而一定是山涧或者溪水，是小水流。如果我们见过山中的溪水，一定会有这样一个印象，这些清澈的小水流倒不一定本身流速很快，但是因为水浅、弯多，加上水底的地貌不平顺，很容易激起水花，看起来就好像因为水流急而产生的一排排浪花，这是一种视觉效果。结合后面记叙到的“流觞曲水”，更可以肯定这种推测，因为只有水浅、弯多才有可能让酒杯在水流中停止漂移。所以这句话用了“激湍”这样看起来激烈的字眼，但实际上描述的是一幅很清丽可人的山中景观。

“映带左右”，用最直接的白话文来说就是围绕在周围，但“映带”这个词用得很妙。“映带”有映衬、连带之意，意谓“清流激湍”不仅仅是孤立地围绕在周围，而且和雅集诸贤融为一体，相互呼应。“映带”同时是一个书法术语，指行书和草书的笔画与笔画之间、字与字之间因往来呼应而产生的游丝引带，极具审美价值。借助书法上的“映带”一词，可以帮助我们更加细微地体察此句的妙处。

“引以为流觞曲水”。“引以为”是“引之以为”之意，利用映带左右的溪水来玩一个叫作“流觞曲水”的游戏。觞是一种酒器，通常为木制，小而体轻，底部有托，可浮于水中。“流觞曲水”就是我们前面提到过的那个极富雅趣的游戏，把酒杯扔到小溪里，任由细细的溪水把酒杯带动得跌撞漂浮，停在谁的面前谁就要作诗一首，作不出来就罚酒。这其实是中国历史上一个有悠久传统的古老游戏，而兰亭雅集之后，则更加定格成为了文人雅趣的代名词。

虽无丝竹管弦之盛，一觞一咏，亦足以畅叙幽情。

“丝竹管弦”，丝就是弦乐，竹就是管乐，丝竹管弦就是乐器的代称。中国古人有“丝不如竹，竹不如肉”之说，意思是弦乐不如管乐，管乐不如人的歌喉，这大概是古人一种崇尚自然的观念，认为越是发自天然、越少借助工具的声音越是最好的声音。“虽无丝竹管弦之盛”，虽然没有音乐来营造热烈盛大的气氛；“一觞一咏，亦足以畅叙幽情”，喝一点酒，咏一点诗，也足可以畅快地抒发内心细腻隐微的情怀。这里的“畅叙幽情”也值得玩味。我们直观地想象一下，“畅叙”就是畅快、尽情地叙说和抒发，如果把人放在一个广阔的、像北方平原那样的自然环境之中，“畅叙”的内容很大可能会是“豪情”、“悲情”、“激情”等。但在这南方山水细腻怡人的环境下，“畅叙”的却是“幽情”，这或许在某种程度上也可以佐证东晋时候的文人气质受到了南方山水的影响，倾向于细腻幽深。

是日也，天朗气清，惠风和畅。

整句的意思是“这一天，天空晴朗，空气清新，柔和的风让人感到温和、舒畅”。“惠风和畅”这个成语出自本文，现在经常看到被人写成大字挂在客厅或者办公室里。“惠风和畅”被借指为一种理想中很和谐的状态，不浓烈，不冷淡，让人感到恰到好处的舒适。

仰观宇宙之大，俯察品类之盛。

上面两句中，“天朗气清”更多是一种对自然的客观描述，“惠风和畅”则比较偏重描述一种主观感受。对世界的体察由外而内，起初局限在一个可感可观的有局限的范围内，然后突然宕开一笔，“仰观宇宙之大，俯察品类之盛”。“宇宙”在古代的意思是空间和时间，“品类”指世间一切有形的万物。实际上，空间与时间之大，万物种类之繁多，都是不可能认知穷尽的，所以采用的动词是“观”和“察”，表明这是一种注重主观体验、胸襟广阔的生命态度。这里顺便提一下，对文学常识缺乏了解的人可能会认为这两句话是对仗，意味着这篇文章里有骈文的句子，其实不是。对仗要求两句之中的每一个字和词意思都要相对，如果相同或者相近就被称为“合掌”，算犯规了。这两句话里两个“之”字完全相同，“观”和“察”意思基本相同，所以不存在对仗。虽然看起来上下两句的字数相同，却是标准的散文写法。

所以游目骋怀，足以极视听之娱，信可乐也。

这里的“所以”，不是“因为……所以……”的“所以”的意思，而是“用之以”的意思。用“仰观宇宙之大，俯察品类之盛”这样的人生态度来放眼纵观，驰骋胸怀。“游目骋怀”中的“游目”是前人经常用到的一个词，如屈原《楚辞·离骚》中“忽反顾以游目兮，将往观乎四荒”，曹植《游观赋》中“静闲居而无事，将游目以自娱”，指自由自在地观览景色，尤其是指广阔的景色。一个“游”字，一个“骋”字，行文的意境非常舒展。

“足以极视听之娱”，这一句要结合中国文学史的背景去了解一下。中国古代有意识的文章写作，早期是以骈文写作为主的，汉魏、两晋、南朝，这些时期的单篇文章写作，以骈文特别是赋为主。单篇散文的兴起要晚到唐宋时期。赋文在写作上最突出的文体特征是铺陈，我们今天的文学教材普遍批评这种“堆砌辞藻”的写法，就是不厌其烦、巨细无遗地花费笔墨去进行景观描写，用华美的文辞来产生“极视听之娱”的文学效果。如果王羲之这篇文章是用赋的形式来写，那么他一定要通过大量的铺陈和描写来达到“极视听之娱”，如我们去读一读汉代司马相如、扬雄、枚乘等人的赋文作品，像《子虚赋》、《上林赋》、《长杨赋》、《七发》等，用赋写出来是那种华丽富贵的效果。但王羲之在这里写到的“天朗气清，惠风和畅。仰观宇宙之大，俯察品类之盛”，只有四句话，而且四句都是虚写。宇宙之大里面有什么，品类之盛到底有哪些，如果是赋文就一定要一样一样写过去。而王羲之用散文写就写得非常简省，虽然仍留有赋文那种开张、宏大的气势，但在行文上虚晃而过。这就有点类似中国戏剧里面三五个人就代表千军万马，马鞭一摇就表示行过了千山万水。我希望大家不要把这个问题理解为散文的简省代表文学水平高，骈文的繁复代表文学水平低。不是这样。只能说二者在文学效果的追求上不一样。赋文那样写，华丽中带着古意；散文这样写，轻巧中带着飘逸。

夫人之相与，俯仰一世，或取诸怀抱，悟言一室之内；或因寄所托，放浪形骸之外。

"人之相与，俯仰一世"，一般的翻译是人与人之间相交往，很快就过了一生。这样翻译，大概的意思没错，但对原文细微的意思有所缺漏。"相与"字面上的意思是人与人相交往，但实际上是说一种众生杂处的状态，好像一个电影镜头的定格，画面里人们茫无目的地处在一起。"俯仰一世"，用大白话说，抬头低头之间就过了一辈子，更加强了那种茫然、易逝的感觉。面对如此茫然、易逝的人生，不同的人有不同的态度和方式去度过它。"或取诸怀抱，悟言一室之内"，有的人喜欢把对人生和世界的感悟放在胸中，与朋友在室内切磋清谈。"或因寄所托，放浪形骸之外"，有的人将情怀寄托于外物，将自己的精神超脱于肉体之外。后一句话要准确翻译很难，简单来说就是让自己的精神有一种高远的寄托，如魏晋时期的名士喜欢诗歌、书法、玄谈等，说到底，就是让精神有一个寄托，希望借此脱离世俗生活之累。

虽趣舍万殊，静躁不同，当其欣于所遇，暂得于己，快然自足，不知老之将至；及其所之既倦，情随事迁，感慨系之矣。向之所欣，俯仰之间，已为陈迹，犹不能不以之兴怀。

"虽趣舍万殊，静躁不同"，虽然人的趣向、趋向有各种各样的不同，有恬静与躁动之别。这里的"静"、"躁"就分别指上一段所言"取诸怀抱，悟言一室之内"和"因寄所托，放浪形骸之外"，意指内指和外放两种生命态度。这里说的是“趣舍万殊”，但具体谈到的只有“静”、“躁”两种，这是比较富有道家特色的观念。中国道家倾向于用至简的方式去理解这个世界，世界的统一性归纳于“一”（也称“太极”），世界的差别性归纳于“二”（即“阴”、“阳”两面），这就是《老子》里面谈到的“一生二，二生三，三生万物”，也是《易经》里面所说“太极生两仪，两仪生四象”。所以只要有差别，哪怕是“万殊”，只要用两种最突出的例子来说明就可以了。王羲之本人是非常忠实的道教信徒，所以在行文中不自觉会流露出这样的思想倾向。

“当其欣于所遇，暂得于己，快然自足，不知老之将至”，当遇到了自己喜欢的事物，暂时感到高兴和满足，也就会暂时忘记衰老正在慢慢降临。

“及其所之既倦，情随事迁，感慨系之矣”，等到喜爱或得到的东西已经厌倦，感情随着事物的变化而改变，感慨也就由此伴随着产生了。

以上两句话所说的内容，和接下来所言“向之所欣，俯仰之间，已为陈迹，犹不能不以之兴怀”，主要表达的是中国传统文化中一个重要的哲学命题：无常。常是永恒不变之意，无常即世间万事万物包括人类情感在内，总是处于变化之中，没有什么是永恒不变的。对于无常，儒释道三教的态度各不相同。佛教对待无常是很冷静的，将它视为一个无法更改的客观规律，没有什么感情因素在里面。而儒家和道家面对无常往往有很强烈的感怀，但它们感怀的重点并不一致。如《论语》里记载：“子在川上，曰：‘逝者如斯夫！不舍昼夜。’”（《论语·子罕》）孔夫子面对无常有一种积极的精神——正因为万物易逝，所以当下才更值得宝贵，更值得积极努力。道家面对无常的态度看似冷静，如庄子说“方生方死，方死方生”（《庄子·齐物论》），而实际上有一种无可奈何的伤感在其中。这种刻骨的伤感在《庄子》里也许埋藏得深一些，但在《兰亭集序》这篇文章里则暴露无遗。像“感慨”、“兴怀”这种直白的词在《庄子》里很少见，也许因为同样是道家思想的信徒，王羲之比较潇洒些，而庄子则是一个不习惯暴露情绪的人。

况修短随化，终期于尽。古人云：“死生亦大矣。”岂不痛哉！

“修”即长，“修短随化”意思是寿命的长短只能听天由命。“终期于尽”，不论寿命的长短，最后的结局都一定是死亡。“古人云：‘死生亦大矣。’岂不痛哉！”古人说：生死是件大事啊，怎么能让人不感到痛心！我们上面说过，道家对无常，尤其是生命的无常有一种无可奈何的伤感，王羲之一句“岂不痛哉”，把这种伤感上升到了伤痛，是非常真诚的情感表达。

南朝刘义庆编著的《世说新语》里有这么一则记载：

谢太傅语王右军曰：“中年伤于哀乐，与亲友别，辄作数日恶。”王曰：“年在桑榆，自然至此，正赖丝竹陶写，恒恐儿辈觉，损欣乐之趣。”（《世说新语·言语》）

谢安对王羲之说：“人到中年，总是被哀伤的情绪所笼罩，每次和亲朋好友分别，总会难过好几天。”王羲之说：“年纪大了，本来就是这样。只好借助音乐来发泄情绪、排遣忧伤，还经常担心子侄辈发现（觉得我们老不正经），妨碍到我们快活的乐趣。”

这一则材料和《兰亭集序》结合起来阅读会非常有趣。像王羲之、谢安这样人生顺利、没有遭受过什么重大挫折的的贵族，中年是一个特殊时期。一方面是已经见识过世间繁华，感受过世间各种声色之娱，并深深乐在其中；另一方面，他们深知生命的无常，自知正在无可挽回地走向死亡，也就无可挽回地要告别世间繁华。所以这个时期正是人生“伤于哀乐”和“痛哉”的时候，不仅谢安和王羲之，兰亭雅集的诸公之间也应该都有这样的共鸣吧。

每览昔人兴感之由，若合一契，未尝不临文嗟悼，不能喻之于怀。

这句话的意思是：每每看到前人深切感怀的缘由，如果和我的想法正相契合（是因为感慨生命无常），没有不面对这些文字而叹息哀悼的，（没有）不能在心中深切体会（这种情怀）的。

中国文学中乐生恶死的感情在汉代已经比较普遍，汉代诗歌中有不少描写宴会，表达及时行乐主题的作品。王羲之所谓“昔人兴感”，也许就是指这一类的文学作品。

固知一死生为虚诞，齐彭殇为妄作。

这句话的意思是：我当然知道把生死当作一回事是虚无荒诞的事情，把长寿和短命等同起来的说法是妄造。

这两句话被认为是针对《庄子·齐物论》的批评。《庄子·齐物论》中提出万物齐同，包括生死和寿命的长短，从字面上说，好像庄子是宣扬生死齐同、长短齐同，王羲之是从这个方面去批判的。但实际上庄子所谓的“齐”，强调的是万物在相对性这个属性上的齐同，意思是万事万物都有一个共同的特点，即相对性。生与死相对，有生才有死，有死才有生；长与短相对，事物长短的概念是在相互比较中产生的，并不是说生和死、长和短本身在状态上是相同的。所以王羲之这两句话字面上是在批评庄子，但其实并没有批评到庄子的本意。当然，这篇小文章的旨趣并不在进行严格的学术讨论，不必苛责作者。

后之视今，亦犹今之视昔。

这句话意思是：站在以后看现在，就像现在看过去一样。出自《汉书·眭两夏侯京翼李传》：“（京）房曰：‘臣恐后之视今，犹今之视前也。’”京房是西汉的著名学者，中国历史上影响深远的易学大师。这是京房运用易理劝谏汉元帝的一段著名对话中的其中两句，意在劝谏汉元帝要以古为鉴，不能自以为是。

京房的易学在历史上影响深远，在崇尚玄学的东晋，王羲之应该也对京房有所了解，所以直接引用了他的话。王羲之这里的用意和京房的原意也有所不同，京房强调的是历史发展的相似性，王羲之则强调的是事物永恒的变化（即无常）。他的言下之意是：以后的人们看今天的人已经不在了，就好像现在的人看以前的人已经不在了一样。

悲夫！故列叙时人，录其所述，虽世殊事异，所以兴怀，其致一也。后之览者，亦将有感于斯文。

这段话的意思是：悲哀啊！所以我特别把今天参与盛会的诸位，和他们写下的诗篇记录下来。即便以后世道更迭、事物变迁，人们总是会对无常的世界和人生产生感怀，和我们今天的情绪是一样的啊。以后的人们读到我们的文字，一定也会产生共鸣吧。

三、《兰亭集序》的绝响

兰亭雅集，犹如历史长空中骤然绽放的一场绚丽烟火，它是如此光彩夺目，而又转瞬即逝。《兰亭集序》，文采斐然、气韵悠扬的《兰亭集序》，被后人视为中国书法技艺与美学最高典范的《兰亭集序》，就是这场盛大烟火所留下的一抹灰烬。后世有无数仰慕先贤风流的后来者，对《兰亭集序》顶礼膜拜、心摹手追，如饥似渴地汲取着这一抹灰烬中渐逝渐远的余温。《兰亭集序》不仅倾倒了后世第一流的书家如虞世南、欧阳询、褚遂良、赵孟頫等，也成了普通书法爱好者临摹学书的必经之路。有一个问题在人们的心中挥之不去地盘旋了一千多年：为什么人们再也写不出像《兰亭集序》那样完美的作品？

可是人们很少问这样一个问题：《兰亭集序》为何如此完美？

也许你认为这个问题太过简单，不值一答，因为千百年来人们已经把所有可以想到的美好词汇用来赞美它。它已经完美到了极致，而它为何完美似乎是一个不证自明的问题。

《兰亭集序》的完美，不仅仅在于字面和书法的极度华丽与典雅，更在于它的精神内核乃是用极度华美的笔触来书写人世间最永恒的悲哀——生命无常，万物易逝：

夫人之相与，俯仰一世，或取诸怀抱，悟言一室之内；或因寄所托，放浪形骸之外。虽取舍万殊，静躁不同，当其欣于所遇，暂得于己，快然自足，不知老之将至。及其所之既倦，情随事迁，感慨系之矣。向之所欣，俯仰之间，已为陈迹，犹不能不以之兴怀。况修短随化，终期于尽。古人云："死生亦大矣。"岂不痛哉！

我们这些人在一起相知相交，抬头低头之间便度过了一生。有的人比较闷骚，喜欢宅在家里玩清谈；有的人喜欢在外面找乐子，生活狂放不羁。虽然他们的性格各不相同，但一遇到高兴的事情，就忘掉了人都是要老死的。我们为得不到的和容易得到的东西患得患失了一辈子，却很少想到人总是要死的。古人说："死生是件大事。"这怎么能不让人痛心啊！

这些中国历史上最顶尖的贵族、名士、诗人、高僧，饮酒赋诗，游戏作乐，当气氛达顶点时，就像水加热到100℃，欢愉蒸发成悲哀，将他们笼罩得无所遁形。他们越是作诗啊、喝酒啊、找乐子啊、挣扎啊，这份悲哀就像紧箍咒一样把他们勒得越紧。这种悲哀笼罩欢愉、滚烫交织冰冷的感觉，恰恰表达出一种真切的人生体验，就好像小说家加西亚·马尔克斯在小说《百年孤独》里写到的一个片段：

> “再付五个里亚尔才能摸”，巨人说。何塞·阿尔卡蒂奥·布恩迪亚付了钱，把手放在冰块上，就这样停了好几分钟，心里充满了体验神秘的恐惧和喜悦。……奥雷里亚诺却上前一步，把手放上去又立刻缩了回来。“它在烧。”他吓得叫了起来。（马尔克斯《百年孤独》）

我们无法复制永和九年三月初三天朗气清、惠风和畅的好天气。我们无法批量地复制那么多才华出众，意态风流的顶尖名士。我们无法复制这场盛会里滚烫与冰冷交织的气氛。所以，我们再也无法复制出《兰亭集序》。

但这种盛极而衰、乐极生悲的空虚和寂寥，却在好山、好水、好朋友和好酒这几种东西的催化下代代轮回，无止无休。许多年以后，北宋一个秋天的夜晚，苏轼和他的朋友在黄冈赤壁下泛舟饮酒时，这种情绪再一次滋生，于是诞生了另一个文学和书法名作——《前赤壁赋》。苏轼和王羲之不一样的地方在于他更像是一个将幽默进行到底的雅痞，哪怕是在面对生死得失的大事上面。他的态度不像王羲之一样袒露胸怀地大呼“痛哉”、“悲夫”，而是相当富有弹性的诗意：

> 肴核既尽，杯盘狼藉。相与枕藉乎舟中，不知东方之既白。

想不明白，就干脆睡大觉吧，一觉睡到大天光。

第八章　隐逸诗人的去与来

——陶渊明散文选讲

五柳先生传

陶渊明　晋孝武太元十七年（392）①

先生不知何许人也，亦不详其姓字，宅边有五柳树，因以为号焉。闲静少言，不慕荣利。好读书，不求甚解；每有会意，便欣然忘食。性嗜酒，家贫，不能常得。亲旧知其如此，或置酒而招之；造饮辄尽，期在必醉。既醉而退，曾不吝情去留。环堵萧然，不蔽风日；短褐穿结，箪瓢屡空，晏如也。常著文章自娱，颇示己志。忘怀得失，以此自终。

赞曰：黔娄之妻有言："不戚戚于贫贱，不汲汲于富贵。"其言兹若人之俦乎？衔觞赋诗，以乐其志。无怀氏之民欤？葛天氏之民欤？

归去来兮辞并序

陶渊明　晋安帝义熙元年（405）

序

余家贫，耕植不足以自给。幼稚盈室，瓶无储粟，生生所资，未见其术。亲故多劝余为长吏，脱然有怀，求之靡途。会有四方之事，诸侯以惠爱为德，家叔以余贫苦，遂见用于小邑。于时风波未静，心惮远役。彭泽去家百里，公田之利，足以为酒，故便求之。及少日，眷然有归欤之情。何则？质性自然，非矫厉所得；饥冻虽切，违己交病。尝从人事，皆口腹自役；于是怅然慷慨，深愧平生之志。犹望一稔，当敛裳宵逝。寻程氏妹丧于武昌，情在骏奔，自免去职。仲秋

① 关于《归去来兮辞》的写作时间，王瑶先生考证断为晋安帝义熙元年（405），陶渊明 28 岁时作。近年来又有学者研究认为此文应为陶氏晚年之作。论者从文本意象倾向出发，倾向认为该作应为陶渊明青壮年时期作品，仍依王瑶之说。

至冬，在官八十余日。因事顺心，命篇曰《归去来兮》。乙巳岁十一月也。

归去来兮！田园将芜胡不归？既自以心为形役，奚惆怅而独悲？悟已往之不谏，知来者之可追；实迷途其未远，觉今是而昨非。舟遥遥以轻飏，风飘飘而吹衣。问征夫以前路，恨晨光之熹微。

乃瞻衡宇，载欣载奔。僮仆欢迎，稚子候门。三径就荒，松菊犹存。携幼入室，有酒盈樽。引壶觞以自酌，眄庭柯以怡颜。倚南窗以寄傲，审容膝之易安。园日涉以成趣，门虽设而常关。策扶老以流憩，时矫首而遐观。云无心以出岫，鸟倦飞而知还。景翳翳以将入，抚孤松而盘桓。

归去来兮！请息交以绝游。世与我而相违，复驾言兮焉求？悦亲戚之情话，乐琴书以消忧。农人告余以春及，将有事于西畴。或命巾车，或棹孤舟。既窈窕以寻壑，亦崎岖而经丘。木欣欣以向荣，泉涓涓而始流。善万物之得时，感吾生之行休。

已矣乎！寓形宇内复几时，曷不委心任去留？胡为乎遑遑欲何之？富贵非吾愿，帝乡不可期。怀良辰以孤往，或植杖而耘耔。登东皋以舒啸，临清流而赋诗。聊乘化以归尽，乐夫天命复奚疑！

桃花源记

陶渊明　约永初二年（421）

晋太元中，武陵人捕鱼为业。缘溪行，忘路之远近。忽逢桃花林，夹岸数百步，中无杂树，芳草鲜美，落英缤纷。渔人甚异之。复前行，欲穷其林。

林尽水源，便得一山，山有小口，仿佛若有光。便舍船，从口入。初极狭，才通人。复行数十步，豁然开朗。土地平旷，屋舍俨然，有良田美池桑竹之属。阡陌交通，鸡犬相闻。其中往来种作，男女衣着，悉如外人。黄发垂髫，并怡然自乐。

见渔人，乃大惊，问所从来。具答之。便要还家，设酒杀鸡作食。村中闻有此人，咸来问讯。自云先世避秦时乱，率妻子邑人来此绝境，不复出焉，遂与外人间隔。问今是何世，乃不知有汉，无论魏晋。此人一一为具言所闻，皆叹惋。余人各复延至其家，皆出酒食。停数日，辞去。此中人语云："不足为外人道也。"

既出，得其船，便扶向路，处处志之。及郡下，诣太守，说如此。太守即遣人随其往，寻向所志，遂迷，不复得路。

南阳刘子骥，高尚士也，闻之，欣然规往。未果，寻病终。后遂无问津者。

一、“不能为五斗米折腰”的后半句是什么

陶渊明是大家非常熟悉的一位东晋诗人，中学语文教材选录了他的《饮酒》诗，散文《五柳先生传》、《归去来兮辞》和《桃花源记》。我们多数人都知道陶渊明是一位淡泊名利、归隐田园的隐逸诗人，也都很熟悉陶渊明“不愿为五斗米折腰”的故事，这个故事被认为是他高洁品格的集中写照。

关于“不愿为五斗米折腰”的故事，多数人只知道其中一半。这个故事的另外一半并没有特别隐晦地埋藏在历史的某个角落，而是堂堂正正地摆在那里，但让人很奇怪的是，好像人们对这个故事的某些部分有意识地选择视而不见。事情的经过很简单，公元405年，陶渊明担任彭泽县令，上级领导下到基层检查工作，陶渊明的秘书事前就提醒他说，迎接领导的时候应该穿得稍微正式一点，表示尊重。这个建议应该说毫无谄媚之意，任何一个时代、任何一个地方的官员在会见上级领导的时候，着装正式都是基本的礼貌，没有任何刻意讨好上级的意思。但没想到陶渊明牛气冲天地来了这么一句：“吾不能为五斗米折腰，拳拳事乡里小人邪！”（《晋书·陶潜传》）之后就撂挑子走人了。

来彭泽县视察的领导，职务是督邮。督邮是一个汉代设立的职官，职能大概有点类似于今天检察部门的官员。说起督邮，读过《三国演义》的人不会陌生，小说里面有一个督邮，向当时仍担任基层干部的刘备明目张胆地索取贿赂，结果被张飞暴揍一顿。京剧《甘露寺》里面有一段唱词：“鞭打督邮他（张飞）气冲牛斗……”就是说这件事。因为《三国演义》里那位督邮确实违纪违法，让人厌恶，所以张飞这股“气冲牛斗”的威风让人特别解气、痛快。但陶渊明这种过激的反应让人感觉有点莫名惊诧，人家没向他索贿，也没在工作上为难他，甚至不认识他，却连面都没见就被他鄙视了。

其实，陶渊明的话重点不在于“不为五斗米折腰”，而在于后半句，不为五斗米折腰而“拳拳事乡里小人”。“拳拳”本意是诚恳、真挚，现在我们还常说一个词叫作“拳拳赤子心”，而在陶渊明这句话里，“拳拳”有反讽的意味，意思是谄媚地。“事”是为之服务、服从其安排的意思，这里也有贬义在里面，大

概是伺候的意思。“乡里小人”就是没有身份和地位的人，直译为乡巴佬。整句话连起来的意思是：“我不能为那点微薄的薪水委屈自己，很谄媚地去伺候一个乡巴佬。”这时我们也许会感到奇怪，督邮明明是他的上级领导，陶渊明怎么会说他是“乡里小人”?

原来在陶渊明所处的东晋时期，最讲究门阀出身，有人称之为中国的贵族时代。也就是说，社会上评判一个人有没有身份地位，不仅仅看你的职务高低、财富多少，同时看重你的家庭出身。被陶渊明所鄙视的督邮，很有可能就是一个没有显赫身世的“乡里小人”。

于是我们进一步想，陶渊明既然如此鄙视“乡里小人”，那么他自己一定是出身高贵了。从某种程度上可以这么说。他的曾祖父陶侃白手起家，军功显著，官至大司马，是东晋开国元勋，都督八州军事，荆、江二州刺史，封长沙郡公。陶侃的确是中国历史上重要的政治人物，他才干超群、事功卓绝、位高权重，是陶渊明心中的偶像，在陶渊明的诗歌作品中不难看出他对这位曾祖父倍感自豪之情：

桓桓长沙，伊勋伊德。
天子畴我，专征南国。
功遂辞归，临宠不忒。
孰谓斯心，而近可得。（陶渊明《命子》其五）

於穆令族，允构斯堂。
谐气冬暄，映怀圭璋。
爰采春华，载警秋霜。
我曰钦哉！实宗之光。（陶渊明《赠长沙公并序》其二）

这两首诗，前一首是写给他的儿子的，祖述家族荣耀，一共十组，对陶侃着墨尤其多；第二首是写给他的同族晚辈陶延寿，其中特别提到他们共同的先人陶侃，语气恭敬虔诚。

除了曾祖陶侃，陶渊明的外祖父孟嘉也曾身居高位，官拜征西大将军，陶渊明曾为他作传，对外祖父也颇感自豪。

所以从出身上看，陶渊明的家族确实拥有过辉煌的历史，但是另外一个事实是，陶家传到陶渊明这一代，至少在他这一条支脉，已经相对没落了。古代的门阀制度，在今天往往被人不加思考地批评，认为是缺乏选拔机制，全凭出身来决定一个人的命运。其实，门阀制度同样存在天然的筛选。很简单地说，一个大贵族，往往不止一两个儿子，而是有很多儿子，每个儿子再生很多孙子，按照这个几何级数去算，越往后推人数越多。那么这些数量庞大的贵族子孙不可能人人都凭借出身去获取高位，也就有个取舍在里面，往往是各方面表现比较突出的才有可能继续祖上的荣光，差一些的就慢慢自然降级。当然，其中也许也包含着运气的成分。这就好像进化论里的物种优胜劣汰，往往要经历很多代才慢慢体现出来。如陶渊明的家族，到他这里就只能担任一些中下层的幕僚和地方小官员，这种状况可能是多方面原因造成的，不能因此简单总结为陶渊明自身的平庸，但这种状况毕竟和陶侃的辉煌相差太远，也和他的心理期待相差太远。其实，陶渊明的前半生主要是在为仕途奔走，直到中年仍然意志昂扬，其诗曰：

先师遗训，余岂云坠？
四十无闻，斯不足畏。
脂我名车，策我名骥。
千里虽遥，孰敢不至。（陶渊明《荣木并序》）

这段诗的大概意思是：虽然我人到中年还默默无闻，但坚信自己总会有发达的一天，到时候那个得意啊，别提多带劲儿了！

那么陶渊明在仕途不顺利的情况下，对自己这种没落贵族的处境是不是像大家想象的那样逆来顺受、甘之如饴呢？我们从“吾不能为五斗米折腰，拳拳事乡里小人邪”这句话里大概可以体会这样一种情绪：他在长期的压抑的积累之下对自己卑微的职务相当不满意，不愿意屈居没有显赫身世的督邮之下。这种情绪我们拿另一个例子来类比说明就很直观，相当于《西游记》里面孙悟空不满意当弼马温。下面这段小说情节或许能够让我们对陶渊明辞官时的心理产生一个辅助性的理解：

正在欢饮之间，猴王忽停杯问曰：“我这‘弼马温’是个什么官衔？”众曰：

"官名就是此了。"又问："此官是个几品？"众道："没有品从。"猴王道："没品，想是大之极也。"众道："不大不大，只唤做'未入流'。"猴王道："怎么叫做'未入流'？"众道："末等。这样官儿，最低最小，只可与他看马。似堂尊到任之后，这等殷勤，喂得马肥，只落得道声'好'字；如稍有些尫羸，还要见责；再十分伤损，还要罚赎问罪。"猴王闻此，不觉心头火起，咬牙大怒道："这般藐视老孙！老孙在那花果山，称王称祖，怎么哄我来替他养马？养马者，乃后生小辈下贱之役，岂是待我的？不做他，不做他！我将去也！"忽喇的一声，把公案推倒，耳中取出宝贝，幌一幌，碗来粗细，一路解数，直打出御马监，径至南天门。众天丁知他受了仙箓，乃是个弼马温，不敢阻当，让他打出天门去了。(《西游记·第四回：官封弼马心何足，名注齐天意未宁》)

陶渊明和孙悟空有不一样的地方。陶渊明接受不了官职卑微，在世俗社会受挫之后，选择归隐，不跟你们玩了。孙悟空的做法则是明目张胆造反，"敢教日月换新天"。但他们在本质上有一个共同的地方，那就是心气高傲。以往我们对陶渊明的评价，常常用"高洁"二字。陶渊明"高"确实"高"，但"高"的骨子里是"傲"撑着。所以陶渊明辞官那一刻的心理，大概和孙悟空非常接近："养马者，乃后生小辈下贱之役，岂是待我的？不做他，不做他！我将去也！"

当我在课堂上提出这样一个观点时，学生们普遍表示很失望，甚至拒绝接受，我也知道这个观点很扫大家的兴，那就是陶渊明并非不想做官，而是不愿屈才为小官，不单是"不能为五斗米折腰"，更不能"拳拳事乡里小儿"。那么我们可以反过来想，如果陶渊明当时不是担任基层小官吏而是位列公卿呢？如果需要他正装接待的不是小小的督邮而是台阁重臣呢？他是否还会如此决绝地归隐呢？可能我们每个人心中都有属于自己的答案。

二、从柳飞到桃飘，从归来到归去

《五柳先生传》、《归去来兮辞》和《桃花源记》是我们在中学语文课本里学过的陶渊明的三篇散文，所以这里不再逐字注释和赏析。其中《归去来兮辞》的序是用散文写的，正文内容是骈散结合的写法，为了说明相关的问题，我把它放在散文课程中一起分析。这三篇文章，在大家以往的印象中，都表现了陶渊明不愿为官、不愿同流合污的高洁品质。但实际上，这三篇文章所表达的重点不尽相同，意趣也不尽相同。通过对比这三篇文章，有助于加深我们对陶渊明内心世界的了解。

《五柳先生传》这篇文章写得很有意思，首先在于它有一种调侃的自嘲精神。“传”这种文体在古代不是随随便便可以写的，古人有个规矩叫作“生不立传”，意思是人活着的时候不能给他写传。因为“传”带有盖棺定论的意味在里面，人还在世的时候就给他写传，往好的方面写，有奉承、拍马屁的嫌疑；往坏的方面写，会让人怀疑是文字诋毁。陶渊明很戏谑地采用了本来不能写给活人的体裁为自己作传，还一本正经地杜撰出一位不知姓名的五柳先生，好像洒脱得连生死都没当回事。实际上，类似的事情他还干过不止一次。他在晚年还写过一篇题为《自祭文》的四言诗，祭奠将要死去的自己。这样的举措，在传统看来很有超脱生死的旷达精神，而在我看来，这也许更多地体现了陶渊明一种孤寂的性格和生活状态。陶渊明还有一组很特别的诗，叫作《形影神》。他把自己分割成身体、影子和精神三个部分，以身体的口吻写了一首诗给影子，影子答赠身体一首诗，最后是精神出来做总结发言。三首诗是从不同的角度讨论生命本质的问题，是一组哲学诗，坦率地说写得很闷，也未见得在哲学上有超出晋人的见解。人们总是去讨论这一组诗里面干巴巴的哲学意义，却很少想一想，一个人孤独到了什么程度才会自问自答、左右互搏？后来唐代李白写过两句诗叫作“举杯邀明月，对影成三人”，也有点儿这个味道。但李白是一个很看得开的人，所以能把寂寞写得很潇洒。而陶渊明不行，他的作品里处处流露着一个封闭的内心世界可以看得到的边际。

陶渊明的《五柳先生传》同样处处体现着孤寂的情绪。“先生不知何许人也，亦不详其姓字”，这句话很能说明陶渊明在别人眼里那种边缘化的状态。我们将《五柳先生传》这篇文章通篇读下来，发现这篇文章中只有五柳先生一个人的形象，没有其他人出现。这种情况和陶渊明多数的诗歌作品非常接近，他的诗歌作品绝大多数时候描述的是他一个人孤独的身影，而极少有朋友的形象出现其中。中国的古典诗歌除了抒发情感之外，另一个重要的功能是记录日常生活，而朋友交往则是日常生活中最常见的内容，如李白的笔下有踏歌相送的汪伦，王维的笔下有西出阳关的元二，杜甫的笔下有古道热肠的卫八处士……而陶渊明的作品里却很少出现这些暖人心肺的朋友形象。

孤独对于陶渊明来说是一种真实的生活状态。他生前朋友非常少，写文章和诗歌纯粹是自娱自乐，也就是《五柳先生传》后面说到的“常著文章自娱，颇示己志。忘怀得失，以此自终”。这真不是自谦，他的作品在当时确实无人问津。他有过一个好朋友叫颜延之，也是一个诗人，曾经送过一笔钱给他买酒喝，在他死后为他写了一篇《陶征士诔》的悼词。如果不是这篇悼词，陶渊明甚至很可能在历史上被遗忘。

《五柳先生传》中最突出的一个意象当然是“柳”。我们从直观上去想象一下，“柳”这种树木的形象是纤弱的、飘摇的。而在“柳”的前面在加一个数字“五”，“五柳”，总共加起来也没有几棵，只有五棵，在视觉上更加突出了疏落、清寂的萧条感。鲁迅有一篇著名的散文《秋夜》，开头的第一句话是：

在我的后园，可以看见墙外有两株树，一株是枣树，还有一株也是枣树。

鲁迅写两棵枣树，还特别分别写，看似重复，实则用简省的笔墨营造了一种深深的孤独感。这和《五柳先生传》中特别介绍“（五柳先生）宅边有五柳树，因以为号焉”，在写法上是比较接近的。

然而在《五柳先生传》中，作者对这种孤寂感除了自嘲之外，还特别有一种自赏的意味在其中。这篇文章的结尾有一个赞语，赞是史传体文章标准的结尾格式，“赞曰”的意思是作者对此人的评论。陶渊明在《五柳先生传》的赞语对自己是这样评价的：

黔娄之妻有言：“不戚戚于贫贱，不汲汲于富贵。”其言兹若人之俦乎？

黔娄是战国时期鲁国的贤人，此人绝弃富贵，辞官不做，而学术精深，连孔子的高足曾参都对他佩服不已。黔娄的妻子施良娣是一个名门贵族之后，和丈夫一样安贫乐道，颇有贤名。陶渊明在赞语中借黔娄夫人施良娣赞美自己丈夫的话（“不戚戚于贫贱，不汲汲于富贵”）来称赞自己，比一般的称赞还有更深的一层用意在其中。那就是说黔娄是一个受到自己夫人，而且是一位贵族女性在人格上称道和推崇的人物；五柳先生，即陶渊明虽然不为人所知，但和黔娄一样，不仅具有高尚的品格，而且同样应该是值得别人（特别是有地位的人）理解和尊重的。

写作于陶渊明晚年的《桃花源记》和写于早期的《五柳先生传》有很大的不同。

第一，《桃花源记》中最突出的意象是“桃”、“桃花”。“桃”在中国古典文化中的形象是非常饱满、富足和灿烂的。比如，《诗经》中有一篇《桃夭》，诗云：

桃之夭夭，灼灼其华。之子于归，宜其室家。

我们从视觉形象上去想象一下桃树上开满桃花的景象，色彩鲜艳，富有生命力，让人情绪舒畅，和柳树那种孤寂、飘摇之感完全不同。

第二，在《五柳先生传》中，陶渊明的写作重点集中在五柳先生这一个人物身上。而在《桃花源记》中，具体的人物并不是写作的重心，在文章一开篇出现的武陵捕鱼人只是一个带领读者进入桃花源的线索性质的人物，而在文章中间出现的乡中男女、黄发垂髫都没有具体的描写，文章结尾的南阳高士刘子骥更是一笔带过。

这是非常重要的差别。在《五柳先生传》中，陶渊明把人生理想寄托于一种个体的、与世相违的生活状态中。在这种生活状态中，物质生活和社会交往被放在很次要的位置，而个体的精神生活呈现出一种自足、自乐的状态：

环堵萧然，不蔽风日；短褐穿结，箪瓢屡空，晏如也。常著文章自娱，颇示己志。忘怀得失，以此自终。（陶渊明《五柳先生传》）

而在《桃花源记》中，陶渊明所描述的，让人真正感到抚慰人心的生活状态，是建立在物质富足、社会秩序井然、人际关系融洽以及社会道德健康良好的基础之上：

土地平旷，屋舍俨然，有良田美池桑竹之属。阡陌交通，鸡犬相闻。其中往来种作，男女衣着，悉如外人。黄发垂髫，并怡然自乐。（陶渊明《桃花源记》）

《五柳先生传》和《桃花源记》虽然都表达了对现实生活的不满与厌离之

心，但分歧的根本在于究竟要如何在不完美的现实世界中寻求独立完美的生活。前者的方式是塑造高洁出尘的人格品质，而后者则寄希望于虚无缥缈、沧海遗珠式的上古理想政治。

第三，前面提到，《五柳先生传》中有一种自得自赏的情绪在其中，特别是对高士形象的高度认同和自我欣赏，这种情绪的确定性很强，没有什么争议。而在《桃花源记》中，这种自赏的情绪不见踪影，取而代之的是一种迷茫、恍惚的不确定感。《桃花源记》的一开篇，武陵渔人被美妙奇异的景致吸引前行至未知之所：

忽逢桃花林，夹岸数百步，中无杂树，芳草鲜美，落英缤纷。渔人甚异之。复前行，欲穷其林。（陶渊明《桃花源记》）

在到达桃花源之后，武陵渔人发现自己进入的是一个隔世之境，这个世界的一切是如此美好和陌生：

其中往来种作，男女衣着，悉如外人。……自云先世避秦时乱，率妻子邑人来此绝境，不复出焉，遂与外人间隔。问今是何世，乃不知有汉，无论魏晋。（陶渊明《桃花源记》）

第四，武陵渔人刻意要记住这个美丽新世界的位置，以便于日后寻访，结果却不知所终。无论是武陵渔人（劳动者）、郡太守派遣的部下（官吏）还是刘子骥（高士），都无法再次找到这个地方：

既出，得其船，便扶向路，处处志之。及郡下，诣太守，说如此。太守即遣人随其往，寻向所志，遂迷，不复得路。

南阳刘子骥，高尚士也，闻之，欣然规往。未果，寻病终。后遂无问津者。（陶渊明《桃花源记》）

《桃花源记》深层的寓意是一个人寻找精神与心灵的梦想栖息地。陶渊明的“桃花源”就像奥地利著名小说家卡夫卡笔下的“城堡”，充满了难以触碰的不确定性。虽然我们普遍认为《桃花源记》是陶渊明的文学虚构，但像武陵渔人、郡太守派遣的部下和刘子骥一样执着寻求桃花源真实所在的一直不乏其人，如著名的文史大家陈寅恪先生曾专门撰文考证桃花源的位置应为河南灵宝。陈寅恪先生的文史功底和考证水平在20世纪堪称一流，有过许多发人深省之论，但他关于桃花源位置的考证，却并未足以服人而成为定论。人们似乎也普遍认为陈先生的考证本身就含有一种向往理想政治和社会生活的寓意。

《桃花源记》结尾特别写到的南阳刘子骥是一位高士，在这里，我们看不出像五柳先生一样同是高士的刘子骥有任何过人之处，或是值得称道之处。他和其他人一样寻访桃花源，结果是“未果，寻病终”，没有什么特别的地方，说明高士也在寻找理想中完美的生活之所，这与《五柳先生传》中自诩无怀氏之民和葛天氏之民的五柳先生，即一个可以通过完善自身品格来实现传说中上古政治下的完美生活的高士，是完全不同的。

《五柳先生传》和《桃花源记》之间的差异，不禁让我想起现代一位著名的日本电影导演——黑泽明。黑泽明前期的电影作品，如大家熟知的电影名作《罗生门》，以及其他前期作品如《生之欲》、《蜘蛛巢城》等，画面风格是非常冷峻的，但他晚年拍摄的最后一部作品《梦》却异常地富有温情。《梦》是由八个小故事即八个梦组合而成，在这八个梦中，有四个色彩非常绚烂，充溢着暖色调的情绪。其中第二个梦“桃源之梦”取材于日本传统节日女儿节（即桃花节），那种明媚、灿烂、富有生命力的视觉感观和陶渊明在《桃花源记》中描述的景致非常接近。

在历来关于这两篇文章的研究中，人们比较关注的是陶渊明在哲学思想、社会思想、文学表达上的一些东西，但往往忽略了一个重要的因素——人在不同的年龄阶段，所流露出的精神气质和人生理想差距是很大的。一般来说，人在年轻的时候往往倾向于认为自身可以对抗世界，有英雄主义的倾向，充满着骄傲和锐气。陶渊明写到的五柳先生，超然物外，与世相违，正是以一己之身对抗世俗。而到中老年之后，随着生命的流逝，往往易于流露出对人世生活的恋栈，好比我们都了解老人家大都很喜欢在家里挂大红牡丹之类的挂画，实际上是表达对旺盛生命力的渴望。陶渊明的《桃花源记》写于他的晚年，此时距他辞官归隐已经有十几年的时间，而我们都知道在这十几年中他的物质生活总体上是清贫的。所以完全可以理解，《桃花源记》中描绘的温暖、饱满、富足、生命力旺盛的美好人间景象，也许正是晚年陶渊明因现实的缺失而产生的深切向往。此时陶渊明所投射的人格形象不再是孤芳自赏的五柳先生，而是积极追求理想境地的寻访者，尽管不再骄傲，尽管充满着迷茫，却洋溢着温暖人心的力量，以及走向归宿的安定。

沿着这个思路，我们再来看看《归去来兮辞》与《桃花源记》。《归去来兮辞》写于陶渊明中年时期，也正好是他人生的重大转折点上，即写于公元405年他愤而辞去彭泽县令的时刻。“归去来”的意思是曾经离去（误入仕宦的迷途）而今归来（重返精神的家园），即文中提到的：

归去来兮！田园将芜胡不归？既自以心为形役，奚惆怅而独悲？悟已往之不谏，知来者之可追；实迷途其未远，觉今是而昨非。（陶渊明《归去来兮辞》）

在《归去来兮辞》中，陶渊明从误入迷途的彼处重返让他安定、愉快的家园，这个归来的过程是相当激动人心的：

舟遥遥以轻飏，风飘飘而吹衣。问征夫以前路，恨晨光之熹微。（陶渊明《归去来兮辞》）

陶渊明所描述的令他发自内心地感到安定，并且可以寄寓终生的生活状态也是非常富有诗意的：

悦亲戚之情话，乐琴书以消忧。农人告余以春及，将有事于西畴。或命巾车，或棹孤舟。既窈窕以寻壑，亦崎岖而经丘。木欣欣以向荣，泉涓涓而始流。善万物之得时，感吾生之行休。（陶渊明《归去来兮辞》）

按照这样的描述，这样的生活状态应该是非常完美的生命归宿。既然是归宿，那么归来之后就应该安稳常驻、自得自乐。然而，在《桃花源记》中，武陵渔人对桃花源的寻访则是一种外向型的追求，表明理想不在此地，而在彼处。也就是说，陶渊明在公元405年的归来并未达到人生的终极之境，而在晚年展示出一种再次归去的厌离之心。写于刚刚辞官归隐时刻的《归去来兮辞》，其中所描述的关于生活的想象固然是美好的，甚至可以是称为完美的，但它并没有最终在精神上满足陶渊明。

归，是一个令人神往的指向人生终极意义的行进状态。然而究竟是归来还是归去，这真是一个人类千古难解的谜题。钱钟书所谓“围城”，法国诗人兰波所言“生活在别处”，大概都是在谈论这个未解的人生谜题吧。

三、陶渊明和他的隔世朋友们

陶渊明生前的生活比较潦倒落魄，在后世却引来了无数将他视为知己的人。中国诗歌史上曾经出现过一种叫作“和陶诗”的诗歌样式。“和”就是朋友之间的酬和、唱和。古人写诗，你写一首，我再根据你的意思作一个回答、回应，体裁仍然采用诗歌的形式，这个就叫“和”，好像刘三姐对歌。陶渊明的诗文，在他活着的时候自言自语、乏人问津，没有人唱和，后世却有无数人写过“和陶诗”，数量大到难以统计。其中苏轼写了 109 首，并在《和归去来兮辞》中明目张胆地宣称自己就是陶渊明的投胎转世。但苏轼还不是冠军，和陶超过百篇的人不在少数，清代有一个叫孔继荣的诗人写了 129 首，是不是最多，目前也还不敢肯定。这样热烈的追和，在中国历史上再也找不出第二个例子，甚至波及日本和朝鲜，也产生过许多热情的和陶者。

多数时候，我是说多数时候，人们眼中的陶渊明，人们将其视为朋友的陶渊明，是那样地自在、悠然、无拘无束、纤尘不染。这也许是因为人们总是有选择地去看自己愿意看到的东西。如苏轼这样一个狂热的陶渊明拥趸，虽然也经历过政治上的挫折和起伏，但总体上说是名满天下的文坛“盟主”，生活也相对富足，这和陶渊明一生生活在落寞与冷清之中绝不相似。苏轼在《和饮酒》诗中说到“我不如陶生，世事缠绵之”，意思是自己没有像陶渊明一样有勇气辞官归隐，深表惭愧。这样单纯地理解陶渊明的辞官归隐显然与事实不符。

通过认真研读陶渊明的生平资料和他的三篇散文，可以发现，陶渊明的生活与内心其实一直充满着激烈的矛盾——出仕与归隐的矛盾，清寂与灿烂的矛盾，精神上的自我救赎与将灵魂归置于美丽新世界的矛盾。

我这样谈论陶渊明，似乎是有意和传统的观点相左，好像是在对陶渊明进行贬损。其实，发现陶渊明心中的矛盾丝毫无损于他作为伟大文学家的形象，因为文学家（特别是诗人）的宿命就是要把永恒难解的人生矛盾通过作品展现出来。

解决人生的矛盾并不是文学家的责任，真诚地面对并真实地展现矛盾才是一个深刻的文学家的天职。在陶渊明的身上，真实地集合着名门之后的荣耀感和上进心、东晋没落贵族子弟的高傲、偏于沉静的性格、喜爱自然的天真意趣、一颗渴望得到认同的孤独的心灵……正是这些真实元素相互对撞、相互冲突，才催生了陶渊明这样一个不世出的文学巨匠。尽管陶渊明在写作中尽量地以看似冲淡、超然的情绪来面对这些人生矛盾，但我们应该看到这些人生矛盾并没有被实际解决，值得我们伸过头到背后去认真看一看。这背后隐藏的东西，在陶渊明的这三篇文章中可以找到许多线索。

作为同样非常喜爱陶渊明的后世读者，我特别喜欢他早年的一首《命子》诗，那是写给他刚刚出生的第一个儿子的箴言。他的其他诗文，或者写给自己看，或者写给后人看，多少蒙上了一层岁月洗刷的痕迹，但唯独写给儿子的人生经验是半点不掺假的。在这首长达八十句的四言诗中，陶渊明用了一半以上的篇幅来追述陶氏家族的荣耀史，非常真挚地要求儿子时刻记住家族的荣耀，并努力成为一个和祖先一样有出息的人。

但是，连他自己都没有信心做到的事又怎么能期望儿子必然能够做到？从理想的高处跌落到现实的深渊时，怎么办？于是，陶渊明作了这样一个结尾：

> 夙兴夜寐，愿尔斯才。
> 尔之不才，亦已焉哉！（陶渊明《命子》）

他对儿子说：我做梦都盼着你有出息啊，但是如果你真成不了才，那就算了吧。

陶渊明的很多诗和文章，一言以蔽之：算了吧。但是他的心，也许痛得发麻。

第九章　唐代文官阶层的崛起

——以韩愈《进学解》为中心

进学解

国子先生晨入太学，招诸生立馆下，诲之曰：“业精于勤，荒于嬉。行成于思，毁于随。方今圣贤相逢，治具毕张。拔去凶邪，登崇畯良。占小善者率以录，名一艺者无不庸。爬罗剔抉，刮垢磨光。盖有幸而获选，孰云多而不扬？诸生业患不能精，无患有司之不明。行患不能成，无患有司之不公。”

言未既，有笑于列者曰：“先生欺余哉！弟子事先生，于兹有年矣。先生口不绝吟于六艺之文，手不停披于百家之编。记事者必提其要，纂言者必钩其玄。贪多务得，细大不捐。焚膏油以继晷，恒兀兀以穷年：先生之于业，可谓勤矣。抵排异端，攘斥佛老。补苴罅漏，张皇幽眇。寻坠绪之茫茫，独旁搜而远绍。障百川而东之，回狂澜于既倒：先生之于儒，可谓有劳矣。沈浸醲郁，含英咀华。作为文章，其书满家。上规姚姒，浑浑无涯。周诰殷盘，佶屈聱牙。春秋谨严，左氏浮夸。易奇而法，诗正而葩。下逮庄骚，太史所录。子云、相如，同工异曲：先生之于文，可谓闳其中而肆其外矣！少始知学，勇于敢为。长通于方，左右俱宜：先生之于为人，可谓成矣。然而公不见信于人，私不见助于友。跋前踬后，动辄得咎。暂为御史，遂窜南夷。三年博士，冗不见治。命与仇谋，取败几时！冬暖而儿号寒，年丰而妻啼饥。头童齿豁，竟死何裨？不知虑此，而反教人为！”

先生曰：“吁，子来前！夫大木为杗，细木为桷，欂栌、侏儒，椳、闑、扂、楔，各得其宜，施以成室者，匠氏之工也。玉札、丹砂，赤箭、青芝，牛溲、马勃，败鼓之皮，俱收并蓄，待用无遗者，医师之良也。登明选公，杂进巧拙，纡余为妍，卓荦为杰，校短量长，惟器是适者，宰相之方也。昔者孟轲好辩，孔道以明。辙环天下，卒老于行。荀卿守正，大论是弘。逃谗于楚，废死兰陵。是二儒者，吐辞为经，举足为法。绝类离伦，优入圣域，其遇于世何如也？今先生学虽勤而不繇其统，言虽多而不要其中。文虽奇而不济于用，行虽修而不显于众。犹且月费俸钱，岁糜廪粟。子不知耕，妇不知织。乘马从徒，安坐而食。踵常途之促促，窥陈编以盗窃。然而圣主不加诛，宰臣不见斥，兹非其幸欤？动而得谤，名亦随之。投闲置散，乃分之宜。若夫商财贿之有亡，计班资之崇庳。忘己量之所称，指前人之瑕疵。是所谓诘匠氏之不以杙为楹，而訾医师以昌阳引年，欲进其豨苓也。”

韩愈是中国文学史上著名的诗文大家。他的诗歌奇崛险怪，在风格林立的唐人诗歌之中独树一帜。他的散文熔经铸史，以实际创作彻底扫灭六朝、隋及初唐以来的绮靡文风，被后人称之为“文起八代之衰”，也被认为是唐代古文运动的领袖。关于韩愈的散文名篇，大家已经比较熟悉他的《师说》、《马说》、《龙说》这些精致的短篇制作。我们在本章中要学习的是他的一篇初读起来有点怪，行文似乎有点拖沓啰唆，名气却不小的文章——《进学解》。

一、《进学解》导读

《进学解》这篇文章的题目很有意思。从字面上说，“进学”就是增进学业，提升学力；“解”是解释，一般把这个题目直译为“关于为什么要增进学业的解释”。这样解释不能说完全不对，但对原文的意思有遗漏。“解”是古代的一种文体，除了字面能够理解的“解释”之外，这种文体的基本用途是对别人的诘难和质疑作出解释。这种文体起源于汉代东方朔的《答客难》，题目的意思就是回答别人的诘难和质疑。后来汉代著名辞赋家、思想家扬雄根据这种形式进一步发挥，写下了《解嘲》和《解难》两篇著名的文章，题目的意思和“答客难”基本相同。以“×解”、“××解”或“解××”为题日的文章，意思是“针对别人提出的××问题进行解释”。那么《进学解》这一题目的完整意思就是“针对别人提出的关于增进学业的质疑进行解释”，他要解释的重点应该是别人的诘难和质疑，而不是仅仅解释“为什么要增进学业”。

说到这里，我们的胃口可能就被提起来了。我们以前整天说“好好学习，天天向上”，好像作为一个人来说，增进学业是天经地义的事情，难道这还会遭到别人的质疑吗？

下面，我们来认真研读一下这篇文章。

国子先生晨入太学，招诸生立馆下，诲之曰："业精于勤，荒于嬉。行成于思，毁于随。"

国子先生就是韩愈本人，韩愈这篇文章写于唐宪宗元和八年（813），当时他四十六岁，正担任国子学博士。国子学是唐代专门为高级官员的子弟设立的最高教育机构，相当于当时最好的贵族大学，韩愈担任国子学博士，也就相当于大学教授。

大学教授韩愈这天一早来到学校，把学生们召集到教室外面训话。他一开始说道："学业精进，是因为勤奋；学业荒废，是因为贪图玩乐。成就来自于（事前）认真思考，而失败必然因为随意和不认真。""业精于勤，荒于嬉。行成于思，毁于随。"这两句话非常有名，今天中国有很多中学把它铭写在教学楼上作为励志箴言，就出自于韩愈的《进学解》。

我们在第二章中谈到，以孔子为代表的儒家信徒最基本的信仰是以学习为手段来实现自我完善。而韩愈本人一直以夫子自道，专门写过一篇很有名的散文叫作《原道》，其中宣称要继承由孔夫子发扬光大的儒学道统。在《进学解》中，韩愈在对学生的训诫的前两句话中鼓励、鞭策大家勤于学业、认真思考，如果仅就这前两句话来看，确实有点《论语》里孔夫子对学生谆谆教诲的味道。实际上，虽然韩愈和孔子都十分强调学习的重要性，但出发点是有所不同的，这一点我们后面会具体谈到。

"方今圣贤相逢，治具毕张。拔去凶邪，登崇畯良。占小善者率以录，名一艺者无不庸。爬罗剔抉，刮垢磨光。盖有幸而获选，孰云多而不扬？诸生业患不能精，无患有司之不明。行患不能成，无患有司之不公。"

韩愈接着说："现在正逢盛世，圣明的君主和贤良的人才相遇合，各种规章制度得以贯彻实施。凶恶奸邪的人得到打击和清除，优秀贤良的人才得到推崇。只要有一点长处的人都会被录用，只要有一技之长的人都会得到任用。朝廷（特别重视）仔细搜罗人才，精心打造人才。如果有一天你们（因为自己的所长和技能）有幸得到朝廷的任用，谁能说自己多才多艺而不受举用呢？同学们，我们要特别担心自己的学业不能精进，而不要去担心朝廷（负责选拔官吏的部门和官员）不知道自己的学问水平。我们要特别担心自己在能力方面无所成就，而不要去担心朝廷（负责选拔官吏的部门和官员）在选拔人才时不公正。”

韩愈对学生特别强调学习的重要性，背后的出发点在于他认为当时，也就是他所处的中唐时期，已经建立了比较完善的选拔机制，能够让学习好的人受到录用和提拔，所以增进学业是一件十分重要的事情。

这个选拔机制，大家一定能够想得到，就是科举制度。我国的科举制度初建于隋朝，发展、完善于唐朝，定型于宋朝。宋朝之后的元、明、清三朝，在科举制度的整体思路和架构上都基本没有太大的变化。我们在前面几章关于魏晋散文的学习中谈到了魏晋时期的门阀制度，门阀制度也是一种选拔机制，它选拔的方式是看人的出身，所谓“上品无寒门，下品无士族”。科举制度是对门阀制度的挑战，它让出身平凡、卑微的人获得了接受选拔的机会，是相对公正的一种选拔方式。我们今天一说起科举考试，马上想起的是鲁迅笔下的孔乙己这样极端的例子，好像印象中科举制度是特别扭曲、特别不好的一件东西。这是很片面的。其实，只要是严格通过考试的方式来筛选、拔擢人才的制度就是科举制度，所以我们今天的高考、公务员考试，本质上都是科举考试。不光我们国家今天是这样，其他国家也都是如此，没有一个现代国家不是通过考试来选拔人才的。至于考试内容有问题，如古代的科考发展到后期的八股文非常僵化，今天的高考有些科目的内容也有待商榷，这些问题可以通过研究、协商来解决，但是考试制度本身，从它建立到今天，却是不可动摇的。

具体到唐代来说，虽然韩愈在《进学解》中自信满满地说当时已经建立了完善的选拔机制（即科举制度），但实际上唐代在选拔人才方面是门阀制度和科举制度并举，一部分官员是从世家大族的子弟中直接挑选出来，一部分官员则是通过考试获得职位的晋升。总体上来说，在唐代的整体政治格局上，世族子弟的势力要强于登科进士。两者的矛盾比较尖锐，晚唐时期著名的“牛李党争”，就是以牛僧孺为代表的庶族官僚和以李德裕为代表的士族官僚之间的激烈斗争，他们斗争的重要分歧之一也是在人才选拔方面究竟是要加强科举制度，还是加强门阀制度。

韩愈是科举制度选拔出来的庶族官僚的代表人物。韩愈的父亲韩仲卿是一位主要在地方任职的中下层官僚，在韩愈幼年时就去世了。韩愈由长兄、长嫂抚养长大，自幼发奋读书，曾三次参加进士考试，三次落榜，直到第四次才考取进士。他以进士的资格先从地方幕僚做起，后归京师任职，仕途总体上比较坎坷。此时韩愈担任国子学博士，其实是在被取消了行政职务的情况下的一种安排，算是人生相对低谷的时期。韩愈勉励诸生勤奋学习，和他个人的经历是分不开的，因为他是一个通过知识改变命运的人，勤奋学习作为一种品质而言对他的一生具有重大的意义。

言未既，有笑于列者曰："先生欺余哉！"

一般情况下，老师对学生进行训话，气氛是比较严肃的，更何况韩愈讲的内容本身就很严肃，这种情况下学生应该毕恭毕敬聆听老师的教诲。但没有想到韩愈的话还没有说完，"言未既"，就有人在行列里笑着说话，这里的"笑"不是善意的笑，而是带有讽刺意味的嘲笑，他说："老师你骗我们啊！"

这个学生非常没有礼貌，敢当众顶撞和嘲讽老师，好像很难想象当时的最高学府会有这样的学生。但是大家不要忘记，韩愈此时是在国子学任教，国子学的学生都不是普通人，全部是朝廷高级官员或者门阀贵族的子弟，用今天的话来说就是"官二代"。我们前面提到，唐代是门阀制度和科举制度并行，所以这些"官二代"大多是不用参加科考就可以直接做官的人，他们的成长经历和素养跟韩愈有很大的不同。

我们用一个很简单的例子来说明古代贵族的素养构成。在《世说新语》中，前四卷根据四种不同的贵族素养作为划分标准来记述魏晋时期贵族的言行，这四种素养分别是"德行"、"言语"、"政事"、"文学"。这并不是魏晋人的发明，而是始于孔子对学生的四种分科教育，《论语·先进》云："德行：颜渊、闵子骞、冉伯牛、仲弓；言语：宰我、子贡；政事：冉有、季路；文学：子游、子夏。"后来魏晋人对孔子的这种教育分类很认同，拿来作为衡量自己言行的标准。这里的"文学"不单是我们今天说的写作和文学作品的意思，而是泛指文化知识和文化修养。韩愈强调的要加强学习的对象，主体上相当于《论语》和《世说新语》里提到的"文学"。对于贵族而言，"文学"这种素养的重要性是排在"德行"、"言语"、"政事"之后，也就是说对于贵族来说，高尚的品格节操、优雅机智的语言表达、高效的行政能力这三种个人素质和精深的学问一样重要，甚至可能比后者更重要，在学业方面的精湛不是贵族子弟展现自我价值的唯一途径。

所以韩愈对学生谆谆教诲，要勤奋学习啊，学习好了才能被选拔做官啊，这番话对国子学的学生来说确实太隔阂，因为对于这些“官二代”来说，他们是完全可以不凭借优异的考试成绩和精深的学问就可以做官的。

有必要说明的是，这篇文章在形式上采用了主客问答的形式。主客问答多数情况下是一种基于写作需要的虚拟，并不一定是主客之间真实的对话。所以韩愈的《进学解》所描述的师生之间的对话，很可能并不是一次真实发生过的场景，而是一种写作上的虚构。但即便这个场景本身是虚拟的，我相信这样的看法（不相信努力学习可以为自己的晋升铺平道路）在国子学的“官二代”学生，乃至于整个中唐政坛的门阀贵族之中，应该是比较普遍存在的，这也应该是韩愈撰写这篇文章的动机之一。

“弟子事先生，于兹有年矣。先生口不绝吟于六艺之文，手不停披于百家之编。记事者必提其要，纂言者必钩其玄。贪多务得，细大不捐。焚膏油以继晷，恒兀兀以穷年：先生之于业，可谓勤矣。”

学生接着说：“我侍奉老师（在老师门下受学）到今天已经差不多有一年了。老师每天口中不停地吟诵着六艺（诗、书、礼、乐、易、春秋）的文献，手里不停地批阅着诸子百家的文献。对记事的文献一定要做提要，对记言的文献一定去探究它深奥的玄理。贪求各种各样的文献知识，努力一定要掌握它们，不论小问题还是大问题都不放弃。晚上点着油灯代替白天的日晷（用来夜以继日地努力学习），在勤奋的学习中度过了一年又一年。老师您对于学业，真可以说得上勤奋了。”

文中学生对韩愈的质疑很有意思。虽然最后归结为质疑，但文义主体却是在说韩愈在治学、尊儒、作文、为人四个方面的不懈追求，以及取得的过人成就。这当然是韩愈的一种自我剖白，真正产生质疑的人绝不会对他有如此之高的评价。这四个方面，如果我们分别对应到《世说新语》里面，前三个方面相当于“文学”篇的主旨内容，最后一个方面相当于第五卷“（道德）方正”的主旨内容，所以能很明显地看出韩愈在人生追求方面和贵族子弟有着不尽相同的旨趣。

抵排异端，攘斥佛老。补苴罅漏，张皇幽眇。寻坠绪之茫茫，独旁搜而远绍。障百川而东之，回狂澜于既倒：先生之于儒，可谓有劳矣。

“（老师您）批判不正确的思想学说，排斥佛教和道教。弥补（儒学地位）的缺漏，发扬阐释（儒学思想）精微奥妙的义理。努力地探求古贤微茫难求的事业，独自搜寻（文献和证据）以继承历时久远的儒学道统。（您在思想方面）像中流砥柱一样，阻挡各种异端邪说的侵害，使之归于正道；挽救崩塌的儒家学说就像挽回已经落下的巨大波澜。老师您对于儒学的贡献，真可以说得上功劳很大了。”

子曰：“攻乎异端，斯害也已。”（《论语·为政》）意思是批判不正确的思想学说，危害就可以得到消除，和《进学解》中“抵排异端”意同。在孔子的时代，儒学的异端是墨家学说或道家学说之类，到了韩愈的时代，韩愈所谓的异端则是佛教和道教。

子曰：“夏礼吾能言之，杞不足征也。殷礼吾能言之，宋不足征也。文献不足故也。足，则吾能征之矣。”（《论语·八佾》）我们在第二章谈到过，孔夫子是一个通过学习来建立信仰的人，他对上古三代文明的构想虽然不尽然与事实完全相符，但总体上是实事求是地从搜求古代文献和证据出发去进行理论建构的。韩愈自叙“寻坠绪之茫茫，独旁搜而远绍”的学习精神和学习态度与孔子完全一致。

“沈浸醲郁，含英咀华。作为文章，其书满家。上规姚姒，浑浑无涯。周诰殷盘，佶屈聱牙。春秋谨严，左氏浮夸。易奇而法，诗正而葩。下逮庄骚，太史所录。子云、相如，同工异曲：先生之于文，可谓闳其中而肆其外矣！”

“（老师您）整天沉浸在古典的文献中吸取营养。写起文章来，整个家里堆满的书都用来参考。（您的取法对象）向上追溯到上古博大无边的夏禹时代（的文献）、《尚书》中拗口难懂的周代诰书和《盘庚》、法度严谨的《春秋经》和叙事张扬的《春秋左传》、奇妙而有法则的《周易》和雅正而辞采华美的《诗经》。（沿着文化史的脉络）一路向下取法到《庄子》、《离骚》、《史记》，以及汉代扬雄、司马相如。老师您的文章，真可以说得上底蕴宏大而外表气势奔放啊！”

以上这段话在中国文章学史上有比较重要的影响。韩愈比较具体地提出要广博地学习风格各异的前人的一切重要文献，来充养自己的文化底蕴，加强自己在文章写作上的经验。特别是要取法高古，认真学习年代久远的先秦两汉的文献。这个观点到宋代之后得到了强化，几乎成为中国文章学理论上的一种定论。

少始知学，勇于敢为。长通于方，左右俱宜：先生之于为人，可谓成矣。

“（老师您）从小就自觉地学习，勇于（以自己的学问）担当天下之事。长大后通晓儒家学说，和身边的人相处事宜得体。老师您的为人，真可以说得上有所成就了。”

韩愈在这段话仍中有自比孔子的之意：“少始知学”与《论语》“十五有志于学”意近。

“勇于敢为”是从《论语》“见义不为，无勇也”中化出，所以这里的“勇于敢为”实为“见义勇为”之意。我们现在一说“见义勇为”这个词，第一印象是碰到坏人坏事，或者碰到他人危难，出手相救。实际上“见义勇为”的意思很广，就是说敢于担当正义之事，不单是指赤手空拳和歹徒搏斗或者是跳下水救助溺水者之类。在韩愈眼中，儒学的衰微、佛老的昌盛、政治的不公正……这些都属于不义之事，需要他挺身而出，见义勇为。在这个方面，韩愈确实算得上“勇于敢为”。他之所以在政治上屡屡受到打击，正是因为他总是敢于据理直谏，这也是韩愈深受后人景仰的重要原因。

“长通于方，左右俱宜。”“通方”意谓通晓道术、方术，也可指通晓为政之道，韩愈文中的“通于方”应是通晓儒学之意。“长通于方”与《论语》“四十而不惑”意近。“左右俱宜”，意谓和身边的人相处得当，与《论语》谓孔子“温良恭俭让”意近。可见韩愈是一个以继承孔子的儒学道统自居的人。有必要说明一下，韩愈虽然在中国历史和中国文学史上留下过巨大的名声，但在思想史上并不算是一流的人物。反倒是被韩愈痛斥的佛教思想，在唐代曾大放异彩，产生过许多重要的佛教思想家。我们在阅读古人文章的时候，实在很有必要分清哪些是文人的说法，哪些是哲人的说法。

“然而公不见信于人，私不见助于友。跋前踬后，动辄得咎。暂为御史，遂窜南夷。三年博士，冗不见治。命与仇谋，取败几时！冬暖而儿号寒，年丰而妻啼饥。头童齿豁，竟死何裨？不知虑此，而反教人为！”

“（老师您有以上这么多成就），但是在政务上不被人信任，在私事上得不到朋友的帮助。处境进退两难，一有所举动便遭到责备。刚刚当上御史没多久，就被流放到全是野蛮人的南方。后来回来担任国子学博士已经三年了，只是担任闲散的职务，不能发挥政务方面的能力。您命中注定要和仇敌一起共事，随时可能被政敌打败！即便冬天天气暖和，（因为您家贫买不起足够的衣服）家中的小孩子仍然哭号着说冷。即便到了收成好的年头，（因为您家贫买不起足够的食物）妻子仍然哭啼着说饿。您因为生活艰辛早早地秃了头、掉了牙齿，这样过一辈子又有什么好处呢？您连这些（生活的艰辛）都不去考虑，还有什么资格来教我们（勤奋学习）呢！”

国子学学生对韩愈的质疑，除去韩愈本人自我剖白的内容之外，主要传达这样一个意思：老师您说学习如何重要，只要勤奋学习、学有所成就一定能够得到重用，可您学习这么用功，您的学问这么好，为什么到现在还混得不怎么样呢?!

这样的质疑，应该说是很有针对性，也确实直指韩愈在逻辑上的软肋。根据“解”（或“难”）这种文体以往的惯例，接下来作者针对诘难的回答将会更加精彩。如东方朔的《答客难》以“时异事异”来回应针对自己怀才不遇的诘难，辞气充沛，论理充分，让人心服。又如扬雄的《解嘲》，高扬着理想主义的旗帜，将自己与古贤并提，阐明自己不能趋炎附势、但愿独守《太玄经》的高洁理想。

然而，《进学解》的后面的部分写得好像并没有什么自信。韩愈的回答，让人甚至觉得有些绵软乏力、重复啰唆。这是为什么？我们先来看看原文怎么说。

先生曰：“吁，子来前！”

韩愈说：“嘿，你到前面来（我解释给你听）。”

我们前面反复提到，韩愈是一个以孔子儒家道统的传承者自居的人。孔子是中国历史上第一位私学教师，而韩愈担任过国立最高学府的教师，应该说都有自己的教学经验。孔子在教育学生的过程中，其中一个重要的原则是“不愤不启，不悱不发”（《论语·述而》），意思是不到学生努力想弄明白但仍然想不透的程度时，先不要去开导他；不到学生心里明白却又不能完善表达出来的程度时，也先不要去启发他。所以在《论语》中，我们看到孔子对学生提问的回答，多数时候是摸清楚了学生对所提问题的兴趣，以及他的掌握程度，然后因材施教，对机说法。像《进学解》中这位国子学学生这种彻头彻尾的嘲讽式的诘问，如果放在《论语》里面，孔子是绝不会回答的，因为孔子知道对方并不是虚心求教、有意要把问题搞明白。我想面对这样的问题，孔子的态度一定是“人不知而不愠”。但是韩愈明知道对方是有意发难，却忍不住要辩解一番，这个教学境界和孔子相比，好像是差了一些。

“夫大木为㝉，细木为桷，欂栌、侏儒，椳、闑、扂、楔，各得其宜，施以成室者，匠氏之工也。玉札、丹砂，赤箭、青芝，牛溲、马勃，败鼓之皮，俱收并蓄，待用无遗者，医师之良也。登明选公，杂进巧拙，纡余为妍，卓荦为杰，校短量长，惟器是适者，宰相之方也。”

“大的木材用来做屋梁，小的木材用来做瓦椽，（造房的其他配件）像斗栱、短椽，门臼、门橛、门闩、门柱等，都根据原材料的状况加以制造（使之成为有用的材建材），并组合建筑成为房屋，这是匠人的技能。地榆、朱砂，天麻、龙芝，牛尿、马屁菌，坏鼓的皮等，（这些贵贱各异的药材和药引被医师）收罗齐备，等到要用的时候就没有遗漏的，这是医师的高明之处。人才得到公正地选拔，能力大和能力小的人才都被录用，并在比较中挑选出其中优秀杰出之人，让无论才能大小的人都被安置到合适的职位，这是宰相的方略。”

这是韩愈对自己提出的第一重辩解，他提出，目前的政治状况是绝对清明的，朝廷在人才任用方面就像好的工匠和好的医生一样，能够唯才是举，并且根据人物的才性大小来适当安排职位。那么他不受重用的原因，是因为自己的学力有限，即后文谈到的“今先生学虽勤而不繇其统，言虽多而不要其中。文虽奇而不济于用，行虽修而不显于众”，所以终生努力学习这个行为是无可置疑的。

韩愈这个辩解显然不是一个令人满意的回答。韩愈在上文中已经借学生之口讲出自己治学、尊儒、作文、为人四个方面所取得的过人成就，他在内心显然不会真的认为自己学力有限。所以在这一个回合中，他完全没能解释直指核心的问题：为什么他具有如此丰厚的学力，却仍然不能获得与之相应的政治地位。

“昔者孟轲好辩，孔道以明。辙环天下，卒老于行。荀卿守正，大论是弘。逃谗于楚，废死兰陵。是二儒者，吐辞为经，举足为法。绝类离伦，优入圣域，其遇于世何如也？”

“古代的孟子自称‘我哪里是喜欢和人争辩啊，我只是不得已而为之’，（在孟子的雄辩之下）孔子的儒道得到昌明。他周游列国（宣扬儒学），最后在旅途中去世（没有获得显赫的政治地位）。荀卿恪守正道，发扬（儒家）伟大的学说，后来为了躲避谗言而逃到楚国，最后失去了官职，死在兰陵这个地方。这两位大儒，言谈成为经典，行为成为楷模，（他们的人生境界）远远超过普通人，已经进入了圣人的行列，可他们的遭遇不也不被世俗所理解吗？”

韩愈特别提到孟子和荀卿，并对二人有相当高的评价，这个概念应当是从《史记·孟子荀卿列传》中来，因为时至中唐，孟、荀二人在思想史上的地位总体都不算太高，最早对他们提出很高评价并且将其并称的正是《史记·孟子荀卿列传》。韩愈对他们作出“绝类离伦，优入圣域”这么高的评价，很大原因当然是他们都属于在世不得其志的人。这种以古人自况来提高自身格调的散文写法古已有之，司马迁《报任安书》、东方朔《答客难》、扬雄《解嘲》等都有类似行文的段落。

韩愈以孟子、荀卿自况，是他的第二重辩解。很遗憾的是，这个辩解同样充满矛盾，难以自圆其说。因为韩愈在前文明确说到，他所处的时代是优于其他时代、“圣贤相逢，治具毕张”的昌明盛世，所以处于战国晚期乱世之中的孟子、荀卿的例子没有可比性。

除了说服力欠佳之外，这一段论述在行文的结构上也显得冗繁、累赘、生硬。如果将这一段删去，从“惟器是适者，宰相之方也”直接过渡到“今先生学虽勤而不繇其统，言虽多而不要其中”将会比原文更加流畅、紧凑、连贯。

“今先生学虽勤而不繇其统，言虽多而不要其中。文虽奇而不济于用，行虽修而不显于众。”

“现在你们的老师学习虽然勤奋但仍不能合于（儒家）道统，言论虽然多但不能合于（儒家的）中道。我的文章虽然写得出奇但对于现实社会来说无所用处，品行道德虽然美好但并没有在众人之中特别地显现出来。”

这一段需要注意的是韩愈自称“文奇”，与“行修”对举。“修”是美好的意思，那么这里的“奇”也应该是褒义的形容词。然而在中国古代，特别是唐代之前，对于文章写作来说，“奇”并不是一个好的评价，这个字眼多少意味着离经叛道。如《文心雕龙》批评《史记》“爱奇反经”。韩愈本人的诗文写作也明显具有“奇崛”的风格特征，由此可见，作为以儒家道统自居的韩愈在写作方面实际上有着自己的追求。

“犹且月费俸钱，岁糜廪粟。子不知耕，妇不知织。乘马从徒，安坐而食。踵常途之促促，窥陈编以盗窃。然而圣主不加诛，宰臣不见斥，兹非其幸欤?”

“（尽管我这么没用）而且还每个月浪费国家的俸禄，每年消耗公家库存的粮食。我的儿子不知道怎么耕地，我的妻子不会织布，出门却还有马车乘坐，有仆人跟随，可以安稳地坐着就有饭吃。每天卑微地奔劳于公务，在古人的文献著作之中（徒劳地）寻章摘句。但即便这样，圣明的主上没有惩罚我，宰相大臣也没有斥逐我，这难道不是我的幸运吗?”

这一段所写和上文似乎又出现了矛盾。在这一段文字的叙述中，韩愈谈到他和家人的生活虽然谈不上奢靡，但至少有饭可吃，有马车和仆人可以调遣，和上文谈到的“冬暖而儿号寒，年丰而妻啼饥”还是有很大差别。或者可以解释为质疑者对他生活的窘迫有所夸张，而他在此回应，没有那么惨。

另外，此段所述“圣主不加诛，宰臣不见斥”与事实不符，也刻意回避了上文的质疑。上文述其“暂为御史，遂窜南夷”，即是指贞元十九年，韩愈因上书弹劾京兆尹李实，被贬官至连州阳山（今广东省清远市阳山县）。若干年后，元和十四年，韩愈又因上《谏迎佛骨疏》触怒唐宪宗，被贬潮州（今广东省潮州市）。所以韩愈在此文中描述的“圣主不加诛，宰臣不见斥”那种君臣、同僚和睦的景象也不是事实。

“动而得谤，名亦随之。投闲置散，乃分之宜。”

“现在我只要有所举动就遭到毁谤，名声也跟着受到影响。所以（像我这样一个没用的人）被安置到没有政治实权位置上，实在是适当的安排啊。”

“动而得谤，名亦随之”二句情绪化很重，很突兀地夹杂在文中，与前文“圣主不加诛，宰臣不见斥，兹非其幸欤”那种貌似谦恭的态度相冲突。

“若夫商财贿之有亡，计班资之崇庳。忘己量之所称，指前人之瑕疵。是所谓诘匠氏之不以杙为楹，而訾医师以昌阳引年，欲进其豨苓也。”

“如果仅仅去计较经济上的得失，计较职位品介，而忘记去考量自己的才能究竟和什么地位相称，一味指摘上级的缺点，这就好像去质疑为什么工匠不用小的木材拿去做门主，也好像去诋毁医生不用猪苓（差的药材）而用菖蒲（好的药材）来（给病人）延年益寿啊！”

二、关于《进学解》的现实思考

如果对传统典籍有一定的了解，我们就会知道，《进学解》全文洋洋洒洒约九百字，而其中的内容，孔子在《论语》中已经谈到过。孔子在谈到这个方面的时候只有两句话，但意思涵盖《进学解》全文：

子曰：“不患无位，患所以立。不患莫己知，求为可知也。”（《论语·里仁》）

孔子教育弟子说：“不要总是担心自己没有职位，而要去担心自己没有能够立身处世（能够担任职位）的能力。不要总是担心别人不了解自己的能力，要努力提高自己，要凭借过人出众的能力让人所知。”

我们看，孔子这样平平淡淡的两句话，将韩愈的长篇大论完全涵盖其中，真是言约义丰、了不起。

然而，韩愈这篇并没有蕴含高深道理和过人见解，甚至在行文上有拖沓疲软之弊的《进学解》竟然被视为他的代表作。后世许多评论家对这篇文章给予了高度的评价，例如：

（唐）孙樵：韩吏部《进学解》，莫不拔地倚天，句句欲活，读之如赤手捕长蛇，不施控骑生马，急不得暇，莫可捉搦。（《与王霖秀才书》）

（明）茅坤：此（《进学解》）韩公正正之旗，堂堂之阵也……最得体。（《唐宋八大家文钞》）

（清）林纾：昌黎所长在浓淡疏密相间，错而成文，骨力仍是散文。以自得之神髓，略施丹铅，风采遂焕然于外。（《韩柳文研究法》）

如果我们对文本有过深入的研读，就会发现这些对《进学解》的高度评价实在太为过誉。那么，这是否意味着这些后世的评论者毫无鉴赏能力，只知道一味盲从？

我认为并不是这样。

韩愈的《进学解》之所以深入人心，之所以赢得了后世评论者的高度赞赏，原因并不在这篇文章本身具有多么高的文学价值，而在于它说出了自科举制度建立以来，广大知识分子纠结的心声——在宣称可以通过科举选拔优秀人才的社会，还是有那么多文化素养高超、知识储备丰富的知识分子没有能够如愿以偿地被委以重任。这些广大的知识分子在观念中深信以科举制度为代表的，以文化素养和知识储备为衡量标准的拔擢制度是实现自我价值的最佳通道，然而，在现实当中，个人际遇的起落离合、人事关系的错综复杂、政治局面的清浊抑扬等各方面因素实际左右着人生前行的道路，并且常常为实现自我价值带来阻力。由此形成了《进学解》中最核心的一个矛盾：在科举制度的背景下，如果满腔才华而依然没有得到与文化水平相适应的职位，怎么办？

这样的人生矛盾，过去有，今天依然有。高考制度无情地淘汰掉了许多本身深具才华的年轻人，各类僵化的考核机制也常常十分机械地将富于创造力和想象力的人才拒之门外。这样的情况不仅今天的中国有，外国也有，如美国电影《死亡诗社》（1989 年）、印度电影《地球上的星星》（2007 年）都是讲述在现代教育制度和考试制度对鲜活个体带来的创伤，以及对这些创伤的反思。今天我们的大学生，最大的人生困境就是花费了十几年的时间学习各种各样的功课，而毕业之后却很难找到符合期待的工作，这和韩愈在《进学解》中面临的问题也是完全一样的。

面临困境，每个人应对的态度是不一样的。今天在社会上广泛流行的“读书无用论”和《进学解》中那位太学生对韩愈的嘲讽态度是一致的。韩愈面对嘲讽和诘难，回答得左支右挡、踉踉跄跄，显得有些狼狈，但窘迫中有一种坚韧的态度顽强地站立着，那就是坚信只有完善自我，才是解决人生困境的唯一出路。这从现实的角度也许未必能够成立，但从精神的层面展现出一种强大的英雄主义情怀。英国哲学家罗素说过，真正的英雄主义只有一种，那就是在认清生活的真相之后依然热爱生活。

《进学解》这篇文章，尽管从文章技法的角度看，并没有特别过人的地方，但它宣示的这种表面窘迫、内心坚强的自强不息的精神，与科举制度背景下的广大知识分子产生了强烈的共鸣，对今天的大学生也许仍然具有鼓舞的作用。

第十章　宋代文官之典范

——欧阳修散文选讲

推荐阅读：

［德］马克斯·韦伯《学术与政治》

王水照、崔铭《欧阳修传：达者在纷争中的坚持》

丰乐亭记

修既治滁之明年夏，始饮滁水而甘。问诸滁人，得于州南百步之远。其上则丰山，耸然而特立；下则幽谷，窈然而深藏；中有清泉，滃然而仰出。俯仰左右，顾而乐之。于是疏泉凿石，辟地以为亭，而与滁人往游其间。

滁于五代干戈之际，用武之地也。昔太祖皇帝，尝以周师破李景兵十五万于清流山下，生擒其皇甫晖、姚凤于滁东门之外，遂以平滁。修尝考其山川，按其图记，升高以望清流之关，欲求晖、凤就擒之所。而故老皆无在也，盖天下之平久矣。

自唐失其政，海内分裂，豪杰并起而争，所在为敌国者，何可胜数？及宋受天命，圣人出而四海一。向之凭恃险阻，铲削消磨，百年之间，漠然徒见山高而水清。欲问其事，而遗老尽矣！今滁介江淮之间，舟车商贾、四方宾客之所不至，民生不见外事，而安于畎亩衣食，以乐生送死。而孰知上之功德，休养生息，涵煦于百年之深也。

修之来此，乐其地僻而事简，又爱其俗之安闲。既得斯泉于山谷之间，乃日与滁人仰而望山，俯而听泉。掇幽芳而荫乔木，风霜冰雪，刻露清秀，四时之景，无不可爱。又幸其民乐其岁物之丰成，而喜与予游也。因为本其山川，道其风俗之美，使民知所以安此丰年之乐者，幸生无事之时也。

夫宣上恩德以与民共乐，刺史之事也。遂书以名其亭焉。庆历丙戌六月日，右正言知制诰、滁州军州事欧阳修记。

非非堂记

权衡之平物，动则轻重差，其于静也，锱铢不失。水之鉴物，动则不能有睹，其于静也，毫发可辨。在乎人，耳司听、目司视，动则乱于聪明，其于静也，闻见必审。处身者不为外物眩晃而动，则其心静，心静则智识明，是是非非，无所施而不中。夫是是近于谄，非非近于讪，不幸而过，宁讪无谄。是者，君子之常，是之何加？一以观之，未若非非之为正也。

予居洛之明年，既新厅事，有文记于壁末。营其西偏作堂，户北向，植丛竹，辟户于其南，纳日月之光。设一几一榻，架书数百卷，朝夕居其中。以其静也，闭目澄心，览今照古，思虑无所不至焉。故其堂以“非非”为名云。

六一居士传

六一居士初谪滁山，自号醉翁。既老而衰且病，将退休于颍水之上，则又更号六一居士。

客有问曰：“六一，何谓也？”居士曰：“吾家藏书一万卷，集录三代以来金石遗文一千卷，有琴一张，有棋一局，而常置酒一壶。”客曰：“是为五一尔，奈何？”居士曰：“以吾一翁，老于此五物之间，是岂不为六一乎？”客笑曰：“子欲逃名者乎？而屡易其号。此庄生所诮畏影而走乎日中者也；余将见子疾走大喘渴死，而名不得逃也。”居士曰：“吾固知名之不可逃，然亦知夫不必逃也；吾为此名，聊以志吾之乐尔。”客曰：“其乐如何？”居士曰：“吾之乐可胜道哉！方其得意于五物也，泰山在前而不见，疾雷破柱而不惊；虽响九奏于洞庭之野，阅大战于涿鹿之原，未足喻其乐且适也。然常患不得极吾乐于其间者，世事之为吾累者众也。其大者有二焉，轩裳珪组劳吾形于外，忧患思虑劳吾心于内，使吾形不病而已悴，心未老而先衰，尚何暇于五物哉？虽然，吾自乞其身于朝者三年矣，一日天子恻然哀之，赐其骸骨，使得与此五物偕返于田庐，庶几偿其夙愿焉。此吾之所以志也。”客复笑曰：“子知轩裳珪组之累其形，而不知五物之累其心乎？”居士曰：“不然。累于彼者已劳矣，又多忧；累于此者既佚矣，幸无患。吾其何择哉？”于是与客俱起，握手大笑曰：“置之，区区不足较也。”

已而叹曰："夫士少而仕，老而休，盖有不待七十者矣。吾素慕之，宜去一也。吾尝用于时矣，而讫无称焉，宜去二也。壮犹如此，今既老且病矣，乃以难强之筋骸，贪过分之荣禄，是将违其素志而自食其言，宜去三也。吾负三宜去，虽无五物，其去宜矣，复何道哉！"

熙宁三年九月七日，六一居士自传。

一、宋代文官群体及其写作概说

很多时候，今天的读者对古人的写作有一种误解，认为古代的作家和今天的作家是一个对等的概念。今天的作家，是在印刷业和各种媒体高度发达状态下的主要依靠写作为谋生手段的一种职业。但古代不是这样，在古代，具有高超写作能力的古人，他们的第一重身份往往不是作家。如魏晋南北朝时期的作家，主要是一些贵族，像我们在前面的章节讲到过的大贵族王羲之和没落贵族陶渊明。又如唐宋时期，特别是宋代的大作家，则主要出自庞大的文官群体。

关于贵族和文官的大致划分，在第九章简单介绍过。大概来说，贵族是通过血统世袭来掌握社会资源和享有社会地位的群体，而文官是通过科举考试获得行政职务的一群人。文官这个词里面带了个"官"字，在今天听起来好像和贵族的概念有点混淆，实际上，我们把"文官"这个词分解开来，看成是"文职官僚"就比较容易理解了。"官僚"本身是通过自身的文职技能管理政治事务的人员，和后来沦为贬义词的"官僚主义"意思不太一样。

打个比方来说，如果把一个国家比作是一家公司，那么贵族相当于大大小小的股东，文官相当于通过一定的程序选拔出来并聘请来管理公司事务的经理人。有时候贵族也担任一定的文官职务，好比有些股东也会亲自经营公司事务；有时候职业经理人因为经营业绩出色，也会分到一定的股份，好比有些文官因为政绩出色而被赐予原本只有贵族才能享有的封号和爵位，所以贵族和文官这两个群体有时也有交集，但他们之间还是存在很明显的差异。我们只要对比第五章、第六章、第七章、第八章中谈到的魏晋贵族，和第九章及本章中谈到的唐宋文官，他们之间气质的差异是可以得到一个比较直观的了解的。

为了更深刻地理解这个问题，本章推荐阅读德国著名政治学、经济学学者，现代社会学创始人马克斯·韦伯的学术名著《学术与政治》。这部篇幅不长但容量很大、分量极重的世界学术名著值得今天所有的大学生一读。它能提供给我们很多方面的启发，落实到中国古代散文这个专题里面，它能够帮助我们准确地理解“文职官僚”的概念，进而更深入地去理解唐宋散文里面浓厚的文官气质。

宋代文官的写作，尤其是散文写作，普遍具有这样几个特点：

首先，对政事抱有一种天职的观念，这种观念往往贯穿在他们的写作之中。

我们在第九章中已经提到，唐代是科举制度基本建立，文官阶层开始对政治产生重要影响的时代。而宋代则是科举制度臻于成熟，文官阶层在政治上获得无可取代的重要地位的时代。和崇尚清谈、不务实际的魏晋贵族相比，宋代文官比较重视处理实际的政治事务，所以在他们的笔下，对治下民生的深切关怀和对现实政治的热切讨论，取代了魏晋贵族对玄妙哲理的诗意追寻。比如，我们熟知的宋代散文名篇，范仲淹的《岳阳楼记》，文章开头叙述写作缘由：

> 庆历四年春，滕子京谪守巴陵郡。越明年，政通人和，百废具兴。乃重修岳阳楼，增其旧制，刻唐贤今人诗赋于其上。属予作文以记之。（范仲淹《岳阳楼记》）

和我们学习过的《兰亭集序》相比：

> 永和九年，岁在癸丑，暮春之初，会于会稽山阴之兰亭，修禊事也。（王羲之《兰亭集序》）

可以看出，政务上的方方面面是触发宋人写作热情的重要因素，这使得宋人的写作很少空发议论、空抒胸怀，而总是将写作和自己的工作、生活紧密联系在一起。

其次，外在的人生沉浮与自我的精神世界二者之间有着良好的平衡、协调。

宋代文官积极从政，必然面临着行政事务的各种压力，有时需要和政敌进行抗争，有时可能会遭到贬官，有时可能不受到上级的信任……面对这些巨大的压力，宋代文官表现出了非常达观、洒脱的态度。在遭遇人生逆境的时候，他们很少表现出激烈的情绪。唐代的诗文大家韩愈，在遭到贬官潮州的挫折时写过一首著名的诗：

一封朝奏九重天，夕贬潮阳路八千。
欲为圣明除弊事，肯将衰朽惜残年。
云横秦岭家何在？雪拥蓝关马不前。
知汝远来应有意，好收吾骨瘴江边。（韩愈《左迁至蓝关示侄孙湘》）

这首诗里有激烈的不平之气，有点说气话的味道在里面，当然与韩愈遭到贬官时的激烈情绪有关。然而，在宋代文官的笔下则很少以这种激烈的情绪来应对人生逆境，如宋代的苏轼在遭遇“乌台诗案”被贬官黄州担任闲职时写过一篇小文章：

元丰六年十月十二日夜，解衣欲睡，月色入户，欣然起行。念无与为乐者，遂至承天寺寻张怀民。怀民亦未寝，相与步于中庭。庭下如积水空明，水中藻荇交横，盖竹柏影也。何夜无月？何处无竹柏？但少闲人如吾两人者耳。（苏轼《记承天寺夜游》）

这篇文章短得只有一百来字，内容也很简单，却写得很有趣，很值得品味。大意是说某一天晚上苏轼失眠了，睡不着觉，就由着性子去承天寺找他的朋友张怀民，正好遇上张怀民还没有睡，两个人就到院子里散步。院子里夜凉如水，地上投射着竹子和柏树的影子，好像水里的藻类一样。于是苏轼感慨地说，哪里没有月亮，哪里没有竹子和柏树，但这样有趣的场景很少被人发现，是因为很少有像我和张怀民这么有闲情的人啊。

在这篇文章中，我们看不到韩愈那种激烈的情绪，苏轼反而有点自得其乐，对因贬官而带来的闲居生活带有一种自我欣赏的态度。这是宋代文官富有代表性的一种文化性格特征，与赵宋王朝在政策上优待文官有直接的关系。宋代文官的待遇普遍比较优渥，即便是贬官，或者是政治失势，面临的处境也不会特别严峻。范仲淹《岳阳楼记》里说“进亦忧，退亦忧”，强调了宋代文官对政事严肃执着的一面，实际上，宋代文官还有“人不堪其忧，回不改其乐”（《论语·雍也》）式的达观洒脱的一面。

最后，有崇尚自然、质朴的美学追求。

宋代文官在写作上崇尚自然，不喜雕琢，并往往将这样的主张上升到理论的高度去阐释：

古之作者，初无意于造语，所谓因事以陈辞……文章只如人作家书乃是。(唐庚《唐子西语录》)

文章有三等：上焉藏锋不露，读之自有滋味；中焉步骤驰骋，飞沙走石；下焉用意庸常，专事造语。(吕祖谦《丽泽文说》)

凡文字，少小时须令气象峥嵘，色彩绚烂，渐老渐熟，乃造平淡；其实不是平坦，乃绚烂之极也。(苏轼《与侄书》)

这样的美学追求发展到极致，甚至产生了比较极端的“四宁四毋”理论：

诗文宁拙毋巧，宁朴毋华，宁丑毋弱，宁僻不俗。(陈师道《后山诗话》)

“四宁四毋”理论的核心，是刻意回避写作过程中对精致修辞的追求，而这种刻意实际上形成了另一个方向上的执着，应该说并不是持中之论。但这个理论后来被嫁接到了书法之中，形成了重要影响。明末清初学者、书法家傅山，也就是梁羽生在武侠小说《七剑下天山》里面写到的傅青主，在书法上标举“四宁四毋”理论，对后世影响深远。对于这个理论要正确理解，就必须要把它还原到宋代文学理论的大背景下，了解它是在崇尚自然的文学风气下产生的一种极端说法。

宋代文官数量庞大，在散文写作上名家辈出，如果要从中挑选一个代表人物来领略宋代散文的风貌，那么欧阳修应该最具有典范意义。本章挑选了欧阳修三篇代表作供大家学习。

二、智者乐水：《丰乐亭记》导读

丰乐亭记

欧阳修有一篇大家耳熟能详的文章叫《醉翁亭记》，以滁州城郊琅琊山上的醉翁亭为写作对象。这篇《丰乐亭记》和《醉翁亭记》写于同一年，是《醉翁亭记》的姐妹篇，写滁州城外依泉水而建的丰乐亭。醉翁之意不在酒，欧阳修写这两篇文章的用意当然也不在于记叙这两座小亭，而是围绕着这两座小亭抒写自己的心声。

要特别注意的是，这两篇文章都写于欧阳修贬官滁州时期。但在这两篇文章之中，我们看不到丝毫灰心气馁、抑郁不平的负面情绪，恰恰相反，在这人生低谷的特别时期，欧阳修的笔下始终洋溢着乐观、放达的积极精神。在这两篇篇幅都不长的文章里，《醉翁亭记》十次出现了“乐”字，《丰乐亭记》以“乐”为题，正文六次出现了“乐”字，并为二文之文眼。

如将二文作仔细的对比，在风格上《醉翁亭记》热烈些，《丰乐亭记》散淡些，写法上也有具体的不同，值得仔细品味。

修既治滁之明年夏，始饮滁水而甘。问诸滁人，得于州南百步之远。其上则丰山，耸然而特立；下则幽谷，窈然而深藏；中有清泉，滃然而仰出。俯仰左右，顾而乐之。于是疏泉凿石，辟地以为亭，而与滁人往游其间。

我治理滁州政事（担任滁州太守）的第二年夏天，才第一次喝到滁州的泉水，感觉十分甘甜。向滁州人打听，知道了这泉水来自于滁州城南百步之遥的地方。（那个地方）地表上是丰山，高耸地独立着，地表下面是幽谷，深远曲折，山与谷的中间是一股清泉，泉势沸涌而出。（在那里）到处观看，令人愉悦。因此，我命人疏通泉水，凿开山石，在当地开辟出一块地，建了一个小亭子，（后来）和滁州当地百姓一起去那里游玩。

我们将《醉翁亭记》和《丰乐亭记》进行对比阅读可以发现，其实滁州的山水景致本身十分普通，并无特别之处，但欧阳修特别写了两篇文章来记叙此地的山和水，《醉翁亭记》里说“醉翁之意不在酒，在乎山水之间也”，应该是有意对应了孔子的两句话：“仁者乐山，智者乐水。”（《论语·雍也》）

孔子还有一句话：“君子居之，何陋之有？”（《论语·子罕》），意思是即便是落后闭塞的地方，有德君子身在其中也不嫌其简陋。在《丰乐亭记》的第一段里，一口并没有什么特别的泉水，就能够让欧阳修“俯仰左右，顾而乐之”，这种君子风度深得孔子的遗韵。近代著名诗人、学者顾随先生曾经说过，欧阳修是中国古代作家中少数几个完全纯粹的儒家之一，这个说法是非常正确的。

滁于五代干戈之际，用武之地也。昔太祖皇帝，尝以周师破李景兵十五万于清流山下，生擒其皇甫晖、姚凤于滁东门之外，遂以平滁。修尝考其山川，按其图记，升高以望清流之关，欲求晖、凤就擒之所。而故老皆无在也，盖天下之平久矣。

滁州在五代混战的历史时期，是一个经常打仗的地方。当年宋太祖皇帝，曾率领后周兵在清流山下击溃李景的十五万军队，在滁州东门外活捉了他们的将领皇甫晖、姚凤，就这样平定了滁州。我曾考察当地的山川地理，按照地图的指示，登高去眺望清流关，想找到当年皇甫晖、姚凤被捕获的地方。但当年的故老都不在了，这是因为天下太平，太久没有打过仗了呀。

欧阳修除了是一位国家高级官员、伟大作家之外，还是一位杰出的史学家和金石学家，他修撰的《新五代史》是二十四史之一。在文化上取得如此全面而高水平成就的人，在整个中国历史上是非常罕有的。欧阳修在贬官滁州期间留心史事，亲身寻访故迹，继承了司马迁游江淮、探禹迹的治史精神。

本篇文章的写作缘于一口泉水，按照“智者乐水”的思路，欧阳修在此文中的乐观情绪要显得理性一些。他以史家理性的眼光看到当时是一个远离战乱的太平盛世，进而为这样美好的时代而感到由衷欣悦，与《醉翁亭记》中那种比较感性的酒酣之乐有着明显的不同，另有意趣。

自唐失其政，海内分裂，豪杰并起而争，所在为敌国者，何可胜数？及宋受天命，圣人出而四海一。向之凭恃险阻，铲削消磨，百年之间，漠然徒见山高而水清。欲问其事，而遗老尽矣！今滁介江淮之间，舟车商贾、四方宾客之所不至，民生不见外事，而安于畎亩衣食，以乐生送死。而孰知上之功德，休养生息，涵煦于百年之深也。

当年唐王朝政治败坏，国家分裂，豪杰之士纷纷起兵争夺天下，到处都是敌对的国家，哪里数得清呢？自从大宋王朝接受天命，圣人（宋太祖）出现，全国得以统一。以前那些割据势力设置的地理险阻，都被消灭了，近百年来，只见到山高水清（天下太平）。想要去了解当年的往事，但前朝的老人都已经故去了（无法得知了）。现在滁州地处长江、淮河之间，这是坐船和坐车的商人，以及游历四方的客人所罕到的地方，老百姓活着不知道外面的事情，但都在当地安居乐业、丰衣足食，快乐地生活一生。而谁知道这是皇帝的功德，能够让老百姓休养生息，包含的恩惠长达百年之深呢？

以上一段文字，我们可以将其和陶渊明的《桃花源记》作一个有趣的对比。“阡陌交通，鸡犬相闻……与外人间隔”的桃花源，与“民生不见外事，而安于畎亩衣食”的滁州多么接近啊。然而，这样的人间乐土，在陶渊明笔下是不可触及的理想之境，在欧阳修笔下却是实实在在的所处所居。史家陈寅恪先生有一个著名的说法：华夏文明造极于两宋。在宋代文官的心目中，总是充满着对自己所处时代的强烈自信，这也是宋代散文有趣的特征之一。

修之来此，乐其地僻而事简，又爱其俗之安闲。既得斯泉于山谷之间，乃日与滁人仰而望山，俯而听泉。掇幽芳而荫乔木，风霜冰雪，刻露清秀，四时之景，无不可爱。又幸其民乐其岁物之丰成，而喜与予游也。因为本其山川，道其风俗之美，使民知所以安此丰年之乐者，幸生无事之时也。

我来到滁州这个地方任职，喜欢这里地理偏僻、政事简要，又喜欢这里安定闲适的民风。在山谷间找到这样一眼清泉之后，每天和当地人来这里抬头看看山上的风景，低头听听泉水的声音。（此处可以）采集隐蔽的野花，在树木下休憩乘凉，在冬天冰雪风霜之际，这里更加显露出清秀的风貌，一年四季的景色，都是这样惹人喜爱。又庆幸当地的百姓因为收成好，衣食无忧，而愿意和我一道游玩。于是（我写这样一篇文章）为当地人写写他们的山川，说说他们的淳美民风，让百姓知道能够安享丰年的欢乐，是因为有幸生于这太平无事的时代。

本段所言“掇幽芳而荫乔木，风霜冰雪，刻露清秀，四时之景，无不可爱”，对应上文“俯仰左右，顾而乐之”，因为心中始终充满着乐观的情绪，所以身边的一草一木、一景一物，无不可爱。

夫宣上恩德以与民共乐，刺史之事也。遂书以名其亭焉。庆历丙戌六月日，右正言知制诰、滁州军州事欧阳修记。

宣扬皇帝的恩德，和老百姓一起享受生活之乐，这是刺史的职责。于是我就写下这篇文章来为这座亭子命名。庆历丙戌六月日，右正言知制诰、滁州军州事欧阳修记。

三、达者在纷争中的坚持:《非非堂记》导读

非非堂记

王水照教授和崔铭教授合著的欧阳修传记《欧阳修传：达者在纷争中的坚持》，是本章的推荐阅读书目之一。“达者在纷争中的坚持”一语非常精彩地概括了欧阳修的精神气质。作为宋代文官的典范，欧阳修的身上既有乐观放达的一面，也有坚持己见、不畏纷争的刚正一面。

这篇《非非堂记》，是欧阳修为自己的书房写作的一篇堂记。书房以“非非”命名，表明欧阳修强烈的批判精神。“非非”二字，第一个“非”是动词，表示否定、批判；第二个“非”是名词，表示不正确的事物。孔子云：“攻乎异端，斯害也已。”（《论语·为政》）意思是批判不正确的事物，就可以消除（不正确的事物带来的）危害，与欧阳修所言“非非”意思相近。

权衡之平物，动则轻重差，其于静也，锱铢不失。水之鉴物，动则不能有睹，其于静也，毫发可辨。在乎人，耳司听、目司视，动则乱于聪明，其于静也，闻见必审。处身者不为外物眩晃而动，则其心静，心静则智识明，是是非非，无所施而不中。夫是是近于谄，非非近于讪，不幸而过，宁讪无谄。是者，君子之常，是之何加？一以观之，未若非非之为正也。

用秤来称量物体，如果（秤）动的话，说明（两端的）轻重不一；如果静止不动，那么所称的斤两就分毫不差。用水来作镜子反照物体，如果（水面）波动的话，就不能看清（物体）；而当水面静止的时候，就连细节的东西都能看清。这样的道理放在人身上，耳朵是掌管听觉的，眼睛是掌管视觉的。如果（人心）动荡，就会扰乱听觉和视觉，而当（人心）宁静的时候，听觉和视觉都一定能够明澈洞达。立身处世之人不要因为身外事物的炫目摇晃而动摇，这样就能心绪宁静。心绪宁静的话，智慧见识就能清晰明白，肯定正确的事物，否定错误的事物，行为总是能够达到恰当的程度。一般情况下，肯定正确的事物会让人觉

得是在谄媚，否定错误的事物会让人觉得是在诽谤。如果不幸受到指责，宁可被人认为是在诽谤也不要让人觉得是在谄媚。肯定（的态度）是君子的常态，那么一味肯定对君子的德行又有什么增益呢？从整体上看，肯定（的态度）不如批判（的态度）更加可取。

这一段文字的前半部分是谈澄净心神的重要性，唯有心神澄净、不染杂念，才能对事物作出正确的判断，所谓“是是非非，无所施而不中”。

关于“是是非非”，即肯定正确的事物和否定错误的事物，中国先秦的庄子认为根本没有意义。庄子说“是亦彼也，彼亦是也。彼亦一是非，此亦一是非”（《庄子·齐物论》），意思是事物的标准是相对的，没有绝对的对，也没有绝对的错，强调事物的相对性。但以孔子为代表的儒家则侧重强调事物的绝对性，孔子云“唯仁者能好人，能恶人”（《论语·里仁》），意思是只有有仁德的君子才能客观公正地去评价他人。可以看出，欧阳修确实是相当纯粹的儒家。

予居洛之明年，既新厅事，有文记于壁末。营其西偏作堂，户北向，植丛竹，辟户于其南，纳日月之光。设一几一榻，架书数百卷，朝夕居其中。以其静也，闭目澄心，览今照古，思虑无所不至焉。故其堂以“非非”为名云。

我在洛阳定居的第二年，重修大堂的工程已经完工，写了一篇文章刻在墙壁的角落上。我在大堂的西边建造了偏房，门朝北开，在院里种了几丛竹子，在房屋的南面开辟了窗户，用以接受日月的光辉。屋子里摆设有一条张案，一张卧椅，书架上摆了几百卷书，我就居住在里面。因为这里清静，我可以闭目养神，澄明心绪，看今世之事，对照古人的历史，思维可以到达任意的地方。所以，我将自己这个厅堂命名为“非非”。

四、宋代文官丰富的文化精神世界：《六一居士传》导读

六一居士传

《六一居士传》是欧阳修晚年戏作的一篇文章。题为自传，但实际上完全不符合传记体文章的基本体例。传记文的一般写法是先写明传主姓甚名谁、何方人氏、家族情况，然后叙写传主的生平事迹，最后以对传主生平的评论结尾。但这

篇《六一居士传》却采用了类似于“解”体（参考第九章的韩愈《进学解》）主客问答的写法。这当然不是因为欧阳修不熟悉传记文的写法，我们前面提到过，欧阳修修撰的《新五代史》是中国历史上重要的纪传体正史，所以这种打破常规的写法只能视为欧阳修带着幽默的有意为之。

通过学习这篇文章，我们可以了解到宋代文官极为丰富的精神文化世界。除了最为关心的政务之外，他们在藏书、金石、音乐、弈棋等各个方面投注了极大的热情，使得他们有充分的文化养分来建筑自己强大的精神世界，并将宋代文化在整体上推向高峰。

六一居士初谪滁山，自号醉翁。既老而衰且病，将退休于颍水之上，则又更号六一居士。

六一居士当年贬官滁州，自己给自己取了个号叫醉翁。现在年纪老了，身体衰弱而且带病，即将要在颍水之滨退休，就又给自己改了一个号叫六一居士。

客有问曰：“六一，何谓也？”居士曰：“吾家藏书一万卷，集录三代以来金石遗文一千卷，有琴一张，有棋一局，而常置酒一壶。”客曰：“是为五一尔，奈何？”居士曰：“以吾一翁，老于此五物之间，是岂不为六一乎？”客笑曰：“子欲逃名者乎？而屡易其号。此庄生所诮畏影而走乎日中者也；余将见子疾走大喘渴死，而名不得逃也。”居士曰：“吾固知名之不可逃，然亦知夫不必逃也；吾为此名，聊以志吾之乐尔。”客曰：“其乐如何？”居士曰：“吾之乐可胜道哉！方其得意于五物也，泰山在前而不见，疾雷破柱而不惊；虽响九奏于洞庭之野，阅大战于涿鹿之原，未足喻其乐且适也。然常患不得极吾乐于其间者，世事之为吾累者众也。其大者有二焉，轩裳珪组劳吾形于外，忧患思虑劳吾心于内，使吾形不病而已悴，心未老而先衰，尚何暇于五物哉？虽然，吾自乞其身于朝者三年矣，一日天子恻然哀之，赐其骸骨，使得与此五物偕返于田庐，庶几偿其夙愿焉。此吾之所以志也。”客复笑曰：“子知轩裳珪组之累其形，而不知五物之累其心乎？”居士曰：“不然。累于彼者已劳矣，又多忧；累于此者既佚矣，幸无患。吾其何择哉？”于是与客俱起，握手大笑曰：“置之，区区不足较也。”

客人问我："六一，是什么意思呢？"我回答说："我家里有藏书一万卷，收集整理上古三代以来的金石铭文一千卷，有琴一张，有棋盘一副，并且常常在家里放着一壶酒。"客人又问："这才五个一啊，怎么回事呢？"我说："以我这样一个老翁，在这五件东西之间终老，这不就是六个一了吗？"客人笑着说："您是想通过屡屡更换字号来逃避名声的人吗？这就是庄子所讥诮的害怕影子而在太阳下疾走的人吧。我看您就要在疾走中大喘着气而渴死，但名声终究是躲避不掉的。"我说："我当然知道名声是躲避不了的，并且也知道名声是不必去躲避的，我以此为名，只不过是借以记录我的志趣罢了。"客人问："您的志趣是怎样的呢？"我说："我的志趣可以说得清吗？当我沉醉在这五件事物（书、铭文、琴、棋盘、酒）之中的时候，就算泰山在前也看不见，就算雷电击破房柱也不会惊恐，即便在洞庭湖原野上奏响九韶，在涿鹿大地观看宏大的战役，也不足以形容我的快乐和舒适啊。但我常常担心不能委身纵情于此五种事物，是因为拖累我的世间的俗事太多了。其中最主要的是两件事，一是高级职务让我感到外在的劳累，一是忧患思虑让我感到内在的劳累，令我没有生病却精神憔悴，年龄未老而心绪已衰，还有什么闲暇去享受五种事物（的乐趣）呢？虽然如此，我向朝廷乞求退休已经三年了，如果有一天皇帝同情我，同意我的退休请求，让我能够带着这五件东西返回乡下，我的愿望就差不多快要实现了。这就是我的志趣啊。"客人又笑着说："您只知道高级的职务会让您感到外在的劳累，难道不知道这五件事物也会劳累您的内心吗？"我说："不是这样的。让我感到外在劳累的东西又让人劳累，又让人担忧。为那五件事物劳累，既让人感到安逸，又没有什么可以值得担忧的。（你觉得）我会怎样选择呢？"这个时候我和客人一起站起来，握着手大笑说："放下（前者）吧，（相比而言）那真是不足为道的事情。"

已而叹曰："夫士少而仕，老而休，盖有不待七十者矣。吾素慕之，宜去一也。吾尝用于时矣，而讫无称焉，宜去二也。壮犹如此，今既老且病矣，乃以难强之筋骸，贪过分之荣禄，是将违其素志而自食其言，宜去三也。吾负三宜去，虽无五物，其去宜矣，复何道哉！"

过了一会儿，我又感叹道："读书人年轻时做官，老了就退休，退休的年龄不超过七十岁。我一直很羡慕（这样的人生），这是应该退休的第一个原因。我曾经得到朝廷的重用，但始终没有值得称道的政绩，这是应该退休的第二个原因。年纪轻的时候尚且如此（没有值得称道的政绩），现在又老又病，凭着难以支撑的身体去贪恋超越自己能力的职位和俸禄，这就违背了我一向的志愿并且自食其言，是应该退休的第三个原因。我有这三个应该退休的理由，即便没有五件趣事，也真的应该退休了，还有什么好说的呢！”

熙宁三年九月七日，六一居士自传。

熙宁三年九月七日，六一居士为自己写下了这篇传记。

第十一章　《史记》神髓之变

——归有光《先妣事略》导读

先妣事略

先妣周孺人，弘治元年二月二十一日生。年十六年来归。逾年生女淑静，淑静者，大姊也；期而生有光；又期而生女子，殇一人，期而不育者一人；又逾年生有尚，妊十二月；逾年，生淑顺；一岁，又生有功。有功之生也，孺人比乳他子加健。然数颦蹙顾诸婢曰："吾为多子苦！"老妪以杯水盛二螺进，曰："饮此，后妊不数矣。"孺人举之尽，喑不能言。

正德八年五月二十三日，孺人卒。诸儿见家人泣，则随之泣。然犹以为母寝也，伤哉！于是家人延画工画，出二子，命之曰：鼻以上画有光，鼻以下画大姊。以二子肖母也。

孺人讳桂。外曾祖讳明。外祖讳行，太学生。母何氏。世居吴家桥，去县城东南三十里；由千墩浦而南，直桥并小港以东，居人环聚，尽周氏也。外祖与其三兄皆以赀雄，敦尚简实，与人姁姁说村中语，见子弟甥侄无不爱。

孺人之吴家桥则治木绵；入城则缉纑，灯火荧荧，每至夜分。外祖不二日使人问遗。孺人不忧米盐，乃劳苦若不谋夕。冬月炉火炭屑，使婢子为团，累累暴阶下。室靡弃物，家无闲人。儿女大者攀衣，小者乳抱，手中纫缀不辍。户内洒然。遇僮奴有恩，虽至箠楚，皆不忍有后言。吴家桥岁致鱼蟹饼饵，率人人得食。家中人闻吴家桥人至，皆喜。

有光七岁，与从兄有嘉入学，每阴风细雨，从兄辄留，有光意恋恋，不得留也。孺人中夜觉寝，促有光暗诵《孝经》即熟读，无一字龃龉，乃喜。

孺人卒，母何孺人亦卒。周氏家有羊狗之痾。舅母卒，四姨归顾氏，又卒，死三十人而定。惟外祖与二舅存。

孺人死十一年，大姊归王三接，孺人所许聘者也。十二年，有光补学官弟子，十六年而有妇，孺子所聘者也。期而抱女，抚爱之，益念孺人。中夜与其妇泣，追惟一二，仿佛如昨，余则茫然矣。世乃有无母之人，天乎痛哉！

一、中国古代散文一条有趣的谱系

中国古代的文学理论有一个重要的特色，那就是重视谱系的梳理。如南朝钟嵘所著《诗品》就是一部根据历代诗人的写作风格进行谱系梳理的重要诗学文献。

何谓谱系呢？谱系的原意是指家谱上的系统，如张三的家谱从上面多少代开始记载了他的祖先是谁，然后一代一代地记录下来，一直到曾祖、祖父、父亲。传统的中国人的家族观念非常重，所以对家族谱系也非常看重。这样的观念移植到文学理论中（也移植到书法理论、美术理论等多个领域之中）就是重视各个时代作家创作的相互影响关系，这种写作上的传承影响的关系在中国人的心目中就好像生理上的血缘关系，由此影响到中国传统的文学批评观念总是将作家作品置于纵向的时间轴进行品评赏析。

中国古代的散文理论，很客观地说，没有诗歌理论那么发达，在形态的成熟度方面，也不如诗歌理论完备。中国古代的散文理论在谱系的梳理上，比较晚形成，也比较粗线条，直至明清之际，文章学理论中渐渐树立起这样的散文谱系：

司马迁——韩愈——欧阳修——归有光

司马迁、韩愈、欧阳修和归有光分别是汉代、唐代、宋代与明代的人物，这个谱系梳理的时间跨度非常之大。不仅时间跨度大，其中的传承影响关系还不是那么一目了然。所谓一目了然，如钟嵘《诗品》中载颜延年的诗歌“其源出于陆机”，陆机“其源出于陈思（陈思王曹植）”，曹植诗出于《国风》，这个谱系在脑海中一想过去，对应具体的作品，觉得风格上基本是相近的，所以很容易理解。但散文的这条谱系认真想想也会觉得有些费解。

我们知道司马迁最主要的作品是《史记》，这是一部主体上以传记为中心的史籍。韩愈的散文成就主要集中于各类议论性质的文章，如《进学解》、《师说》、《原道》等。当然，韩愈也写过一篇戏仿《史记》列传的小文章叫《毛颖传》。毛颖就是毛笔，这是韩愈为毛笔戏作的一篇传记，有寄托在其中，从这篇文章中能看出些许《史记》的影响。欧阳修除了各类单篇的散文之外，专著有

《新五代史》，看起来和《史记》比较接近一些。而最让人费解的是谱系末段的归有光。归有光的散文大多数是一些帮人写的碑志、墓志，和《史记》在形态上差距比较大。归有光所写的人物，多数是一些亲人、朋友、邻居，其中还以妇孺居多，用直白的话来说就是总是写一些三姑六婆的琐碎事情，这和《史记》所描绘的宏大的历史风云，以及对人类历史产生重大影响的帝王将相更加风马牛不相及。从写作风格上看，归有光琐碎的叙事笔调也似乎很难让人想到奇崛、雄健的《史记》会对他的写作有什么直接影响。

所以，归有光得《史记》之神髓这种看法，在明清之际尽管很流行，但不免受到一些质疑，如清代学者章学诚就提出：

惟归（有光）、唐（顺之）之集，其论说文字皆以《史记》为宗，而其所以得力于《史记》者，乃颇怪其不类。盖《史记》体本苍质，而司马才大，故运之以轻灵。今归、唐所谓疏宕顿挫，其中无物，遂不免浮华，而开后人描摹浅陋之习。故疑归、唐诸子得力于《史记》者，特其皮毛，而于古人深际，未之有见。(章学诚《文史通义》)

今天，一些学者沿袭了章学诚对归有光的批评，也倾向于认为归有光得《史记》之神髓的看法是不正确的。

历史有趣的一面正在这里，有一些观点，在某些时间里被视为共识，在另外的时间里则被视为谬误。归有光得《史记》之神髓的看法，究竟有没有道理，或者说在什么层面上有道理，这是一个与中国散文史发展有关的重要问题。在解决这个问题之前，我们先来实际感受一下归有光的散文写作。

二、《先妣事略》导读

归有光的散文，大家比较熟悉的是他的《项脊轩志》。我们今天要来品读的是他的另外一篇极富代表性的散文作品：《先妣事略》。

先妣事略

妣，原指母亲，后来特指亡故的母亲，先妣的意思也就是已经去世的母亲。

事略是一种区别于正式传记的、在写法和记叙人物事件上相对随意的一种传记文。正式的传记文体有传、行状、行述等，归有光之所以选择“事略”这种非正式的传记文体来记叙母亲生前的事迹，在写作上是有讲究的。首先，归有光的母亲周孺人是一个中国传统的家庭妇女，生平事迹苦难而平凡，没有什么丰功伟绩，如果采用正式的传记体裁显得过于严肃，不得体。其次，文中提到周孺人在归有光很小的时候就去世了，归有光对母亲的印象是模糊的、零散的、片羽吉光式的，所以采用“事略”这种非正式文体来表现其写作对象是恰当并且富有亲切感的。

先妣周孺人，弘治元年二月二十一日生。年十六年来归。逾年生女淑静，淑静者大姊也；期而生有光；又期而生女子，殇一人，期而不育者一人；又逾年生有尚，妊十二月；逾年，生淑顺；一岁，又生有功。有功之生也，孺人比乳他子加健。然数颦蹙顾诸婢曰：“吾为多子苦！”老妪以杯水盛二螺进，曰：“饮此，后妊不数矣。”孺人举之尽，喑不能言。

已去世的母亲周孺人，弘治元年二月二十一日出生。十六岁就嫁到我们家来。一年之后生了个女儿叫淑静，淑静就是我的大姐。过了一年生了（我）有光。再过了一年又生了一男一女，其中一个生下来就死了，另一个也只活了一年就死了。再过一年生了有尚，这一胎怀了十二个月才生下来。过了一年，生下了淑顺。一年之后又生了有功。有功出生后，母亲哺乳他比哺乳其他孩子更加卖力。然而她常常皱着眉头对家里的婢女说：“我为子女太多而感到辛苦啊！”有个老婆子于是拿了一杯盛着两块螺的水给母亲喝，对她说：“喝了这个，以后就不会频繁地怀孕了。”母亲拿起来喝了，之后就声音变哑，不能说话了。

这一段文字是对母亲生前生活经历的简短介绍，乍一看写得很刻板，好像一份履历，一点儿感情色彩也没有。周孺人十六岁嫁人之后，每一年生一个孩子，文中连续用了“期”、“又期”、“又逾年”、“逾年”、“一岁”这样的词汇作为时间分割，在叙述上看似非常呆板地谈到“生淑静”、“生有光”、“生女子”、“生有尚”、“生淑顺”、“又生有功”。但如果细细去品味，这一段文字实在是花费心思的以拙运巧的写法。

有过生育经历的现代成年人都会知道，女性两次生育之间的间隔不能太短，如果生育间隔太短会使女性因为生理来不及恢复调整而带来生育风险。归有光的母亲周孺人以一年一到两个孩子的频率生育，从常识推断，这必然对她的身体造成巨大的伤害，也带来了巨大的精神压力。之后周孺人的早亡，未尝与过于频繁的生育没有关系。

除了生理上的创伤之外，根据后文的叙述，周孺人是一个慈爱、善良、细致的母亲，要悉心抚养众多的子女，即便在生活上不至于为经济所迫，但一定令她十分操劳。

在第一段的结尾，承受了巨大生理痛苦和生活压力的周孺人向女佣感慨为子女众多而感到辛苦。这时有个老婆子给她弄了个毫无依据的偏方，周孺人的反应是“举之尽”，不假思索立刻喝了下去，表示她急切地不想再生这么多孩子。虽然行文至此还没有涉及对周孺人任何品质方面的描写，但周孺人品性中善良、坚忍的一面已经隐隐约约透露出来——面对艰辛，她没有任何推卸责任的做法，没有因为辛苦而对子女不好，她唯一的愿望只是以后不要再生太多的孩子。

然后，她因为误食偏方而导致声音变哑。一位饱受生活艰辛的善良妇女在生理上再一次受到重创，作为读者，我们的内心不禁为之一震：她甚至连诉说生活的艰苦都不再可能了。

让我们将归有光的这段文字和《史记·白起王翦列传》的第一段简述白起生平的文字相对照一下：

白起者，郿人也。善用兵，事秦昭王。昭王十三年，而白起为左庶长，将而击韩之新城。是岁，穰侯相秦，举任鄙以为汉中守。其明年，白起为左更，攻韩、魏于伊阙，斩首二十四万，又虏其将公孙喜，拔五城。起迁为国尉。涉河取韩安邑以东，到乾河。明年，白起为大良造。攻魏，拔之，取城小大六十一。明年，起与客卿错攻垣城，拔之。后五年，白起攻赵，拔光狼城。后七年，白起攻楚，拔鄢、邓五城。其明年，攻楚，拔郢，烧夷陵，遂东至竟陵。楚王亡去郢，东走徙陈。秦以郢为南郡。白起迁为武安君。武安君因取楚，定巫、黔中郡。昭王三十四年，白起攻魏，拔华阳，走芒卯，而虏三晋将，斩首十三万。与赵将贾偃战，沈其卒二万人于河中。昭王四十三年，白起攻韩陉城，拔五城，斩首五万。四十四年，白起攻南阳太行道，绝之。（《史记·白起王翦列传》）

让我们把这段文字中表示时间间隔的词汇按顺序罗列出来："（昭王十三年）是岁"、"其明年"、"明年"、"明年"、"后五年"、"后七年"、"其明年"、"昭王三十四年"、"昭王四十三年"。

再让我们把其中表示白起职位变化的句子按顺序罗列一下："为左庶长"、"为左更"、"迁为国尉"、"为大良造"、"迁为武安君"。

再把其中记叙白起功业的句子按顺序罗列一下："击韩之新城"、"攻韩、魏于伊阙，斩首二十四万，又虏其将公孙喜，拔五城"、"涉河取韩安邑以东，到乾河"、"攻魏，拔之，取城小大六十一"、"与客卿错攻垣城，拔之"、"攻赵，拔光狼城"、"攻楚，拔鄢、邓五城"、"攻楚，拔郢，烧夷陵，遂东至竟陵"、"取楚，定巫、黔中郡"、"攻魏，拔华阳，走芒卯，而虏三晋将，斩首十三万"、"与赵将贾偃战，沈其卒二万人于河中"、"攻韩陉城，拔五城，斩首五万"、"攻南阳太行道，绝之"。

通过对各条线索的重新罗列，我们可以明显看到，尽管司马迁并没有正面描写白起的为人品质、性格特征，但白起在间隔很短的时间内，职位频频地晋升，显赫战功快速地积累（不是攻占城池就是杀敌以万计），其才智过人、声震天下的青云之势已跃然纸上，同时也为他日后自杀的悲剧埋下了伏笔。《史记·项羽本纪》中陈婴之母曾说过："暴得大名，不详。"我们能隐约在文中感受到这种建立在嗜杀基础上的超越常态的人生轨迹让人心惊。此段最后一语"绝之"，本意是指塞绝道路，也隐含着白起的人生道路是一条绝路的意思。

通过这两段文字的比照，我们应该很能明显地看出归有光此处用意学习《史记》的文章技法，并且实践得十分成功。

正德八年五月二十三日，孺人卒。诸儿见家人泣，则随之泣。然犹以为母寝也，伤哉！于是家人延画工画，出二子，命之曰：鼻以上画有光，鼻以下画大姊。以二子肖母也。

正德八年五月二十三日，母亲就去世了。孩子们见到家里的大人哭，于是跟着哭，但（并不知道母亲已经去世）还只是以为母亲睡着了，多么令人伤痛啊！家人聘请画师为母亲画遗像，把家里的两个孩子叫出来，告诉画师：鼻子以上的部分照着归有光画，鼻子以下照着大姐（淑静）画，因为两个孩子长得很像母亲。

根据归有光写出的母亲的生卒年月，简单计算一下就知道周孺人只有二十五岁短暂的生命，其中嫁到归家九年，共生了七个孩子。在文章的一开篇，归有光用非常密集的笔调勾勒出母亲苦难、辛劳的一生，使读者在阅读上被带入一种压迫感之中。而在第二段的一开始，竟戛然而止地写到母亲突然去世了，使得这种叙事上的紧迫感被压缩到了极致，好像一根弹簧被紧紧地挤压到没有任何空间的地步，惟其挤压得越紧，潜在的、亟待释放的叙事张力就越强。

按照回忆性散文的一般写法，写到传主的离世，文章基本就已经接近尾声。而归有光的这篇文章，写到母亲离世，叙事才刚刚开始展开。这样的写作安排，与归有光对母亲的印象直接相关。根据文中的记叙，周孺人去世时归有光仅七岁，他不可能对母亲的生平有太多具体、直接的记忆，所以这篇文章主要的内容，是在叙写归有光印象中和母亲相关的零星记忆，这些记忆不一定是发生在母亲身上的事情，但都与母亲游丝相连。这样的写法，与《史记》列传的第一篇《伯夷列传》有相近之处。《伯夷列传》的传主叔齐、伯夷二人都是传说中商末时代的贤人，文献记录非常稀少，所以在此传之中，实际记叙叔齐、伯夷生平事迹的篇幅非常短，而多数篇幅集中在谈论和叔齐、伯夷行事相近的人物，以及大量引用前贤的格言来评论、赞美他们。

这一段的内容看似轻描淡写，实则在真实中流露出刻骨的哀痛。尤其是聘请画工画遗像，家人令其“鼻以上画有光，鼻以下画大姊”。作为母亲，本来应该在子女身上留下更多精神方面的影响，但因为她不幸早亡，留在子女身上的痕迹竟然只有容貌。而此时子女尚年幼，还不明白死亡意味着什么，懵懂中经历着生命中最沉痛的分别而不自知。2001 年，荷兰导演迈克尔·度德威特的作品《父与女》获得当年奥斯卡最佳动画片奖。这部短片主要讲述一个女孩在大约与归有光丧母相当的幼年时期失去了父亲，从而造成了她终生心理上的缺失，其中传达的沉痛情愫，可与归有光此文相互参考。

孺人讳桂。外曾祖讳明。外祖讳行，太学生。母何氏。世居吴家桥，去县城东南三十里；由千墩浦而南，直桥并小港以东，居人环聚，尽周氏也。外祖与其三兄皆以赀雄，敦尚简实，与人姁姁说村中语，见子弟甥侄无不爱。

周孺人名讳桂。外曾祖父名讳明。外祖父名讳行，是太学生。周孺人的母亲姓何。周孺人家世居吴家桥，在县城东南三十里；经过千墩浦向南，过桥之后沿着小巷一直向东走，聚居着很多人家，都是周氏家族的族裔。外祖父和他的三个哥哥都因财力丰厚而在当地有势力，他们为人注重简朴实际，常常和同乡亲切地拉家常，见到同族的晚辈都十分喜欢他们。

此段比较平淡地叙述了母亲周孺人的家世情况。周孺人生于富裕的小康之家，她的父亲是受过最高等教育的太学生，资产丰厚，是中国古代标准的乡绅阶层，同时为人朴实敦厚、平易近人。在这样的家庭环境中长大的周孺人，可以想象，是受过良好教育和有一定见识的贤良女子。这一段文字是归有光为正面叙写周孺人而做的前期渲染。

孺人之吴家桥则治木绵；入城则缉纑，灯火荧荧，每至夜分。外祖不二日使人问遗。孺人不忧米盐，乃劳苦若不谋夕。冬月炉火炭屑，使婢子为团，累累暴阶下。室靡弃物，家无闲人。儿女大者攀衣，小者乳抱，手中纫缀不辍。户内洒然。遇僮奴有恩，虽至箠楚，皆不忍有后言。吴家桥岁致鱼蟹饼饵，率人人得食。家中人闻吴家桥人至，皆喜。

周孺人如果回到娘家吴家桥就做棉纺活，进城到婆家就搓麻线，常常在闪烁的灯光下一直做到深夜。外祖父经常派人送东西过来，所以孺人在物质上并不短缺，但她仍然每天勤恳劳作，好像家里穷得揭不开锅。冬天家里烧炉用剩的炭渣，孺人让女佣搓成团，一颗颗晒在台阶下（笔者：可能是防滑用）。屋里绝不会有废弃（浪费）的东西，家里没有闲散偷懒的人。孺人的子女大一点的抓住她的衣服，小的抱在怀里喂奶，她的手还在一刻不停地缝纫，家里收拾得整整齐齐。孺人对家里的佣人都很好，即便他们犯了错要被打，打完之后都不忍心再责备他们。娘家吴家桥每年都会送鱼蟹糕饼过来，孺人总是让大家都吃。所以婆家的人一听有吴家桥的人来，（知道有东西吃）都非常高兴。

这段文字直承上一段而来。上一段因为对周孺人的家世作了很好的铺垫，这一段叙写她的勤劳、善良、能干、得体就变得十分自然，不显造作和空洞。以上两段的叙事与文章开头的两段在叙事的密度上有很大的差别。前两段密度相当高，密密匝匝地把周孺人从嫁到归家开始到去世的九年时间紧紧挤在一起，到第三第四段突然放松，用十分舒缓的笔调对孺人生平的琐碎之事娓娓道来。这种叙事上的张弛结合非常有效地增强了有限篇幅内的层次感，也是《史记》传记体篇章的常用叙事技巧。

有光七岁，与从兄有嘉入学，每阴风细雨，从兄辄留，有光意恋恋，不得留也。孺人中夜觉寝，促有光暗诵《孝经》即熟读，无一字龃龉，乃喜。

我（归有光）七岁的时候和堂兄一起入学，每到阴天刮风下雨，堂兄就能留在学堂里过夜。我也很想留下，但（家里要求）不能留宿（只能回家）。孺人有时半夜醒来，就督促我低声背诵《孝经》，要背到没有一个字的差错才会令她高兴。

这一段似乎写了一些琐碎到不能再琐碎的生活细节，而其中实有值得深入玩味的地方。归有光七岁时，按照前面的推算，已经到了母亲快要去世的时候了，所以此段实际上写的是周孺人临终前不久的事。而此时年幼的归有光对即将要发生的人生悲剧毫无预感，而像所有贪玩的孩童一样渴望在陌生新鲜的环境过夜，全然忽略了来日不多的人世间最为温情的母爱。母亲在半夜起身，仍不忘记督促年幼的归有光背诵经典，可以说是望子成龙到了细致入微的程度。然而归有光很快就会永远失去慈母的关爱了，这样永失我爱的悲恸情绪，在人成年之后回想起来格外有一种欲哭无泪、刺入骨髓的哀痛。

孺人卒，母何孺人亦卒。周氏家有羊狗之痾。舅母卒，四姨归顾氏，又卒，死三十人而定。惟外祖与二舅存。

周孺人去世后，紧接着她的母亲何孺人也去世了。再接下来，周氏家族染上了动物瘟疫。舅妈去世了，嫁到顾家的四姨妈也去世了，接着连续死了三十个人。全家只剩下外祖父和二舅还活着。

这一段的叙事节奏再一次加快，从舒缓的、暖色调的氛围中再次跌入冰谷。周孺人的去世仿佛是一场灾难的开始，紧接着是一连串的死亡事件。前面写到的，一个和睦温馨的乡绅之家惨遭横祸，在瘟疫中丧身三十多人，几乎可以称为灭顶之灾。

在文章的前半部分，读者也许会认为周孺人的去世是整篇文章情绪的最低点，却没有料到在接近文章结尾的部分，事件再次急转直下，气氛一片萧杀，令人感到悲不自禁。

孺人死十一年，大姊归王三接，孺人所许聘者也。十二年，有光补学官弟子，十六年而有妇，孺子所聘者也。期而抱女，抚爱之，益念孺人。中夜与其妇泣，追惟一二，仿佛如昨，余则茫然矣。世乃有无母之人，天乎痛哉！

周孺人去世后十一年，大姐嫁给了王三接，这是母亲在世的时候就定下的婚事。（周孺人去世后）十二年，我考上了秀才。（周孺人去世后）十六年，我娶了妻子，这也是母亲在世时就安排好的婚事。婚后第二年我们生了个女儿，我们都十分喜爱她，从而让我更加思念自己的母亲。有一天半夜我（因思念母亲）在妻子面前哭起来，只能追想起当年母亲在世时一些零星的事情，就好像昨天发生的一样，更多的事就想不起来了。这个世界上怎么会有没有母亲的人啊，天啊，实在太令人悲痛了！

结尾的一段与前文内容有所呼应。第二段记叙画工为母亲画遗像，家人令其“鼻以上画有光，鼻以下画大姊”，似乎母亲留给大姐和归有光的只剩下容貌上的痕迹。而最后一段提到大姐和自己的婚事，都是十多年前母亲安排的，即母亲的关爱在十多年之后仍然得到了落实。然而无论如何，母亲都已经不在了。

归有光写作本文的动机在文章的结尾被和盘托出，他婚后得女，因为对幼女的怜爱，触动了对亡母的追思，这是非常真实的感受。有一句俗话：“养儿方知父母恩。”只有成为父母的人在为下一代付出的时候才能真切体会到自己父母浓浓的恩情。归有光这篇追忆母亲生平的文章，部分意义是在纪念母亲，而更多的部分是在抒发自己幼年失恃的悲痛，以及为人父母后新的人生感触。

实际上，真正触动人的文章，不论在外观上展现了怎样的人物或事件，最终的内核都是在抒写作者自身真实的生命感受。归有光的散文代表作，如《先妣事略》、《项脊轩志》、《寒花葬志》、《思子亭记》等，都具备这个明显的特征。

三、《史记》神髓之变

归有光不仅是一位中国散文史上影响深远的作家，还是一位《史记》接受史上重要的研究者和批评家。归有光本人非常推崇《史记》的文章风格，并且认真地对《史记》进行了评点，开创了一种五色圈点的评点方式，这就是《史记》接受史上重要的一种评点本：《归震川先生评点史记》，简称《归评史记》。根据我们上面对《先妣事略》的分析，归有光的散文写作技法得力于《史记》甚多，这本来应该是没有什么争议的事情，但为什么后来却遭到了章学诚的批评呢？

原来，章学诚是清代杰出的经史学家，有着固执的经史学立场。他的基本理由是：《史记》是一部气度恢宏的纪传体通史，有着整体性的布局和宏观的史学理想，不是散文家光学点写作技巧就能够继承其伟大史学精神的。所以在章学诚眼中，归有光从《史记》中学到的所谓文章技法，只不过是皮毛的东西，“而于古人深际，未之有见。”那么归有光得《史记》之神髓的说法当然也就不能被章学诚认可。

但章学诚忽略了学术史发展的背景。作为汉代文明产物的《史记》，其中所包含的那种学究天人、通变古今的恢宏史学精神，在明代已经衰落了。在明代，通史性质的前代史学著作没有激起史家的太多热情，也没有产生特别有影响的通史著作。不仅通史性质的著作在明代衰落，由于叙事史学的衰落，纪传体断代史方面也有所变化。明初宋濂、王祎等人奉诏编撰的《元史》，因着手准备与实际编写的时间都十分仓促，写作质量非常低，是二十四史之中质量最差的史籍之一。后来虽然有很多明代人对《元史》进行修补，但终有明一朝，《元史》的状况并没有得到整体性的改观。由此也可以从一个方面看出，明人在史学方面的追求，已经与前代发生了变化。明代史学取得突出成绩的方面集中在掌故之学、域外史地之学、当代史和专门史，而《史记》建立的纪传体通史的史学传统，却在明代无可挽回地衰落了。

在这样的学术背景之下，归有光对《史记》的学习不大可能走纪传体通史的路子。举一个不太恰当的比方，商周时期的青铜重器非常华美、典雅，富于仪式感，后世已经不会再铸造这样工程浩大的青铜重器了，但这些青铜器的纹理、造型却可以用来移植运用到符合时代背景的新物件上。这样的继承，虽然未必符合原物的整体性精神气貌，却是能够在新时代背景下探寻新路的良好方法。

另一个重要的方面，归有光和司马迁的身份背景也大不相同。司马迁继承父亲司马谈担任太史一职，主要的职责是执掌国家图书和观察天象，相当于今天的国家图书馆馆长兼国家天文台台长。司马迁具有他人不具备的大量知识资源，并且一生在中央任职，接触的多是帝王将相式的大人物，所以有足够的知识储备和洞察力去着力描写影响人类历史进程的重要人物。但归有光是个常年科考不中的中下层知识分子，直到六十岁才考上进士当上知县，他的生活经历和眼界不可能与司马迁相提并论。归有光在生活中真实接触的，多数是那些活生生的普通人，如地方乡绅、三姑六婆。他将司马迁在《史记》中用来记叙帝王将相的叙事手段灵活运用到描写普通人物的文章当中。事实证明，这是相当成功的创作实践。

清人张谦宜对此有着精辟的论述：

> 归先生作忠臣、孝子、长者与夫妇媛烈文字，皆与之疼痒相关，肝胆相照，然后用苦心细笔一一搜抉而出，故全得神里，对之如生。太史公撰名相、大将、酷吏、循良，皆用此法。读得熟，拈得出，提起放倒，快心得手，久久肠胃相合，神情逼俏，是谓得髓，岂在字句倔奥，段落零星……得《史记》之髓，岂在字句之形似哉！（张谦宜《䌹斋论文》）

张谦宜的意思是，归有光对《史记》的继承不在于一定要学《史记》去写帝王将相，去展现历史波澜，而在于能够运用各种叙事写作手法，将自己生命紧紧相连的普通人物、普通事件写得栩栩如生、神情皆肖。这是对归有光及其与《史记》关系非常精准的评论。

四、归有光与现代散文写作

归有光的散文写作在中国散文史上有着重要的地位，明末小品文和清代桐城古文都深受其影响。其中清代的桐城古文在文章理论上近绍归有光，远祧司马迁，是中国历史上影响最大的文章流派。归有光将《史记》专注于叙事的写作手法，从史学领域引入到日常散文的写作中来，直到今天仍然启发着人们的写作，如当代著名作家汪曾祺、贾平凹都深受归有光的影响。在我看来，归有光的散文未必可以说是中国古代散文中水平最高者，却是现代散文写作最易于学习和借鉴的对象。

归有光对现代散文的启发简单说来可以总结为三点：

（1）高度重视叙事；

（2）语言简淡、质朴；

（3）写作内容与自己的生命紧密相连。

我们可以回顾一下自己阅读经历中那些真正感动过自己的现代散文篇目，例如：

我看见他戴着黑布小帽，穿着黑布大马褂，深青布棉袍，蹒跚地走到铁道边，慢慢探身下去，尚不大难。可是他穿过铁道，要爬上那边月台，就不容易了。他用两手攀着上面，两脚再向上缩；他肥胖的身子向左微倾，显出努力的样子，这时我看见他的背影，我的泪很快地流下来了。我赶紧拭干了泪。怕他看见，也怕别人看见。我再向外看时，他已抱了朱红的橘子往回走了。过铁道时，他先将橘子散放在地上，自己慢慢爬下，再抱起橘子走。到这边时，我赶紧去搀他。他和我走到车上，将橘子一股脑儿放在我的皮大衣上。于是扑扑衣上的泥土，心里很轻松似的。过一会儿说："我走了，到那边来信！"我望着他走出去。他走了几步，回过头看见我，说："进去吧，里边没人。"等他的背影混入来来往往的人里，再找不着了，我便进来坐下，我的眼泪又来了。……（朱自清《背影》）

他妒忌我画的图，趁没人的时候拿来撕了或是涂上两道黑杠子。我能够想象他心理上感受的压迫。我比他大一岁，比他会说话，比他身体好，我能吃的他不能吃，我能做的他不能做。一同玩的时候，总是我出主意。我们是"金家庄"上能征惯战的两员骁将，我叫月红，他叫杏红，我使一口宝剑，他使两只铜锤，还有许许多多虚拟的伙伴。开幕的时候永远是黄昏，金大妈在公众的厨房里咚咚切菜，大家饱餐战饭，趁着月色翻过山头去攻打蛮人。路上偶尔杀两头老虎，劫得老虎蛋，那是巴斗大的锦毛球，剖开来像白煮鸡蛋，可是蛋黄是圆的。我弟弟常常不听我的调派，因而争吵起来。他是"既不能令，又不受令"的，然而他实在是秀美可爱，有时候我也让他编个故事：一个旅行的人为老虎追赶着，赶着，赶着，泼风似的跑，后头呜呜赶着……没等他说完，我已经笑倒了，在他腮上吻一下，把他当个小玩意。……（张爱玲《弟弟》）

冬天的百草园比较的无味；雪一下，可就两样了。拍雪人（将自己的全形印在雪上）和塑雪罗汉需要人们鉴赏，这是荒园，人迹罕至，所以不相宜，只好来捕鸟。薄薄的雪，是不行的；总须积雪盖了地面一两天，鸟雀们久已无处觅食的时候才好。扫开一块雪，露出地面，用一支短棒支起一面大的竹筛来，下面撒些秕谷，棒上系一条长绳，人远远地牵着，看鸟雀下来啄食，走到竹筛底下的时候，将绳子一拉，便罩住了。但所得的是麻雀居多，也有白颊的“张飞鸟”，性子很躁，养不过夜的。……（鲁迅《从百草园到三味书屋》）

来求我的人越来越多了，先是代写书信，我知道了每一家的状况，鸡多鸭少，连老小的小名也都清楚。后来，更多的是携儿来拜老师，一到高考前夕，人来得最多，提了点心，拿了水酒。我收了学生，退了礼品，孩子多起来，就组成一个组，在院子里辅导作文。村人见得喜欢，越发器重起我。每次辅导，门外必有家长坐听，若有孩子不安生了，进来张口就骂，举手便打。果然两年之间，村里就考中了大学生五名，中专生十名。……（贾平凹《静虚村记》）

曾有过一个热爱唱歌的小伙子，他也是每天都到这园中来，来唱歌，唱了好多年，后来不见了。他的年纪与我相仿，他多半是早晨来，唱半小时或整整唱一个上午，估计在另外的时间里他还得上班。我们经常在祭坛东侧的小路上相遇，我知道他是到东南角的高墙下去唱歌，他一定猜想我去东北角的树林里做什么。我找到我的地方，抽几口烟，便听见他谨慎地整理歌喉了。他反反复复唱那么几首歌。文化革命没过去的时候，他唱“蓝蓝的天上白云飘，白云下面马儿跑……”我老也记不住这歌的名字。文革后，他唱《货郎与小姐》中那首最为流传的咏叹调。“卖布——卖布嘞，卖布——卖布嘞！”我记得这开头的一句他唱得很有声势，在早晨清澈的空气中，货郎跑遍园中的每一个角落去恭维小姐。……（史铁生《我与地坛》）

尽管每个人心目中的篇目不尽相同，但只要我们认真去回想一下，让人印象深刻的中国散文，无不具备以上三个特征。

这三个特征说起来好像很简单，但在散文的实际写作当中却最容易被人忽略。今天许多中学生、大学生，以及部分成年作者，在写作散文的时候常常犯这样的毛病：喜欢空洞地抒发情感和空发议论，在语言上喜欢过分地修饰和雕琢字词。这样的文章之所以看起来甜软、俗滑，用通俗的话来说就是不耐看，正是因为违背了中国散文传统的基本美学倾向。所以从这个角度来说，归有光的散文对于今天的散文爱好者来说，仍具有学习的意义。

第十二章　烟水气与烟火气交织的意趣

——明代小品文选讲

推荐阅读：

沈启无编《近代散文钞》

(明) 张岱《西湖梦寻》、《陶庵忆梦》

梁实秋《雅舍小品》

叙陈正甫《会心集》

袁宏道

世人所难得者唯趣。趣如山上之色、水中之味、花中之光、女中之态，虽善说者不能下一语，唯会心者知之。今之人慕趣之名，求趣之似，于是有辨说书画、涉猎古董以为清，寄意玄虚、脱迹尘纷以为远，又其下则有如苏州之烧香煮茶者。此等皆趣之皮毛，何关神情？

夫趣得之自然者深，得之学问者浅。当其为童子也，不知有趣，然无往而非趣也。面无端容，目无定睛，口喃喃而欲语，足跳跃而不定，人生之至乐，真无逾于此时者。孟子所谓不失赤子，老子所谓能婴儿，盖指此也。趣之正等正觉最上乘也。山林之人，无拘无缚，得自在度日，故虽不求趣而趣近之。愚不肖之近趣也，以无品也，品愈卑，故所求愈下。或为酒肉，或为声伎，率心而行，无所忌惮，自以为绝望于世，故举世非笑之不顾也，此又一趣也。迨夫年渐长，官渐高，品渐大，有身如梏，有心如棘，毛孔骨节俱为闻见知识所缚，入理愈深，然其去趣愈远矣。

余友陈正甫，深于趣者也，故所述《会心集》若干卷，趣居其多。不然，虽介若伯夷，高若严光，不录也。噫，孰谓有品如君、官如君、年之壮如君，而能知如此者哉！

西湖七月半

张　岱

西湖七月半，一无可看，止可看看七月半之人。看七月半之人，以五类看之。

其一，楼船箫鼓，峨冠盛筵，灯火优傒，声光相乱，名为看月而实不见月者，看之。

其一，亦船亦楼，名娃闺秀，携及童娈，笑啼杂之，环坐露台，左右盼望，身在月下而实不看月者，看之。

其一，亦船亦声歌，名妓闲僧，浅斟低唱，弱管轻丝，竹肉相发，亦在月下，亦看月，而欲人看其看月者，看之。

其一，不舟不车，不衫不帻，酒醉饭饱，呼群三五，跻入人丛，昭庆、断桥，嘄呼嘈杂，装假醉，唱无腔曲，月亦看，看月者亦看，不看月者亦看，而实无一看者，看之。

其一，小船轻幌，净几暖炉，茶铛旋煮，素瓷静递，好友佳人，邀月同坐，或匿影树下，或逃嚣里湖，看月而人不见其看月之态，亦不作意看月者，看之。

杭人游湖，巳出酉归，避月如仇。是夕好名，逐队争出，多犒门军酒钱，轿夫擎燎，列俟岸上。一入舟，速舟子急放断桥，赶入胜会。以故二鼓以前，人声鼓吹，如沸如撼，如魇如呓，如聋如哑，大船小船一齐凑岸，一无所见，止见篙击篙，舟触舟，肩摩肩，面看面而已。少刻兴尽，官府席散，皂隶喝道去。轿夫叫船上人，怖以关门，灯笼火把如列星，一一簇拥而去。岸上人亦逐队赶门，渐稀渐薄，顷刻散尽矣。

吾辈始舣舟近岸。断桥石磴始凉，席其上，呼客纵饮。此时月如镜新磨，山复整妆，湖复颒面，向之浅斟低唱者出，匿影树下者亦出，吾辈往通声气，拉与同坐。韵友来，名妓至，杯箸安，竹肉发。月色苍凉，东方将白，客方散去。吾辈纵舟，酣睡于十里荷花之中，香气拍人，清梦甚惬。

晚明时期，中国文学史上曾兴起过一种叫作“小品文”的散文形式，被人们习惯地称为晚明小品文。何谓“小品文”呢？“小品”一词最早出自佛教，在佛教中，完整的佛经被称为“大品”，而节选本的佛经被称为“小品”。“小品文”一般是指篇幅相对短小，富有意趣的散文。“小品”这个词在今天有特指的意思，主要指时间较短、演出人数较少、以诙谐幽默为主要风格的舞台剧，如大家很熟悉的春节联欢晚会的小品节目。今天的“小品”在含义上对明代“小品文”是有所继承的，主要取其篇幅短小、趣味丛生之意。

晚明小品文名篇众多、名家辈出，是中国文学史上惹人注目的一种文学样式，如现代散文名家周作人，对晚明小品文推崇备至，在写作和理论上都取得了高超的成就。周作人的学生沈启无曾编过一本《近代散文钞》，是针对晚明小品文的一种优秀选本，也是本章的推荐阅读书目。

本章选讲的是两位重要的晚明小品文作家，袁宏道和张岱的两篇作品，《叙陈正甫〈会心集〉》和《西湖七月半》。

一、《叙陈正甫〈会心集〉》导读

叙陈正甫《会心集》

袁宏道是晚明重要的文章家和文学理论家，是荆州公安（今属湖北公安）人，与其兄袁宗道、弟袁中道在当时负有文名，并称“公安三袁”，也被视为“公安派”的代表人物。陈正甫是袁宏道的好朋友，自编了一部文集《会心集》。在中国古代的文体中，叙和序性质接近，袁宏道这篇文章，就是《会心集》的序文。我们在导论中了解到，中国古代散文的实用性非常强。序文就是一种实用性很强的文体，它的主要功能是向读者扼要介绍一本书的内容和旨趣，我们在第七章学习过的《兰亭集序》，也是这样的序体文章。从道理上说，序文本应该是一本书的附属物，是配角，但实际上，也有许多富于才情的中国作家能够把这种附属性质的文体写得比正文更加出色，以致喧宾夺主。比如《兰亭集序》就比《兰亭集》中的诗篇让人更加印象深刻，袁宏道的《叙陈正甫〈会心集〉》是晚明小品文的代表作，而陈正甫的《会心集》则几乎不再被人们提起了。

世人所难得者唯趣。趣如山上之色、水中之味、花中之光、女中之态，虽善说者不能下一语，唯会心者知之。今之人慕趣之名，求趣之似，于是有辨说书画、涉猎古董以为清，寄意玄虚、脱迹尘纷以为远，又其下则有如苏州之烧香煮茶者。此等皆趣之皮毛，何关神情？

世间人最难得到的东西唯有趣味。趣味这种东西啊，就像是山上的颜色，水里的滋味，花间的光影，女人的姿态，即便是能说会道的人也说不清楚，只有心领神会的人才能知道。现在的人仰慕趣味的名声，去追求和趣味形式相似的东西，因为这样，有人就把辨说书画、涉猎古董当作清雅；有人把玄谈高深的道理、离开红尘不问世事当作高远；还有等而下之者模仿韦应物烧香来煮茶。以上提到的这些行事，都只能说是趣味的皮毛，和趣味的精神有什么关系呢？

中国古代正统的文学观念是文以载道，所以一般来说，古人给别人的文集写序，总是免不了要恭维对方的人品道德是如何高尚，而这些高尚的人品道德又是如何在诗文中得以体现。袁宏道这篇文章开头就给人一种耳目一新的感觉，劈头盖脸地提出，世人最难得到的东西是趣味，为后文赞叹陈正甫“深于趣者”，其文章“趣居其多”做好了铺垫，表明袁宏道的文艺观与正统的文艺观完全不同。

在这一段文字之中，袁宏道连用四个物象来说明趣味之难得，分别是山上之色、水中之味、花中之光、女中之态，是非常精彩的比喻。它们的共同之处正在于虽然都深富意趣，但形态瞬息万变、不可方测，语言难以概括，非亲身体验不能得知。我们经常将“趣”、“味”二字连用，也正是这个道理。意趣和味道都是只能体验而不能言传的东西。比如，一个没有吃过苹果的人问吃过苹果的人，苹果是什么味道，这时你可以说苹果吃起来口感是脆的、有很多水分、甜中带酸……但无论你如何用语言去形容、去描述，那个没有吃过苹果的人始终不会真正地知道苹果的味道。意趣也是这样，这个世界有趣的事情不可胜数，有人爱音乐，有人爱运动，有人爱绘画……每一件事情都包含着旁人难以了解的趣味。

正因为意趣和味道一样具有体验性与多变性，所以机械、单纯地模仿他人的趣味形式是很做作、很无聊的行为。袁宏道在文中提到，当时有人附庸风雅地把玩字画、收藏古董，或者自以为是地玄谈高远。实际上，这样愚蠢的事情以前有人做过，今天也有很多人在做，只是形式不同而已，说到底都是缘于不明白意趣的真谛。

夫趣得之自然者深，得之学问者浅。当其为童子也，不知有趣，然无往而非趣也。面无端容，目无定睛，口喃喃而欲语，足跳跃而不定，人生之至乐，真无逾于此时者。孟子所谓不失赤子，老子所谓能婴儿，盖指此也，趣之正等正觉最上乘也。山林之人，无拘无缚，得自在度日，故虽不求趣而趣近之。愚不肖之近趣也，以无品也，品愈卑，故所求愈下。或为酒肉，或为声伎，率心而行，无所忌惮，自以为绝望于世，故举世非笑之不顾也，此又一趣也。迨夫年渐长，官渐高，品渐大，有身如梏，有心如棘，毛孔骨节俱为闻见知识所缚，入理愈深，然其去趣愈远矣。

从自然天性中得来的趣味深刻，通过后天学习得来的趣味浅近。当一个人还是儿童的时候，并不知道有一个叫作趣味的东西，但儿童的一言一行无一不受到趣味的驱使。（儿童的）脸上没有端庄的表情，眼睛不会安定地注视，口里喃喃而语好像要说话的样子，双脚跳来跳去不能安于一处，人生最极致的快乐，真是没有能够超过这个时候的了。孟子所说不要失去赤子之心，老子所说要像婴儿一样，都是指这个意思，（童趣）实在是趣味之中最好、最纯粹的。山林中生活的人，无拘无束，可以按照自己的想法生活，所以不刻意去追求趣味，但他的生活本身就与趣味相近。那些愚蠢庸俗的人追求趣味，因为本身格调低下，所以追求的趣味也就格调低下。有的人纵情酒肉，有的人狎近声伎，由着自己的性子行事，什么也不怕，自认为对这个世界已经不抱什么希望，所以即便受到世人的嘲笑也不在乎，（因为这是真实天性的流露）也能算是一种趣味。等到年纪越来越大，职位越做越高，品阶越来越大，身体就像（精神的）枷锁，心灵如同扎着荆棘，全副身心都被后天学习到的知识所束缚，理论越深入，离真实的趣味就越远。

以上这一段文字从第一段铺陈衍生而出，进一步说明趣味与自然之间的关系。写得比较随意，见解并不新鲜，有些引述也并不准确。比如，文中引用了《孟子·离娄下》的句子："大人者，不失其赤子之心者也。"孟子在这里谈赤子之心的本意是有修养的大人君子应该保持像婴儿一样真实、坦诚的品质，《孟子》的原意与趣味的关系并不大，而文中说"孟子所谓不失赤子……盖指此也"，显然就是袁宏道的自我发挥了。

文中又有"趣之正等正觉最上乘"之语，是从佛教术语里化出的。"正等正觉"即"正觉"，原意指佛陀证道时洞晓宇宙世界一切奥秘的、没有一丝缺陷的觉悟，一般文人将此语引申为针对某事物最透彻的体会和觉悟。“上乘”即“大乘”，是与“小乘”相对的概念。袁宏道此语是借用佛教术语来说明完全发自天然的童趣，是一切趣味中最完美、纯粹的趣味。实际上，袁宏道虽然借用了佛教的术语，但思想上和佛教还是有一定的隔阂。此段的最后提到“入理愈深，然其去趣愈远”，又化用了佛教“理障”的概念，意谓执着于繁复、僵化的理论会对正确的认知带来障碍，用来呼应前文“趣得之自然者深，得之学问者浅”。这是对佛教理论的断章取义，佛教中固然有“理障”的概念，但与“理障”相对还有“事障”一说。《圆觉经》云：“云何二障？一者理障，碍正知见；二者事障，续诸生死。”在佛教的理论中，即便是得之于自然的体验，也可能为正确的认知带来障碍。宋明以来的文人在写作诗文的时候，常常喜欢用一些佛教术语借以显示超凡脱俗，但多数人对佛教思想并没有深入的了解，很多时候只是用佛教术语来点缀文辞。在一般的看法中，中国古代作家的知识构成由释、儒、道三家分占，其实佛教的成分在写作中主要是点缀性质的。

余友陈正甫，深于趣者也，故所述《会心集》若干卷，趣居其多。不然，虽介若伯夷，高若严光，不录也。噫，孰谓有品如君、官如君、年之壮如君，而能知如此者哉！

我的好朋友陈正甫，是一个深解意趣之人，所以他所撰写的《会心集》若干卷，其中有趣的内容居多。如果不是有趣的文字，就算是像伯夷一样狷介，像严光一样高洁，也不收录入这部文集。啊，谁能说出一个格调如陈君一样不俗，官职如陈君一样高，年纪如陈君一样壮盛，而深解意趣如陈君一样到如此地步的人哪！

这一段文字应该说只是一段语带夸张的场面话，称赞陈正甫的诗文深得意趣，超乎他人。语带夸张的溢美之词如果放在其他某些文体里，也许会让人感觉造作不实，但出现在序文之中，却是一般的惯例。对于作者来说，没有什么比他人称赞自己的作品更加令人欣悦的事情了，而作为受托作序的序者当然了解这样一份期待的心情，自然会心命笔。所以序文和正文之间的关系，就好像广告与产品一样，有一定的参考价值，但不能全信。今天我们在书店随便翻看，很多书籍都会有一篇漂亮的序文。作为读者的我们需要明白，序言里的有些话尽管漂亮，甚至是拐弯抹角、声东击西地漂亮，但说到底多数只是场面话，至于正文是不是同样精彩，就需要多花点时间去甄别一下。

袁宏道的这篇序文，在中国文论史上占有一席之地，并不在于它讲明了多么高深的道理，也不在于它阐述了多么精辟的文艺理论，其引人注目之处在于袁宏道旗帜鲜明地将“趣味”标举为一种文学追求，并对这样的文学追求赋予了唯一的价值，这是晚明小品文文学追求的集中体现。如果我们把目光从文学内部投到更广阔的社会历史发展轨迹中，就会发现，晚明社会思潮中有一种崇尚趣味的倾向，这与宋明以来社会经济和城市文化的发展密切相关。时至晚明，中国的城市，尤其是江南地区的城市，已经发展到令人惊叹的完善程度。晚明文化中各种尚奇、尚异的趣味追求，正是中国古代城市演进至成熟，市民文化和士大夫文化合流的必然产物。

为了进一步理解晚明小品文的这种特点，我们来看一看另一篇著名的晚明小品文，张岱的《西湖七月半》。

二、《西湖七月半》导读

西湖七月半

张岱是明末清初著名的文人学者，也是最富代表性的晚明小品文作家，所著《西湖梦寻》和《陶庵忆梦》二集是最受历代读者欢迎的小品文集。在这两部小品文集中，张岱以极富情趣的笔调叙写自己熟悉的江南风土人情，如果借用上文中袁宏道称赞陈正甫的话“深于趣者”来概括张岱的小品文写作，应当是十分恰当的。在张岱的笔下，寻常生活中的一事一物，无不蕴含着值得深深玩味的意趣，如其中的代表篇目《金山夜戏》讲述了自己一时兴起的小小恶作剧，《柳敬亭说书》记叙了一位相貌奇丑但技艺高超的说书艺人柳麻子，《湖心亭看雪》记叙自己冒着严寒大雪去湖心亭看雪，偶遇和自己品味相近的看雪人，令人快心，等等。

《西湖七月半》一文出自《陶庵忆梦》，是张岱小品文的代表作。

西湖七月半，一无可看，止可看看七月半之人。看七月半之人，以五类看之。

到了七月半（中元节）的时候，西湖本身就完全没有什么可观赏之处了，只能看看来西湖边过中元节的人们。过中元节的人们，应该分为五类来看。

文章开篇很新颖。西湖是名满天下的，最具有观赏价值的景致。苏轼有两句脍炙人口的诗句："欲把西湖比西子，淡妆浓抹总相宜。"意思是西湖的景色不管怎么看，晴天也好，下雨也好，都好看。张岱本人也是长期生活在杭州，对西湖有着很深的感情，他的《西湖梦寻》和《陶庵忆梦》中的许多篇章，都是围绕着西湖的不同角度去抒写意趣。但是在这篇文章一开头，他劈头盖脸抛出一句"西湖七月半，一无可看"，如此美好的人间绝境到了七月半（中元节）的时候，竟然一无可看，这是为什么？这个问题，全文虽然没有提供正面的答案，但实际上并不难回答。根据后文我们可以看出，到了七月半的时候，到西湖边过中元节的人就非常多，湖边人声鼎沸、灯火通明的世间浮华和西湖那种水光潋滟、远山含黛的含蓄之美、清寂之美形成了强烈的冲突，甚至掩盖了后者。所以苏轼把西湖比作美女，这美女必定是溪边浣纱、捧心蹙眉的西施，这个比喻很有讲究，很传神地突出了那种不施铅华、轻灵透彻的女性之美；同样是女性之美，如果把西湖比作富贵万方的杨贵妃、赵飞燕，从意境上讲就不对头。张岱说"西湖七月半，一无可看"正是这个原因，到了七月半的时候，西湖本身值得欣赏的意境被打破了，自然也就无趣可言。

沈从文的学生汪曾祺在《沈从文先生在西南联大》一文中记叙过老师的一件趣事。某一天，沈从文写下了这样一则日记："某月某日，见一大胖女人从桥上过，心中十分难过。"汪曾祺说自己一直不知道这两句话是什么意思，大胖女人为什么使沈先生十分难过呢？其实，沈从文见大胖女人从桥上过，与明人张岱眼中无趣的西湖七月半是十分相近的。传统的桥，不是今天钢筋混凝土建筑的大桥，在美学上是纤弱的、轻盈的，这样的意境若是款款走来一位"撑着油纸伞，丁香一样地结着愁怨的姑娘"（戴望舒《雨巷》）那是再协调不过了，但偏偏走来的是一位大胖女人，彻底打破了美学上的和谐感。沈从文表示这样的情形让他感到"心中十分难过"，而张岱的无奈之情也跃然纸上——"止可看看七月半之人"，"止"通"只"，只能看看来西湖边过中元节的人们，这是多么无可奈何的选择啊。看，实则是把玩的意思，西湖无一可看，只能看看来西湖赶热闹的人们，简直是在无趣中硬找趣处。这篇文章的中间部分看似写得好不热闹，但开头一个"止"字，末段两个"凉"字，实实在在把士大夫那种清贵之气流露无遗，这是在阅读这篇文章时要特别注意的。

其一，楼船箫鼓，峨冠盛筵，灯火优傒，声光相乱，名为看月而实不见月者，看之。

其中一类人，坐在豪华的大楼船上，有箫声鼓声伴奏助兴，戴着高冠，穿着漂亮整齐的衣服，摆设着盛大的酒宴，灯火明亮，优伶、仆从相随，乐声与灯光交相错杂。这就是名义上跑到西湖来看月亮，实则（纵情于声色排场）根本看不见月亮的人。这类人啊，值得看看。

张岱将值得玩味的看七月半之人分为五类，以上是第一类。对喧闹的人群强作分类，并对每一类人作脸谱化的勾勒，是一种写作上的蓄意安排。西湖七月半（中元节）本来是一个鲜活的场景，经张岱这样一划分，立刻呈现出一种刻板的反讽效果。钱钟书先生曾说过，所谓幽默，就是在正经的场合说不正经的话，和在不正经的场合说正经的话。张岱在文字上这样处理，正是刻意营造一种冷峻的幽默氛围。这样的写法，略晚于张岱的金圣叹也曾采用过，发挥得更加刻意夸张，引来后世许多人跟风仿作。（见本章附录金圣叹《不亦快哉三十三则》）

张岱所写的第一类人，是附庸风雅的伪名士，锦衣玉食，排场铺张，实际上毫无一点名士的审美情趣，打着到西湖赏月的幌子，实际上只知道纵情声色之娱，不懂得欣赏。张岱所谓“看之”，有一种冷眼的态度暗藏其中，言下之意是这类人在我眼中多么可笑啊。

其一，亦船亦楼，名娃闺秀，携及童娈，笑啼杂之，环坐露台，左右盼望，身在月下而实不看月者，看之。

其中一类人，也是坐着豪华大楼船而来，带着有名的美人和贤淑有才的女子，还带着美童，嬉笑中夹着打趣的叫喊声，环坐在大船前的露台上，左盼右顾，置身月下但其实并没有看月的人。这类人啊，值得看看。

第二类人是沉溺于男欢女爱的富贵之人，他们带着貌美的女子和美童，只知道调笑顾盼，全然忽略了天地之大美，品位也很是有限。

其一，亦船亦声歌，名妓闲僧，浅斟低唱，弱管轻丝，竹肉相发，亦在月下，亦看月，而欲人看其看月者，看之。

其中一类人，坐着船来，船上有人唱歌奏乐，还带着名妓和闲散僧人，慢慢地喝酒，低声地唱歌，管乐和弦乐的声音都不高，乐器演奏和歌唱的声音齐发。这类人在月下确实是在看月，但他们主要的目的，是让别人看见他们在看月，这类人啊，值得看看。

第三类人也可以说是故作姿态的伪名士。他们不像第一类人那么有钱，用排场来展现名士风度，走的是行为艺术路线。他们在船上带着名妓和闲散僧人一起喝酒唱歌，用这样古怪的搭配博人眼球，展现不俗，也十分造作。这里顺便提一下，晚明的社会风气中有这种尚趣过头以致造作的现象，许多著名的文人、名士公开地过着放荡的生活，有着非常古怪的言行举止，并引以为荣。

其一，不舟不车，不衫不帻，酒醉饭饱，呼群三五，跻入人丛，昭庆、断桥，嘄呼嘈杂，装假醉，唱无腔曲，月亦看，看月者亦看，不看月者亦看，而实无一看者，看之。

其中一类人，不坐船也不坐车，不穿长衫也不戴头巾，吃饱喝醉，叫上三五个人，挤到人群中，在昭庆寺、断桥一带高声乱嚷喧闹，假装发酒疯，胡乱唱着不成曲调的歌，他们月也看，看月的人也看，不看月的人也看（这里看看，那里看看），而实际上什么也没有放在眼里。这类人啊，值得看看。

第四类人是游手好闲的人，有点类似于《金瓶梅》或者贾平凹《废都》里所写的闲人。这类人没什么文化，也没什么经济地位，只喜欢呼朋唤友，到处凑热闹，无事生非，而实际上内心非常空洞。

其一，小船轻幌，净几暖炉，茶铛旋煮，素瓷静递，好友佳人，邀月同坐，或匿影树下，或逃嚣里湖，看月而人不见其看月之态，亦不作意看月者，看之。

其中一类人，乘着挂薄幔的小船，小船里茶几洁净，茶炉温热，茶铛很快地把水烧开，白色的瓷茶具在无言中传递。他们和好友、佳人一道，请月亮和他们同坐，有时隐藏在树荫之下，有时去里湖逃避喧闹。他们赏月但旁人见不到他们赏月的样子，他们自己也不刻意赏月。这类人啊，值得看看。

在张岱划分的五类人中，最后一类人是真正具有风度的名士。他们品位素雅，不喜喧闹，也不故作姿态，和前四种人完全不同，从后文来看，张岱与这类人是引以为朋友的。在五类人中，前四类无聊、造作，后一类人素雅、简静，形成了鲜明的对比。前一种人多，后一种人少，表现出张岱心中那股暗藏的清贵之气。此段云“人不见其态”（人们看不见他们的样子），又云“看之”（值得看看他们），语义上好像是矛盾的。实际上“不见其态”是对多数人而言，他们并没有发现真美和真名士的眼光，而“看之”是对像张岱这种远处冷眼旁观的人而言。这一小段文字中暗藏着波澜，值得把玩。

杭人游湖，巳出酉归，避月如仇。是夕好名，逐队争出，多犒门军酒钱，轿夫擎燎，列俟岸上。一入舟，速舟子急放断桥，赶入胜会。以故二鼓以前，人声鼓吹，如沸如撼，如魇如呓，如聋如哑，大船小船一齐凑岸，一无所见，止见篙击篙，舟触舟，肩摩肩，面看面而已。少刻兴尽，官府席散，皂隶喝道去。轿夫叫船上人，怖以关门，灯笼火把如列星，一一簇拥而去。岸上人亦逐队赶门，渐稀渐薄，顷刻散尽矣。

杭州人（在这一天）游西湖，巳时出门，酉时回来，好像有仇似的躲避着月亮。中元节是个名头好听的日子，人们结队争相出城，给守城门的士卒一些酒钱作为犒劳。轿夫高举火把，在岸上列队等候。这些人一上船，就催促船家迅速把船划到断桥，赶着去参加喧闹的集会。因此在二更鼓以前，人们的声音和鼓乐的声音喧闹得好像水波涌腾、大地震荡，又好像梦魇和呓语（一般杂乱无序），既听不到别人说话，别人也听不到自己说话。大船小舟一起靠岸，什么也看不见，只看到船篙与船篙相撞，船与船相碰，肩膀与肩膀相摩擦，脸和脸相对而已。一会儿兴致尽了，官府宴席已散，由衙役吆喝开道而去。轿夫招呼船上的人，以关城门来恐吓游人，使他们早归，灯笼和火把像一行行星星，一一簇拥着回去。岸上的人也一批批急赴城门，人群慢慢稀少，不久就全部散去了。

这一段文字又是一段冷眼旁观，比起前面具体写五类人的文字来说，把各色人等揉成一个整体来写，语言冷峻而精彩。张岱这一番用冷言冷语来叙写热闹的

“西湖七月半”，就好像《红楼梦》里的林黛玉总是能从热闹处看出冷清，从盛情处看出无聊，其实并不是有心作怪，只是文化品位与普通人异趣而已。

本段描写西湖当夜喧闹的文字非常精彩和准确，恰似一幅西方印象派画作：“人声鼓吹，如沸如撼，如魇如呓，如聋如哑，大船小船一齐凑岸，一无所见，止见篙击篙，舟触舟，肩摩肩，面看面而已。”人们制造出的像水波涌腾、大地震荡的声音交织在一起，给人的宏观印象是无序和失控的；人们身在其中，却因为声音过大而无法辨识自己和他人的声音；而当人们乘船拥挤至一处，原本是赏月游湖的活动却变成了只能看人的遭罪事。短短数语刻画出如此荒谬、颠倒的人间喜剧，很有某些现代小说精彩段落的味道。

吾辈始舣舟近岸。断桥石磴始凉，席其上，呼客纵饮。此时月如镜新磨，山复整妆，湖复颒面，向之浅斟低唱者出，匿影树下者亦出，吾辈往通声气，拉与同坐。韵友来，名妓至，杯箸安，竹肉发。月色苍凉，东方将白，客方散去。吾辈纵舟，酣睡于十里荷花之中，香气拍人，清梦甚惬。

（等人群散了）我们这些人才把船慢慢靠近湖岸。断桥边的石磴才刚刚凉下来，大家席地坐在上面，招呼客人开怀畅饮。此时，月亮像刚刚磨过的铜镜（光洁明亮），山峦重新整妆，湖水重新整洗面目呈现在我们面前。之前提到的慢慢喝酒、曼声歌唱的人出来了，隐藏在树荫下的人也出来了（第五类人），我们这些人去和他们打招呼，拉来同席而坐。喜欢吟诗作对的朋友来了，出名的歌妓也来了，杯筷安置，歌乐齐发。一直玩到月色苍凉，东方即将破晓，客人们才散去。我们任由小船飘荡，在十里荷花里畅快地安睡，荷花的清香拍打在身上，清梦多么令人惬意。

这是本文的最后一段。本文的色调由热到冷，两起两落，前面写四类人是热闹的人，第五类人是清雅的人；倒数第二段写热闹的人群和场景，最后一段写清雅的名士的场景。一热一冷，在情绪上很富有张力。试将此文与苏轼的《前赤壁赋》相对比，同样是与知己泛舟夜游名胜，《前赤壁赋》的气氛是纯粹的文人士大夫的那种雅，而《西湖七月半》则是在喧闹的世俗中挤出的一点点雅，在行文的布局安排上，后者的层次更加丰富，是一篇值得玩味的古代散文佳作。

三、烟火气与烟水气交织的意趣

清代著名小说《儒林外史》中有这样一个有趣的段落：

坐了半日，日色已经西斜，只见两个挑粪捅的，挑了两担空桶，歇在山上。这一个拍那一个肩头道："兄弟，今日的货已经卖完了，我和你到永宁泉吃一壶水。回来再到雨花台看看落照。"杜慎卿笑道："真乃菜佣酒保都有六朝烟水气，一点也不差。"（《儒林外史·第二十九回：诸葛佑僧寮遇友 杜慎卿江郡纳姬》）

小说中写到南京城中两个挑粪工在结束了一天的劳动之后，相约去永宁泉吃泉水，再去雨花台看夕阳。这样富有文人雅趣的事情出自于两个挑粪工之口，着实让小说中的名士杜慎卿颇感意外，也感到十分有趣。实际上，在《儒林外史》这部以明代为历史背景的小说中，其描写的知识分子生活，处处和菜佣酒保的市井生活紧密相连，让人感受到鲜活浓烈的古代繁华城市的生活气息。

晚明小品文所倡导和推崇的意趣，正是明清之际城市文化高度发展的一种产物。城市文明的高度发达，提供了比较稳定的物质生活基础，让文人能够在文学追求上专注于趣味。同时，城市生活的方方面面也进入文人写作的视野，市民文化的品味渐渐与文人趣味相融合，形成了一套身在世俗、品味世俗又试图借助文人雅趣超越世俗的文化意趣，我称之为"烟火气与烟水气交织的意趣"。这样的文学追求，我们在袁宏道、张岱等晚明文人的小品文写作中得到了真切的体会。

晚明小品文是中国古代文学史上一种重要的文学样式。20 世纪二三十年代，小品文曾在中国文坛掀起过一阵浪潮，许多著名作家都曾有意无意地沿着晚明小品文的路子进行过散文写作。比如 30 年代著名作家、文艺理论家阿英曾编过一本《现代十六家小品》的文集，收录周作人、俞平伯、朱自清等人的小品文作品。又如梁实秋写过一本著名散文集《雅舍小品》，在这部文集中，虽然作者尽量把生活中的琐碎事情和人生感悟写得富于文人谐趣，并且在行文中常常穿插典籍掌故，但如果细细品读，我们会发现他实际写作的对象却是自己作为现代市民的日常生活。例如：

男人令人首先感到的印象是脏！当然，男人当中亦不乏刷洗干净洁身自好的，甚至还有油头粉面衣冠楚楚的，但大体讲来，男人消耗肥皂和水的数量要比较少些。……有些男人，西装裤尽管挺直，他的耳后脖根，土壤肥沃，常常宜于种麦！袜子手绢不知随时洗涤，常常日积月累，到处塞藏，等到无可使用时，再从那一堆污垢存货当中拣选比较干净的去应急。（梁实秋《男人》）

钟表上的时针是在慢慢的移动着的，移动的如此之慢，使你几乎不感觉到它的移动。人的年纪也是这样的，一年又一年，总有一天会蓦然一惊，已经到了中年，到这时候大概有两件事使你不能不注意。（梁实秋《中年》）

我所谓的双城是指我们的台北与美国的西雅图。对这两个城市，我都有一点粗略的认识。在台北我住了三十多年，搬过六次家，从德惠街搬到辛亥路，吃过拜拜，挤过花朝，游过孔庙，逛过万华，究竟所知有限。高阶层的灯红酒绿，低阶层的褐衣蔬食，接触不多，平夙交游活动的范围也很狭小，疏慵成性，画地为牢，中华路以西即甚少涉足。西雅图（简称西市）是美国西北部一大港口，若干年来我曾访问过不下十次，居留期间长则三两年，短则一两月，闭门家中坐的时候多，因为虽有胜情而无济胜之具，即或驾言出游，也不过是浮光掠影。所以我说我对这两个城市，只有一点粗略的认识。（梁实秋《双城记》）

虽然晚明小品文有着独特的文学品味，但对晚明小品文的成就和地位作出正确的评价却并不是一件简单的事情。近世以来，许多文学理论家对晚明小品文有着过高的评价，放大了中国散文传统中崇尚意趣的一面，这也许和近现代以来城市文明急速发展有关，但从文学本身角度而言，却并不中肯。

中国文学传统的主流是崇尚高雅、品味厚重，晚明小品文尚趣、轻盈的文学追求是对中国文学传统主流的一种补充，但不应该与主流本身相混淆。吴承学教授曾将晚明小品文的文学成就概括为“小而好，好而小”，这是非常准确客观的意见，值得我们在品读小品文之余认真思考。

附录

不亦快哉三十三则

金圣叹

昔与斫山同客共住，霖雨十日，对床无聊，因约赌说快事，以破积闷。至今相距既二十年，亦都不自记忆。偶因读《西厢》至“拷艳”一篇，见红娘口中作如许快文，恨当时何不检取共读，何积闷之不破。于是反自追索，犹忆得数则，附之左方。但不能辨何句是斫山语，何句是圣叹语矣。

其一：夏七月，赤日停天，亦无风，亦无云；前后庭赫然如洪炉，无一鸟敢来飞。汗出遍身，纵横成渠。置饭于前，不可得吃。呼簟欲卧地上，则地湿如膏，苍蝇又来缘颈附鼻，驱之不去。正莫可如何，忽然大黑车轴，疾澍澎湃之声，如数百万金鼓。檐溜浩于瀑布。身汗顿收，地燥如扫，苍蝇尽去，饭便得吃。不亦快哉！

其一：十年别友，抵暮忽至。开门一揖毕，不及问其船来陆来，并不及命其坐床坐榻，便自疾趋入内，卑辞叩内子：“君岂有斗酒，如东坡妇乎?”内子欣然拔金簪相付。计之可作三日供也。不亦快哉！

其一：空斋独坐，正思夜来床头鼠耗可恼，不知其戛戛者是损我何器，嗤嗤者是裂我何书。中心回惑，其理莫措，忽见一狻猫，注目摇尾，似有所睹。静声屏息，少复待之，则疾趋如风，致然一声。而此物竟去矣。不亦快哉！

其一：于书斋前，拔去垂丝海棠紫荆等树，多种芭蕉一二十本。不亦快哉！

其一：春夜与诸豪士快饮，至半醉，住本难住，进则难进。旁一解意童子，忽送大纸炮可十余枚，便自起身出席，取火放之。硫黄之香，自鼻入脑，通身怡然。不亦快哉！

其一：街行见两措大执争一理，既皆目裂颈赤，如不戴天，而又高拱手，低曲腰，满口仍用“者也之乎”等字。其语刺刺，势将连年不休。忽有壮夫掉臂行来，振威从中一喝而解。不亦快哉！

其一：子弟背诵书烂熟，如瓶中泻水。不亦快哉！

其一：饭后无事，入市闲行，见有小物，戏复买之，买亦已成矣，所差者甚少，而市儿苦争，必不相饶，便掏袖下一件，其轻重与前直相上下者，掷而与之。市儿改笑容，拱手连称不敢。不亦快哉！

其一：饭后无事，翻倒敝箧。则见新旧逋欠文契不下数十百通，其人或存或亡，总之无有还理。背人取火拉杂烧净，仰看高天，萧然无云。不亦快哉！

其一：夏月科头赤足，自持凉伞遮日，看壮夫唱吴歌，踏桔槔。水一时奔涌而上，譬如翻银滚雪。不亦快哉！

其一：春眠初觉，似闻家人叹息之声，言某人夜来已死。急呼而讯之，正是一城中第一绝有心计人。不亦快哉！

其一：夏月早起，看人于松棚下，锯大竹作筒用。不亦快哉！

其一：重阴匝月，如醉如病，朝眠不起，忽闻众鸟毕作弄晴之声，急引手搴帷，推窗视之，日光晶荧，林木如洗。不亦快哉！

其一：夜来似闻某人素心，明日试往看之。入其门，窥其闺，见所谓某人，方据案面南看一文书。顾客入来，默然一揖。便拉袖命坐，曰："君既来，可亦试看此书。"相与欢笑，日影尽去。既已自饥，徐问客曰："君亦饥耶？"不亦快哉！

其一：本不欲造屋，偶得闲钱，试造一屋。自此日为始，需木，需石，需瓦，需砖，需灰，需钉，无晨无夕，不来聒于两耳。乃至罗雀掘鼠，无非为屋校计，而又都不得屋住，既已安之如命矣。忽然一日屋竟落成。刷墙扫地，糊窗挂画。一切匠作出门毕去，同人乃来分榻列坐。不亦快哉！

其一：冬夜饮酒，转复寒甚，推窗试看，雪大如手，已积三四寸矣。不亦快哉！

其一：夏日于朱红盘中，自拔快刀，切绿沉西瓜。不亦快哉！

其一：久欲为比丘，苦不得公然吃肉。若许为比丘，又得公然吃肉，则夏月以热汤快刀，净割头发。不亦快哉！

其一：存得三四癞疮于私处，时呼热汤关门澡之。不亦快哉！

其一：箧中无意忽检得故人手迹。不亦快哉！

其一：寒士来借银，谓不可启齿，于是唯唯亦说他事。我窥见其苦意，拉向无人处，问所需多少。急趋入内，如数给与，然后问其必当速归料理是事耶？为尚得少留共饮酒耶？不亦快哉！

其一：坐小船，遇利风，苦不得张帆，一快其心。忽逢舟艑舸，疾行如风。试伸挽钩，聊复挽之。不意挽之便着，因取缆，缆向其尾，口中高吟老杜"青惜峰峦过，黄知橘柚来"之句，极大笑乐。不亦快哉！

其一：久欲觅别居与友人共住，而苦无善地。忽一人传来云有屋不多，可十余间，而门临大河，嘉树葱然。便与此人共吃饭毕，试走看之，都未知屋如何。入门先见空地一片，大可六七亩许，异日瓜菜不足复虑。不亦快哉！

其一：久客得归，望见郭门，两岸童妇，皆作故乡之声。不亦快哉！

其一：佳磁既损，必无完理。反复多看，徒乱人意。因宣付厨人作杂器充用，永不更令到眼。不亦快哉！

其一：身非圣人，安能无过。夜来不觉私作一事，早起怦怦，实不自安。忽然想到佛家有布萨之法，不自覆藏，便成忏悔，因明对生熟众客，快然自陈其失。不亦快哉！

其一：看人作擘窠大书，不亦快哉！

其一：推纸窗放蜂出去，不亦快哉！

其一：作县官，每日打鼓退堂时，不亦快哉！

其一：看人风筝断，不亦快哉！

其一：看野烧，不亦快哉！

其一：还债毕，不亦快哉！

其一：读《虬髯客传》，不亦快哉！

第十三章　一位英雄的两种写法

——桐城派古文风神管窥[①]

左光斗是明代神宗至熹宗时期著名的政治人物，安徽桐城人，政绩卓著，官至左都御史，负责监察百官。左光斗刚毅忠勇、尽忠职守，长期与各种强权集团作斗争，最后被以魏忠贤为中心的阉党集团陷害下狱，惨遭酷刑至死。后魏忠贤失势伏辜，左光斗的名誉得以平反，南明王朝追谥“忠毅”。

左光斗这样一位可歌可泣的英雄人物，自然会得到世人的景仰和追忆。于是，在左光斗身后，出现了关于他的许多种不同记载。其中最有名的，是他的两位后世同乡的作品：戴名世的《左忠毅公传》和方苞的《左忠毅公逸事》。

一、戴名世《左忠毅公传》（节录）导读

戴名世的《左忠毅公传》一文共计四千余字，详细记载了左光斗一生主要的从政经历和与明末阉党斗争的事迹。《左忠毅公传》非常严格地采用了《史记》的史传体例和写作方法进行撰写，例如在传文一开头便拎出传主最突出的人生业绩和人品特征，将其与杨涟并提，凸显其忠毅之志；在传文中长篇引录传主的文辞，借以展现传主的思想、文采，并帮助叙事的推进；文中叙述熊廷弼败辽东一事，而为后文熊廷弼狱中自辩埋下伏笔；文末丁左光斗死后又倒叙其与弟子史可法若干事迹，以示薪火相传、精神永存；篇末论赞紧扣人物，表达出对失败英雄的无限哀惋……这样的史笔，对《史记》的模仿到了惟妙惟肖的地步，如去除时代背景的因素，可以说即便置之于《史记》之中也未遑多让。

戴名世是清代初期著名的学者和文章家，尤以史才自负，生平的一大愿望就是效仿《史记》为已经灭亡的明王朝撰写一部《明史》。戴名世的《左忠毅公传》在体例和写法上与《史记》传记文保持了高度一致，比后修的《明史·左

---

① 本章内容参考了罗东升著《清文比较评析》，并补充了自己的看法，读者可参阅罗著。罗东升：《清文比较评析》，广州：中山大学出版社 1987 年版。

光斗传》在史笔上胜出许多（详见本章附录），所以将其视之为一篇正史传记文在某种程度上是完全成立的。

由于篇幅的关系，也因为方苞的《左忠毅公逸事》是从戴名世的《左忠毅公传》的相关内容脱胎而来，所以在本章中，我们重点选讲《左忠毅公传》中左光斗与弟子史可法相关的内容。

左忠毅公传（节录）

初，大兴人史可法，幼贫贱，奉其父母居于穷巷。光斗为督学，可法以应童子试见光斗，光斗奇之，曰："子，异人也，他日名位当在吾上。"因召之读书邸第，而时时馈其父母赀用。一日，光斗夜归，风寒雨雪，入可法室，见可法隐几假寐，二童子侍立于旁，光斗解衣覆之勿令觉，其怜爱之如此。及光斗逮系，可法已举于乡矣。可法知事不可为，乃衣青衣携饭一盂，佯为左氏家奴纳橐饘者，赂狱卒而入，见光斗已裂，抱之而泣，乃饭光斗。光斗呼可法而字之曰："道邻，宜厚自爱，异日天下有事，吾望子为国柱石。自吾被祸，门生故吏，逆党日逻而捕之。今子出身犯难，尤殉硁硁之小节，而撄奸人之锋，我死，子必随之，是再戮我。"可法泣且拜，解带束光斗之腰而出。阅数日，光斗死，可法仍赂狱卒，入收其尸，糜烂不可复识。识其带，乃棺而敛之，得以归葬。后可法果以功名显。

很久以前，大兴有个叫史可法的人。他自幼贫贱，在贫民居住的陋巷里侍奉父母。左光斗当时担任督导考试的官员，史可法参加科考的资格考试时去见他。左光斗对史可法大为惊叹，说："你是非同一般的人啊，以后的名声地位一定在我之上。"于是让史可法到自己的府邸住下读书，并时常给他钱财供养父母。有一天，左光斗很晚回家，遇上寒冷的大风雪，进到史可法的房间，看见史可法（因读书累了）靠在书桌上打盹，有两个书童站在旁边。左光斗就将自己的衣服脱下来给史可法轻轻盖上，并不惊醒他，浓浓的师生情谊可见一斑。到后来左光斗被诬下狱，史可法已经考取举人了。史可法知道（因敌对势力强大）自己无力拯救恩师，于是他换上下贱之人穿的衣服，带着一盂饭，假装自己是左家来送衣食的家奴，贿赂了狱卒来到监狱里探望左光斗。他看到左光斗被酷刑折磨得全身开裂，不由得抱起恩师流下眼泪，并拿饭喂给左光斗吃。这时左光斗轻呼史可法的字（古代长辈对晚辈一般称名，称字表示尊重），对他说："道邻（史可法的字）啊，你一定要善自珍重，以后国家发生重大的变故，我希望你能成为国家的中流砥柱。自从我出事以来，逆党每天都在搜罗我以前的学生和部下（打算一网打尽）。现在你以身犯险，曲从于没有意义的小节而撞在坏人的刀口上。我死之后，如果你再跟着不幸遇难，这就等于是将我再杀了一次啊。"史可法听了，只好哭着向左光斗叩拜，解下自己的腰带绑在左光斗的腰上，然后就离开了。过了几天，左光斗死在狱中，史可法再次贿赂狱卒，进入监狱为左光斗收尸。此时左光斗的遗体已经腐烂得无法辨认了，只能认得他腰上的腰带，史可法将他的遗体收回来安葬。后来，史可法果然以显赫的功业名扬天下。

这一段文字是《左忠毅公传》正文的最后一段，是行文至左光斗已经殉难之后补入倒叙的一段文字。在传文的前一部分中，戴名世已经运用了各种史传写作手段，通过记叙左光斗一生的政治事迹，展现出传主不畏强权、忠贞不屈的刚直精神，塑造出一位铁骨铮铮、怒目金刚式的诤臣。而此传特别在最后录入其与弟子史可法的若干事迹，写作上的用意十分明显，即希望通过这一段文字展现左光斗性格中温柔、仁厚的另一面，从而使左光斗的形象更加丰富和富有层次感。

应该说，戴名世的这种写作上的安排是非常成功的。在戴名世的笔下，左光斗与史可法之间的师生情谊透露出一股浓浓的温情。左光斗对史可法的怜爱之情，通过"解衣覆之勿令觉"、"呼可法而字之"这样的细节表现出来，一位关爱后进的长辈也被刻画得宛在目前，与前文所记述的左光斗面对奸佞、内戚、宦官所展现出的忠勇刚直恰好形成鲜明的对比，进而有机地组成了一个丰富完整的人物形象。

二、方苞《左忠毅公逸事》导读

《左忠毅公逸事》是一篇入选过中学语文课本的散文名篇，大家对它耳熟能详，这里我们再次对它进行回顾。

左忠毅公逸事

先君子尝言，乡先辈左忠毅公视学京畿，一日，风雪严寒，从数骑出，微行入古寺。庑下一生伏案卧，文方成草。公阅毕，即解貂覆生，为掩户。叩之寺僧，则史公可法也。及试，吏呼名至史公，公瞿然注视，呈卷，即面署第一。召入，使拜夫人，曰："吾诸儿碌碌，他日继吾志事，惟此生耳。"

及左公下厂狱，史朝夕狱门外。逆阉防伺甚严，虽家仆不得近。久之，闻左公被炮烙，旦夕且死，持五十金，涕泣谋于禁卒，卒感焉。一日，使史更敝衣，草屦，背筐，手长镵，为除不洁者，引入。微指左公处，则席地倚墙而坐，面额焦烂不可辨，左膝以下筋骨尽脱矣。史前跪抱公膝而呜咽。公辨其声，而目不可开，乃奋臂以指拨眦，目光如炬，怒曰："庸奴！此何地也，而汝来前！国家之事糜烂至此，老夫已矣，汝复轻身而昧大义，天下事谁可支拄者？不速去，无俟奸人构陷，吾今即扑杀汝！"因摸地上刑械作投击势。史噤不敢发声，趋而出。后常流涕述其事以语人，曰："吾师肺肝，皆铁石所铸造也。"

崇祯末，流贼张献忠出没蕲、黄、潜、桐间，史公以凤庐道奉檄守御。每有警，辄数月不就寝，使将士更休，而自坐幄幕外。择健卒十人，令二人蹲踞而背倚之，漏鼓移则番代。每寒夜起立，振衣裳，甲上冰霜迸落，铿然有声。或劝以少休，公曰："吾上恐负朝廷，下恐愧吾师也。"史公治兵，往来桐城，必躬造左公第，候太公、太母起居，拜夫人于堂上。

余宗老涂山，左公甥也，与先君子善，谓狱中语乃亲得之于史公云。

已经去世的父亲曾经对我说，我们同乡的前辈左忠毅公当年在京城附近督导考试。有一天，左公在寒冷的大风雪天带着几名随从骑着马微服出巡，来到一间古寺中，发现寺庙的廊屋里有一个书生趴在桌上睡着了，桌上放着书生刚刚草拟好的文章。左公拿起文章来看了一遍，立刻解下自己的貂裘大衣盖在书生身上，并默默地帮他把房门掩上。左公向寺里的僧人问书生的情况，知道他叫史可法。到考试的时候，工作人员点到史可法的名字，左公非常惊喜地看着他。等史可法呈上试卷，就当面审批他为第一名。左公把他叫到家里来，让他拜见左夫人，并对夫人说："我们的几个孩子都很平庸，以后能够继承我的志向和事业的人，只有这个书生了。"

后来左公被诬进了东厂监狱，史可法整天都守候在监狱门外。宦官集团看管得很严，即便是左家的佣人也不能靠近。就这样过了很久，史可法听说左公在狱中遭受了炮烙之刑，很快就要死了，于是他拿着五十两银子，去找狱卒痛哭求情，连狱卒都被他感动了。一天，狱卒让史可法换上破旧的衣服、草鞋，背着背篼，手拿长铲，装作是打扫粪便的人，带他进入监狱，悄悄指示他左公的位置。

史可法看见左公靠在墙边，坐在地上，脸上的肉已经焦烂难以辨认，左腿膝盖以下的筋骨全部脱落。史可法跪在左公面前，抱着左公的膝盖禁不住轻声哭泣。左公依稀听出是他的声音，但眼睛已无法睁开，于是奋力举起胳膊用手指拨开眼眶，目光像火焰一样炽热，愤怒地说："你这个没用的奴才！这是什么地方，你来这里干什么！国家的事情已经腐败到这个程度，我已经完了，连你也不顾大义轻视自己的生命（前来冒险），以后天下兴亡还能指望谁？你要是不速速离开，不用等到奸佞来害你，我现在就杀了你！"说着，用手去地上摸刑具，作出一副要投掷的架势。史可法吓得不敢做声，赶紧小跑着离开。后来他常常流着泪向别人述说这件事，他说："恩师的肝肺，真是铁石铸造出来的。"

崇祯末年，张献忠在蕲春、黄冈、潜山、桐城一带造反，史可法时任凤阳、庐州道员，奉命防守御敌。每次有警报传来，他就几个月不上床睡觉，让士兵轮番休息，而自己坐在帷帐外。他挑选了十名强健的士卒，命令其中二人蹲坐着用背靠着他，过了一更鼓就轮流替换一次。每到寒冷的夜晚站立起来，抖动自己的衣裳，铠甲上的冰霜散落下来，像金属响亮的声音。有人劝他稍微休息一下，他说："我对上怕辜负朝廷的重托，对下怕愧对恩师的栽培呀！"史可法带兵作战，常常经过桐城。他每次都会亲自到左公府上向左太公、左太母问安，并恭敬地在堂上拜见左夫人。

我同族的老长辈涂山是左公的外甥，与我去世的父亲交情很好，他说左公在狱中的那番话是从史公那里亲耳听来的。

方苞的这篇文章，非常突出地体现了他自己提倡的"洁雅"的写作追求。全文五百余字，开合有度，无一赘笔。借用书法理论中的一个说法来评论，可以称之为"疏处可以跑马，密处不使透风"，高度凝练地将左光斗英雄磊落、忠义仁厚的光辉形象展现得淋漓尽致，将散文写作的技法水准推向了一个高峰。

三、《左忠毅公传》（节录）与《左忠毅公逸事》之比较

清代的桐城派古文在中国文学史上具有非常重要的地位，它是中国历史上持续时间最长、影响范围最广的文学流派，有"天下文章其在桐城乎"或"天下文章出桐城"的说法，其影响从清初的康熙时期一直持续到了民国，好像武侠小说里少林、武当的正宗地位。戴名世与方苞同为清代前期桐城人，二人交往甚密。戴名世年长方苞约十五岁，与方苞是亦师亦友的关系。戴名世和方苞都是精

通文史的学者，而尤以文章知名。清代的桐城派古文即将方苞视为开山祖师，与刘大櫆、姚鼐并称“桐城三祖”，而将戴名世视为桐城先导，也有将戴名世与三祖并称为“桐城四祖”的说法。

关于方苞《左忠毅公逸事》与戴名世《左忠毅公传》（本章节录部分）的对比讨论，钱钟书先生在《谈艺录》中早已涉及，并指出二文均是在已有文献的基础上加以发挥，有小说家言的倾向，更进一步指出“小说、剧本固尔，史传中恐亦不乏弄笔狡狯处，名以文章著者为尤甚”，方文胜戴文之处在于“添毫点睛”。

方苞的《左忠毅公逸事》与戴名世的《左忠毅公传》（本章节录部分）在内容上比较接近，但与后者相比，方苞此文首先在体裁上有所不同。《左忠毅公传》是标准的正史史传体裁，而《左忠毅公逸事》属于非正式的传记文，“逸事”这种体裁一般记叙传主鲜为人知的、细节的事迹，并不严格按照传主的生平进行详细的记载，与我们前面讲到过的归有光《先妣事略》那种“事略”体有些接近。其次在篇幅上相差甚远，《左忠毅公逸事》仅五百余字，而《左忠毅公传》有四千多字。最后，更重要的是，方苞的《左忠毅公逸事》与戴名世的《左忠毅公传》中部分文字在内容上虽然非常接近，但展现出的细节却是大相径庭的，这正是这两篇文章引起后世评论家评论兴趣的重要原因。

戴文作于康熙十五年，戴名世时年二十四岁；方文作于方苞四十至五十岁之间。从写作的年龄情况来看，年轻的戴名世有着高超的模仿能力，善于守陈，拟古惟妙惟肖；而中年的方苞在写作上积累了更多的经验，在有选择地继承前人写作方法和蓄意经营安排上都要显得更为老到一些。

但这并不完全意味着方苞的《左忠毅公逸事》就比戴名世的《左忠毅公传》（本章节录部分）更加高明。

要知道，戴名世的《左忠毅公传》是一篇具有整体性的史传。在这篇史传文中，通过记叙左光斗一生主要的经历，勾画出了传主正直、坚贞、热忱的儒者形象。全传以左光斗和门人史可法的交往事迹为结尾，是在左光斗的生命中增添一笔重要的色彩，正是有了这关爱后进、宅心仁厚的一笔，左光斗在传记中的形象才更加饱满起来。钱钟书先生引史可法《忠正集》中记叙自己与左光斗狱中相会，左光斗仅有一语“师见而颦蹙曰：‘尔胡为来哉’”，此语并不激烈，但语气是仁厚慈爱的，正见左光斗对学生的真挚关爱。对比戴名世的叙述“光斗呼可法而字之曰：‘道邻宜厚自爱，异日天下有事，吾望子为国柱石。自吾被祸，门生故吏，逆党日逻而捕之。今子出身犯难，尤狥硁硁之小节，而撄奸人之锋，我死，子必随之，是再戮我’”，虽然大加发挥，人为加长了叙述篇幅，但仍不失仁厚之意，作为史传而言可以说确实是忠实于传主精神风貌的写法，并没有过度发挥。

而方苞的《左忠毅公逸事》本身不是史传体的文章，他选择“逸事”这种非正式的体裁进行写作，就是要力图在极短的篇幅内集中展现左光斗富有层次的精神人格。所以他必须蓄意在有限的篇幅中制造跌宕的叙事，突出强化细节的描写，这就难免使得对传主的叙写在细节方面有失实之处。如左光斗与史可法的知遇变得十分具有戏剧性，凸显出左光斗的博学睿智和心胸宽广，而左光斗在狱中与史可法的相会也平添了光芒万丈的刚毅之气。最具神奇的一笔则是将左光斗的仁厚精神，通过其门人史可法的事迹续写出来。可以说方苞所写的具体事件未必在史学上经得起推敲，但他所刻画的人物品质却相当传神。

打个比方来说，戴名世的《左忠毅公传》好比是一部长达两个小时的左光斗传记电影，其中左光斗和史可法的故事，是电影最后结尾的十分钟，是徐徐落下的帷幕。方苞的《左忠毅公逸事》则好比是一部只有十分钟的人物短片，左光斗和史可法的故事是短片的全部内容，是一个接一个的精彩片段。同样要在规定时间内展现人物的气质风貌，在处理手法上肯定是不一样的。如果我们要详细地了解左光斗生平，《左忠毅公传》肯定能带给我们完备具体的相关信息；如果我们只是要在最短的时间内感受人物的风采，那么《左忠毅公逸事》带给我们的印象和冲击肯定更加集中。

桐城派的文章学理论，在取法对象上近绍归有光，远祧司马迁；而在写作实际当中，像方苞这样在极短的篇幅内展现高超布局、描写等叙事能力的写法，与其说出自于《史记》，不如说直接得力于归有光。《史记》虽然长于叙事和刻画，但往往采用较为舒缓的笔调，在对重大历史背景有比较充分介绍和铺垫的情况下融合人物的描画，在司马迁的传记之中，历史的宏大走向与人物的风云际会是合一的；而像《左忠毅公逸事》以突出人物形象、品质为核心，蓄意经营的布置，细致用意的裁剪，绵密紧凑的刻画则不应该被认为是直接取法于《史记》——在这个方面，戴名世的《左忠毅公传》倒是更加符合《史记》的风貌。我们在前面的章节谈到，归有光是明中期以来最成功地将《史记》的叙事精神引入单篇，尤其是短篇文章写作的文章家，也是方苞最推崇的前代作家。

桐城派古文主要的成就，很客观地说，正是集中在短篇制作的布局和描写上，能够利用有限的篇幅尽可能地含蓄容量、制造波澜，与《史记》传记中的那种从容叙事、娓娓道来的文风实际上存在着高效与古雅之别。桐城派古文发展到末流之所以被人诟病，被蔑称为“桐城谬种”（胡适语），很大原因也正在不明此理，由苦心经营变为刻意卖弄了。

附录

《明史·列传第一百三十二》节选

左光斗，字遗直，桐城人。万历三十五年进士。除中书舍人。选授御史，巡视中城。捕治吏部豪恶吏，获假印七十余，假官一百余人，辇下震悚。

出理屯田，言：“北人不知水利，一年而地荒，二年而民徙，三年而地与民尽矣。今欲使旱不为灾，涝不为害，惟有兴水利一法。”因条上三因十四议：曰因天之时，因地之利，因人之情；曰议浚川，议疏渠，议引流，议设坝，议建闸，议设陂，议相地，议筑塘，议招徕，议择人，议择将，议兵屯，议力田设科，议富民拜爵。其法犁然具备，诏悉允行。水利大兴，北人始知艺稻。邹元标尝曰：“三十年前，都人不知稻草何物，今所在皆稻，种水田利也。”阉人刘朝称东宫令旨，索戚畹废庄。光斗不启封还之，曰：“尺土皆殿下有，今日安敢私受。”阉人愤而去。

光宗崩，李选侍据乾清宫，迫皇长子封皇后。光斗上言：“内廷有乾清宫，犹外廷有皇极殿，惟天子御天得居之，惟皇后配天得共居之。其他妃嫔虽以次进御，不得恒居，非但避嫌，亦以别尊卑也。选侍既非嫡母，又非生母，俨然尊居正宫，而殿下乃退处慈庆，不得守几筵，行大礼，名分谓何？选侍事先皇无脱簪戒旦之德，于殿下无拊摩养育之恩，此其人，岂可以托圣躬者？且殿下春秋十六龄矣，内辅以忠直老成，外辅以公孤卿贰，何虑乏人，尚须乳哺而襁负之哉？况睿哲初开，正宜不见可欲，何必托于妇人女子之手？及今不早断决，将借抚养之名，行专制之实。武氏之祸再见于今，将来有不忍言者。”时选侍欲专大权，廷臣笺奏，令先进乾清，然后进慈庆。得光斗笺，大怒，将加严谴。数遣使宣召光斗，光斗曰：“我天子法官也，非天子召不赴。若辈何为者？”选侍益怒，邀熹宗至乾清议之。熹宗不肯往，使使取其笺视之，心以为善，趣择日移宫，光斗乃免。当是时，宫府危疑，人情危惧，光斗与杨涟协心建议，排阉奴，扶冲主，宸极获正，两人力为多。由是朝野并称为“杨左”。

未几，御史贾继春上书内阁，言帝不当薄待庶母。光斗闻之，即上言：“先帝宴驾，大臣从乾清宫奉皇上出居慈庆宫，臣等以为不宜避选侍。故臣于初二日具《慎守典礼肃清宫禁》一疏，宫中震怒，祸几不测。赖皇上保全，发臣疏于内阁。初五日，阁臣具揭再催，奉旨移宫。至初六日，皇上登极，驾还乾清。宫禁肃然，内外宁谧。夫皇上既当还宫，则选侍之当移，其理明白易晓。惟是移宫以后，自宜存大体，捐小过。若复株连蔓引，使宫闱不安，即于国体有损。乞立诛盗宝宫奴刘逊等，而尽宽其余。”帝乃宣谕百官，备述选侍凌虐圣母诸状。及召见，又言：“朕与选侍有仇。”继春用是得罪去。

时廷臣议改元。或议削泰昌弗纪，或议去万历四十八年，即以今年为泰昌，或议以明年为泰昌，后年为天启。光斗力排其说，请从今年八月以前为万历，以后为泰昌，议遂定。孙如游由中旨入阁，抗疏请斥之。出督畿辅学政，力杜请寄，识鉴如神。

天启初，廷议起用熊廷弼，罪言官魏应嘉等。光斗独抗疏争之，言廷弼才优而量不宏，昔以守辽则有余，今以复辽则不足。已而廷弼竟败。三年秋，疏请召还文震孟、满朝荐、毛士龙、徐大相等，并乞召继春及范济世。济世亦论“移宫”事与光斗异者，疏上不纳。其年擢大理丞，进少卿。

明年二月拜左佥都御史。是时，韩爌、赵南星、高攀龙、杨涟、郑三俊、李邦华、魏大中诸人咸居要地，光斗与相得，务为危言核论，甄别流品，正人咸赖之，而忌者浸不能容。光斗与给事中阮大铖同里，招之入京，会吏科都给事中缺，当迁者，首周士朴，次大铖，次大中。大铖邀中旨，勒士朴不迁，以为己地。赵南星恶之，欲例转大铖，大铖疑光斗发其谋，恨甚。熊明遇、徐良彦皆欲得佥都御史，而南星引光斗为之，两人亦恨光斗。江西人又以他故衔大中，遂共嗾给事中傅櫆劾光斗、大中与汪文言比而为奸。光斗疏辨，且诋櫆结东厂理刑傅继教为昆弟。櫆恚，再疏讦光斗。光斗乞罢，事得解。

杨涟劾魏忠贤，光斗与其谋，又与攀龙共发崔呈秀赃私，忠贤暨其党咸怒。及忠贤逐南星、攀龙、大中，次将及涟、光斗。光斗愤甚，草奏劾忠贤及魏广微三十二斩罪，拟十一月二日上之，先遣妻子南还。忠贤诇知，先二日假会推事与涟俱削籍。群小恨不已，复构文言狱，入光斗名，遣使往逮。父老子弟拥马首号哭，声震原野，缇骑亦为雪涕。至则下诏狱酷讯。许显纯诬以受杨镐、熊廷弼贿，涟等初不承，已而恐以不承为酷刑所毙，冀下法司，得少缓死为后图。诸人俱自诬服，光斗坐赃二万。忠贤乃矫旨，仍令显纯五日一追比，不下法司，诸人始悔失计。容城孙奇逢者，节侠士也，与定兴鹿正以光斗有德于畿辅，倡议醵金，诸生争应之。得金数千，谋代输，缓其狱，而光斗与涟已同日为狱卒所毙，时五年七月二十有六日也，年五十一。

光斗光斗既死，赃犹未竟。忠贤令抚按严追，系其群从十四人。长兄光霁坐累死，母以哭子死。都御史周应秋犹以所司承追不力，疏趣之，由是诸人家族尽破。及忠贤定《三朝要典》，"移宫"一案以涟、光斗为罪魁，议开棺僇尸。有解之者，乃免。忠贤既诛，赠光斗右都御史，录其一子。已，再赠太子少保。福王时，追谥忠毅。

第十四章　“中国文学中最可爱的女子”

——《浮生六记》选讲

推荐阅读：

沈复《浮生六记》

浮生六记卷一·闺房记乐（节选）

……

余幼聘金沙于氏，八龄而夭。娶陈氏。陈名芸，字淑珍，舅氏心余先生女也，生而颖慧，学语时，口授《琵琶行》，即能成诵。四龄失怙，母金氏，弟克昌，家徒壁立。芸既长，娴女红，三口仰其十指供给，克昌从师，修脯无缺。一日，于书簏中得《琵琶行》，挨字而认，始识字。刺绣之暇，渐通吟咏，有“秋侵人影瘦，霜染菊花肥”之句。余年十三，随母归宁，两小无嫌，得见所作，虽叹其才思隽秀，窃恐其福泽不深，然心注不能释，告母曰：“若为儿择妇，非淑姊不娶。”母亦爱其柔和，即脱金约指缔姻焉。此乾隆乙未七月十六日也。

是中冬，值其堂姊出阁，余又随母往。芸与余同齿而长余十月，自幼姊弟相呼，故仍呼之曰淑姊。时但见满室鲜衣，芸独通体素淡，仅新其鞋而已。见其绣制精巧，询为己作，始知其慧心不仅在笔墨也。其形削肩长项，瘦不露骨，眉弯目秀，顾盼神飞，唯两齿微露；似非佳相。一种缠绵之态，令人之意也消。索观诗稿，有仅一联，或三四句，多未成篇者，询其故，笑曰：“无师之作，愿得知己堪师者敲成之耳。”余戏题其签曰“锦囊佳句”。不知夭寿之机此已伏矣。……

至乾隆庚子正月二十二日花烛之夕，见瘦怯身材依然如昔，头巾既揭，相视嫣然。合卺后，并肩夜膳，余暗于案下握其腕，暖尖滑腻，胸中不觉怦怦作跳。……

芸作新妇，初甚缄默，终日无怒容，与之言，微笑而已。事上以敬，处下以和，井井然未尝稍失。每见朝暾上窗，即披衣急起，如有人呼促者然。

……

余性爽直，落拓不羁；芸若腐儒，迂拘多礼。偶为之整袖，必连声道“得罪”；或递巾授扇，必起身来接。余始厌之，曰：“卿欲以礼缚我耶？语曰：‘礼多必诈’。”芸两颊发赤，曰：“恭而有礼，何反言诈？”余曰：“恭敬在心，不在虚文。”芸曰：“至亲莫如父母，可内敬在心而外肆狂放耶？”余曰：“前言戏之耳。”芸曰：“世间反目多由戏起，后勿冤妾，令人郁死！”余乃挽之入怀，抚慰之，始解颜为笑。自此“岂敢”、“得罪”竟成语助词矣。……

是年七夕，芸设香烛瓜果，同拜天孙于我取轩中。余镌“愿生生世世为夫妇”图章二方，余执朱文，芸执白文，以为往来书信之用。是夜月色颇佳，俯视河中，波光如练，轻罗小扇，并坐水窗，仰见飞云过天，变态万状。芸曰：“宇宙之大，同此一月，不知今日世间，亦有如我两人之情兴否？”余曰：“纳凉玩月，到处有之。若品论云霞，或求之幽闺绣闼，慧心默证者固亦不少。若夫妇同观，所品论着恐不在此云霞耳。”未几，烛烬月沉，撤果归卧。

……

离余家中里许，醋库巷有洞庭君祠，俗呼水仙庙。回廊曲折，小有园亭．每逢神诞，众姓各认一落，密悬一式之玻璃灯，中设宝座，旁列瓶几，插花陈设，以较胜负。日惟演戏，夜则参差高下，插烛于瓶花间，名曰“花照”。花光好影，宝鼎香浮，若龙宫夜宴。司事者或笙箫歌唱，或煮茗清谈，观者如蚁集，檐下皆设栏为限。余为众友邀去插花布置，因得躬逢其盛。归家向芸艳称之，芸曰：“惜妾非男子，不能往。”余曰：“冠我冠，衣我衣，亦化女为男之法也。”于是易鬓为辫，添扫蛾眉；加余冠，微露两鬓，尚可掩饰；服余衣，长一寸又半；于腰间折而缝之，外加马褂。芸曰：“脚下将奈何？”余曰：“坊间有蝴蝶履，大小由之，购亦极易，且早晚可代撒鞋之用，不亦善乎？”芸欣然。及晚餐后，装束既毕，效男子拱手阔步者良久，忽变卦曰：“妾不去矣，为人识出既不便，堂上闻之又不可。”余怂恿曰：“庙中司事者谁不知我，即识出亦不过付之一笑耳。吾母现在九妹丈家，密去密来，焉得知之。”芸揽镜自照，狂笑不已。余强挽之，悄然径去，遍游庙中，无识出为女子者。或问何人，以表弟对，拱手而已。最后至一处，有少妇幼女坐于所设宝座后，乃杨姓司事者之眷属也。芸忽趋彼通款曲，身一侧，而不觉一按少妇之肩，旁有婢媪怒而起曰：“何物狂生，不法乃尔！”余试为措词掩饰，芸见势恶，即脱帽翘足示之曰：“我亦女子耳。”相与愕然，转怒为欢，留茶点，唤肩舆送归。

……

《浮生六记》是清代文人沈复的自传回忆录，被今人视为清代小品文的一种代表，亦被称为“忆语体”散文。《浮生六记》题为六记，现存四记：《闺房记乐》、《闲情记趣》、《坎坷记愁》、《浪游记快》，即存前四卷。

沈复是清代乾隆、嘉庆年间的下层文人，出生于幕僚家庭，接受过良好的文化教育，但没有参加科考做官，主要以卖画和经商为生。沈复在当时并不算有名，故而生平情况并不十分清晰。他的存世作品不多，在今天主要以《浮生六记》闻名。

《浮生六记》被称为古代散文当然是没有问题的，它是写于清代中期的文言散文作品。但它的语言主要是接近白话的浅白文言，整体结构也比较松散随意，缺少古典散文那种谋篇布局的章法。所以从散文的角度来看，它的写法倒和现代人比较接近，这也许是《浮生六记》及类似的“忆语体”散文在民国时期受到热烈欢迎的重要原因之一。

《浮生六记》的整体内容，是沈复对自己一生经历的回忆，其中最精彩、最受读者欢迎的部分，是他对亡妻陈芸的追忆。散文家林语堂曾将《浮生六记》翻译成英文，并盛赞陈芸是“中国文学中最可爱的女子”。这个评价不可谓不高，而且在读者中长期引起强烈共鸣。可以说历来的读者读《浮生六记》，主要就是读陈芸。

那么这位陈芸究竟有什么样的魅力令她的夫君沈复以及历来读者所倾倒呢？我们一起从原著中体会一下。

一、纤弱缠绵的女性之美

……

余幼聘金沙于氏，八龄而夭。娶陈氏。陈名芸，字淑珍，舅氏心余先生女也，生而颖慧，学语时，口授《琵琶行》，即能成诵。四龄失怙，母金氏，弟克昌，家徒壁立。芸既长，娴女红，三口仰其十指供给，克昌从师，修脯无缺。一日，于书簏中得《琵琶行》，挨字而认，始识字。刺绣之暇，渐通吟咏，有“秋侵人影瘦，霜染菊花肥”之句。余年十三，随母归宁，两小无嫌，得见所作，虽叹其才思隽秀，窃恐其福泽不深，然心注不能释，告母曰：“若为儿择妇，非淑姊不娶。”母亦爱其柔和，即脱金约指缔姻焉。此乾隆乙未七月十六日也。

是中冬，值其堂姊出阁，余又随母往。芸与余同齿而长余十月，自幼姊弟相呼，故仍呼之曰淑姊。时但见满室鲜衣，芸独通体素淡，仅新其鞋而已。见其绣制精巧，询为己作，始知其慧心不仅在笔墨也。其形削肩长项，瘦不露骨，眉弯目秀，顾盼神飞，唯两齿微露；似非佳相。一种缠绵之态，令人之意也消。索观诗稿，有仅一联，或三四句，多未成篇者，询其故，笑曰：“无师之作，愿得知己堪师者敲成之耳。”余戏题其签曰“锦囊佳句”。不知夭寿之机此已伏矣。……

至乾隆庚子正月二十二日花烛之夕，见瘦怯身材依然如昔，头巾既揭，相视嫣然。合卺后，并肩夜膳，余暗于案下握其腕，暖尖滑腻，胸中不觉怦怦作跳。……

我年幼的时候和金沙于姓的小姐定了亲，但她八岁就夭折了。后来又聘娶陈家的小姐。陈小姐名芸，字淑珍，是我舅舅心余先生的女儿。陈芸生下来就很聪明，学说话的时候，教她读《琵琶行》，即刻就能背诵。陈芸四岁时父亲去世，只留下母亲金氏、弟弟克昌和一个贫穷的家庭。陈芸长大后，对于针线活儿非常娴熟，一家三口的生活开销都要依靠她做针织来供给。弟弟克昌读书，学费从来不缺。一天，陈芸在书箱中发现了《琵琶行》，（因为会背诵）逐个字逐个字地去认字，这时才开始识字。她在做针织的闲暇，慢慢学会了作诗，写出过“秋侵人影瘦，霜染菊花肥”这样的好句子。我十三岁那年随母亲回娘家探亲，和陈芸很亲密，看见她写的诗句，虽然赞叹她文才出众，但暗自担心（她的诗句显示出）薄福的命运。尽管如此，我心中喜欢她不能释怀，对母亲说：“您要是为儿子定亲的话，我非淑珍姐姐不娶。”母亲也喜欢她性格柔和，当即脱下金指环作为婚聘。这是乾隆乙未年七月十六日的事情了。

当年冬天的第二个月，正好遇上陈芸的堂姐出嫁，我又和母亲回娘家。陈芸和我同岁而比我大十个月，从小以姐弟相称，所以（虽然定了亲）仍然叫她淑姐。当时看见房间里到处都是艳丽光鲜的衣服，但陈芸全身穿着素淡的衣服，只有鞋子是新的。我看她的鞋绣得精巧，一问才知是她自己做的，这时我才知道她的巧手慧心不仅仅体现在诗文上。陈芸的身材肩膀窄、脖子长，瘦而不露骨，眉毛弯弯，眼睛秀丽，左右顾盼时神采飞扬，只有两只牙齿微微露出，看似不是好相貌，但她有一种缠绵之美，让人在她身边很能放下心来。我索要她的诗稿来读，发现往往只有一联，或者三四句，多数诗稿都没有终篇。我问她为何如此，她笑着回答说："都是些没有老师教授的作品，希望能得到懂我并且能担任老师的人帮我推敲成篇。"我开玩笑地在她的诗稿上题签为"锦囊佳句"。没有料到埋下了陈芸早亡的兆头。（笔者注："锦囊佳句"的典故出自唐代诗人李贺。李贺为人挚爱写诗，每天骑着驴，带着破锦囊外出，想到好句子就立刻记录下来放在锦囊里。李贺的诗歌成就虽高，但寿命不长，只活了二十多岁，相传是因过分呕心沥血写诗导致的。）……

到乾隆庚子年正月二十二日我们成婚的那一天晚上，我见她瘦削羞怯的身材一如往昔，揭开红盖头，见到她娇媚的笑容。喝过交杯酒后，我们一起坐着吃夜宵，我偷偷在桌下握住她的手腕，感觉到温暖、光滑而细腻，心里不由得怦怦作跳。

以上是《浮生六记》第一卷"闺房记乐"比较前面的部分，记述了陈芸的身世，以及沈复对陈芸的初识印象。

在以上篇幅不长的文字中，陈芸的完美形象已经在沈复的笔下有呼之欲出之感。这种完美的审美感首先就体现在陈芸的身上处处有缺失。这看起来似乎是一种自相矛盾的说法，却是真实的中国式审美。

陈芸的父亲是沈复的舅舅，沈、陈二人是表亲，这在中国传统社会里是非常匹配、理想的姻亲组合。然而陈芸的父亲早逝，沈、陈二人的婚事实际上由沈家来主导，陈芸在婚姻上天然处于一种弱势、无可选择的地位。

陈芸天赋聪颖，有才女的潜质，但偏偏因为父亲的早逝，要过早负担起家庭的重担，以致无法接受良好的文化教育。尽管她努力学习诗文，也偶有佳句，但始终因为受教育上的不足而不能独立完成作品。沈复在这个方面具有天然的优势，《浮生六记》之中，另有记述陈芸向沈复请教诗文的段落，由此他可以在陈芸面前扮演文化导师的角色。

陈芸的身材瘦削，这在中国传统知识阶层的眼中，几乎可以成为"性感"的代名词。沈复在新婚之夜"见瘦怯身材依然如昔"，表明他对陈芸幼时纤弱的身材印象深刻并且十分怀念，令他“胸中不觉怦怦作跳”。我们今天一说起“性感”二字，马上想起的是各种影视、平面照片上刻意营造的那种丰乳肥臀的形象。但自明清以来，中国传统知识阶层对女性的审美是以瘦弱为美的，最极端的代表是缠足的兴起，要把女孩子的脚裹到变态地小才觉得好看——我曾开玩笑说，我们常嘲笑古人给女子缠足，而今天却有很多摩登女郎跑去隆胸，我真是看不出比古人高明在哪里。再比如说，我们去看明清的仕女图，画家笔下的女性形象大都是腰肢纤弱、眉眼细长的。小说《红楼梦》里写了很多女性，各有各的美貌，但在外貌上最打动作者和读者的恐怕还是病秧子林黛玉：

两弯似蹙非蹙罥烟眉，一双似泣非泣含露目。态生两靥之愁，娇袭一身之病。泪光点点，娇喘微微。闲静似娇花照水，行动如弱柳扶风。心较比干多一窍，病如西子胜三分。（《红楼梦·第三回：贾雨村夤缘复旧职　林黛玉抛父进京都》）

沈复对陈芸的外貌是非常满意的。尽管陈芸有牙齿微露的相貌上的缺憾，但沈复认为陈芸身上有“一种缠绵之态”，这种所谓的缠绵之态，正是中国传统审美之下女性的纤弱之美。

除此之外，陈芸身上还有一种与众不同的素雅品位，“时但见满室鲜衣，芸独通体素淡”。尽管陈芸的素雅也许和不富裕的家庭经济条件有关，但这与中国传统的文化审美再一次不谋而合。所以深具传统文人气质的沈复不仅在外貌上被陈芸深深吸引，对于她的气质也是十分欣赏。

陈芸的家庭出身、生活经历、文化素养、外貌气质的各方面条件，都体现着或多或少的缺失，而十分巧合的是，这些我们今天看起来可以被称为缺失的成分，却样样符合中国传统文化对女性的审美。简而言之，陈芸身上散发着一种纤弱的女性美，这是她初步打动沈复以及后世读者的首要因素。

二、温柔敦厚与忠贞不渝

芸作新妇，初甚缄默，终日无怒容，与之言，微笑而已。事上以敬，处下以和，井井然未尝稍失。每见朝暾上窗，即披衣急起，如有人呼促者然。

……

余性爽直，落拓不羁；芸若腐儒，迂拘多礼。偶为之整袖，必连声道“得罪”；或递巾授扇，必起身来接。余始厌之，曰：“卿欲以礼缚我耶？语曰：‘礼多必诈’。”芸两颊发赤，曰：“恭而有礼，何反言诈？”余曰：“恭敬在心，不在虚文。”芸曰：“至亲莫如父母，可内敬在心而外肆狂放耶？”余曰：“前言戏之耳。”芸曰：“世间反目多由戏起，后勿冤妾，令人郁死！”余乃挽之入怀，抚慰之，始解颜为笑。自此“岂敢”、“得罪”竟成语助词矣。……

是年七夕，芸设香烛瓜果，同拜天孙于我取轩中。余镌“愿生生世世为夫妇”图章二方，余执朱文，芸执白文，以为往来书信之用。是夜月色颇佳，俯视河中，波光如练，轻罗小扇，并坐水窗，仰见飞云过天，变态万状。芸曰：“宇宙之大，同此一月，不知今日世间，亦有如我两人之情兴否？”余曰：“纳凉玩月，到处有之。若品论云霞，或求之幽闺绣闼，慧心默证者固亦不少。若夫妇同观，所品论着恐不在此云霞耳。”未几，烛烬月沉，撤果归卧。

陈芸刚刚嫁到我家做新媳妇的时候，一开始比较沉默，整天没有不高兴的表情，别人跟她说话，她只是报以微笑。她恭敬地侍奉长辈，对晚辈和下人和和气气，做事情井井有条，从来没有过失。（她）每天一看到早晨的太阳出来，就立刻穿上衣服起床（干活），好像有人在呼喊着督促她。

……

我的性格直爽，行为散漫；（相比起来）陈芸就好像是一个陈腐的儒生，迂腐拘谨并且处处有礼。我偶尔帮她整理一下衣袖，她一定会连声说：“得罪。”有时帮她递一下毛巾或是扇子（这样的小东西），她一定会站起身来接。我开始对此有点儿厌恶，说：“您是要用礼教来束缚我吗？俗话说：礼多之人必然狡诈。”陈芸红着脸说：“我努力做到恭敬有礼，怎么反而说我狡诈呢？”我说：“恭敬是放在心里的，不在于这些繁文缛节。”陈芸说：“最亲的人莫过于父母，怎么可以对父母恭敬在心而表现出放肆呢？”我只好说：“我之前的话是开玩笑的。”陈芸说：“世间反目的事情大多是从开玩笑而起，以后千万别冤枉我，让我郁闷而死。”我于是将她搂在怀里，安慰她，她这才慢慢高兴起来。从此以后，“岂敢”、“得罪”这样的词竟成为了我们夫妻之间对话的语助词。……

当年的七夕，陈芸准备了香烛瓜果，和我一起在“我取轩”中拜织女星。我刻了“愿生生世世为夫妇”的印章两枚，我拿朱文章，陈芸拿白文章，以此为书信（落款）之用。那天晚上月色很好，抬头看银河，银河的星光有如白练。我们夫妇穿着轻便的衣服，拿着小扇子，一起坐在水边的窗户旁，抬头看见一片云飞过，变化出各种形态。陈芸说："宇宙如此之大，共享同一个月亮，不知道今天的世间，还有像我们两人一样情深意笃、兴致高雅的人吗？"我说："乘凉赏月的人，到处都有。说到品味云彩霞光（意喻自然美景），藏之深闺的富贵小姐之中能有这样品位的也应该不少。但像我们夫妇这样一起观赏（自然美景），所品味的东西就不是云彩霞光（而是我们夫妇深厚的感情）。"没过多久，香烛烧尽，月色西沉，我们撤了瓜果一同回去休息。

在以上的段落中，沈复展现了陈芸作为人妇无可挑剔的一面。她辛勤劳动，言谈克制，上敬下和。作为已婚妇女，陈芸完全符合中国传统观念当中的好儿媳、好妻子的标准。她的谨慎多礼甚至在一开始引起了丈夫沈复的反感，但竟然被她一番堂堂正正的理论说服。如果说在前一个部分中，陈芸的长相气质近于《红楼梦》里的林黛玉，那么她在家中恪尽妇道、端庄贤淑的表现简直就是活脱脱的薛宝钗，甚至是薛宝钗的加强版——连薛宝钗都不能说服贾宝玉遵守礼法。现代汉语里有一句形容好媳妇的俗语叫"出得厅堂，下得厨房"，意思实际就是又要外表漂亮、举止得体，还要能够勤于操持家务。在沈复的笔下，陈芸完全符合这个"现代标准"。

然而更加可贵的是，陈芸并非是机械地按照标准铸就的标准化产品。陈芸非常适意地成为一个好妻子，她对丈夫、对家庭的完全付出可以说是乐在其中。沈复与陈芸之间情深意笃，充满了浪漫与柔情。沈复制作"愿生生世世为夫妇"的图章两枚，二人各执朱文、白文，这个情景堪称中国传统文学之中最浪漫的片段。夫妻二人对于这样耳鬓厮磨，并且能够一同浸润在高雅文化之中的生活充满了陶醉与自豪。

三、内心活泼与趣味横生

离余家中里许，醋库巷有洞庭君祠，俗呼水仙庙。回廊曲折，小有园亭。每逢神诞，众姓各认一落，密悬一式之玻璃灯，中设宝座，旁列瓶几，插花陈设，以较胜负。日惟演戏，夜则参差高下，插烛于瓶花间，名曰"花照"。花光灯影，宝鼎香浮，若龙宫夜宴。司事者或笙箫歌唱，或煮茗清谈，观者如蚁集，檐下皆设栏为限。余为众友邀去插花布置，因得躬逢其盛。归家向芸艳称之，芸曰：“惜妾非男子，不能往。”余曰：“冠我冠，衣我衣，亦化女为男之法也。”于是易鬓为辫，添扫蛾眉；加余冠，微露两鬓，尚可掩饰；服余衣，长一寸又半；于腰间折而缝之，外加马褂。芸曰：“脚下将奈何?”余曰：“坊间有蝴蝶履，大小由之，购亦极易，且早晚可代撒鞋之用，不亦善乎?”芸欣然。及晚餐后，装束既毕，效男子拱手阔步者良久，忽变卦曰：“妾不去矣，为人识出既不便，堂上闻之又不可。”余怂恿曰：“庙中司事者谁不知我，即识出亦不过付之一笑耳。吾母现在九妹丈家，密去密来，焉得知之。”芸揽镜自照，狂笑不已。余强挽之，悄然径去，遍游庙中，无识出为女子者。或问何人，以表弟对，拱手而已。最后至一处，有少妇幼女坐于所设宝座后，乃杨姓司事者之眷属也。芸忽趋彼通款曲，身一侧，而不觉一按少妇之肩，旁有婢媪怒而起曰：“何物狂生，不法乃尔!”余试为措词掩饰，芸见势恶，即脱帽翘足示之曰：“我亦女子耳。”相与愕然，转怒为欢，留茶点，唤肩舆送归。

离我家大约一里路的醋库巷有一个洞庭君祠，俗称水仙寺。水仙寺里回廊曲折，有座小庭园。每到洞庭君诞辰的节日，人们各自占住（祠堂里的）一个地方，悬挂着一样的玻璃灯，中间设立宝座，旁边陈列着花瓶，插着花摆放在一起，用来比较胜负。那天白天（祠堂里的）只是演戏，晚上就摆着各种各样的器具和鲜花，人们把蜡烛插在花间，称之为“花照”。鲜花与烛光映出美丽的光影，各种华丽的器具耀人眼目，好像龙宫夜宴。组织者有的吹奏乐器唱着歌，有的煮茶清谈，来看的人聚集在一起非常多，屋檐下全部设立了栏杆作为限制。我被朋友们请去做插花布置，所以能够亲自赶上这样的盛况。回家后我对此次活动大加称赞，陈芸说：“可惜我不是男人，不能去看。”我说：“戴上我的帽子，穿上我的衣服，就可以女扮男装（去看活动）了。”于是把陈芸的（女式）发髻改为（男式）辫子，把画眉扫去；戴上我的帽子，微微留出一点靠耳朵的头发，勉强可以掩饰（可能是指女性化的耳朵）；穿上我的衣服，发现长出一寸半，只好从腰间折一下缝起来，外面再加了一件马褂。陈芸问：“脚上穿什么好呢?”我说：“市场上有一种蝴蝶履，可以按大小出售，购买很容易，而且以后可以拿来当拖鞋（笔者注：撒鞋意不明，可能是拖鞋）用，不是很好吗?”陈芸听了很高兴。等到吃完晚饭，陈芸乔装好了之后，学男人拱手阔步走路的样子学了很久，突然变卦说：“我还是不去了，要是被别人认出来就太不好了，婆婆知道了也不好。”我怂恿她说：“那里的组织者谁不认识我？就算是认出你来，也不过一笑置之。我的母亲现在在九姨丈家里，我们悄悄去、悄悄回，她怎么会知道呢。”陈芸拿着镜子看了半天，狂笑不止。我强行挽着她，悄悄地直接走到那里，把祠堂里游玩了个遍，没有人认出她是女人。有人问我她是谁，我说是我的表弟，陈芸就拱拱手（表示礼貌）。到最后一个地方，有少妇幼女坐在她们设立的宝座后面，那是姓杨的组织者的家属。陈芸忽然靠近她去看，身体一侧，不小心（手）按在了少妇的肩膀上，旁边的老婢生气地站起来说：“哪里来的大胆狂徒，竟然没规矩到这个地步！”我尝试帮陈芸措词掩饰，陈芸见情况不妙，立刻脱下帽子、跷起小脚给对方看，说道：“我也是个女人。”对方先是愕然，然后转怒为喜，送了我们一些茶点，并帮我们安排轿子送我们回家。

如果陈芸仅仅是外表漂亮、贤良淑德——这样的标准实际上已经很难达到——那么这个人物在读者的心目中只能说是可亲、可敬，而与“可爱”还隔着一段距离，陈芸这个人物要可爱，必须要有趣味的成分注入，否则就是漂亮的泥菩萨”。

在沈复的笔下，陈芸的内心充满了俏皮活泼。她贪玩、好奇，并且敢于在礼法要求之下偶尔率性而为，乐于品尝打破禁忌带来的欣悦，这就让他们的夫妻生活平添了另外的生趣。除了本节所节录的段落之外，沈复在《浮生六记》还另外记载了一则与陈芸同游太湖而被人误以为狎妓的有趣经历（因篇幅较长没有节录）。我们前面谈到陈芸兼有《红楼梦》里林黛玉的美貌和薛宝钗的贤惠已经殊为难得，更难得的是她竟然还具有史湘云般的活泼、爽朗。身边的伴侣是好情人、好妻子，同时还是可以陪你一起疯、一起玩的好朋友、好哥们，这对于男性来说简直是梦寐以求的事情。

林语堂评价陈芸是“中国文学中最可爱的女子”，在传统的审美眼光、道德观念的维度之中，是完全可以成立的。不仅最可爱，称其最完美也不过分。清末民国有许多中国知识分子，在文化上接受了西风美雨的洗礼，穿西装、讲英文，但掩饰不了也无法改变的是那种中国文人式的审美情趣。这样的审美情趣是否为今天的中国人所认同，或者哪些方面认同，哪些方面不认同，那就是见仁见智的事情了。

通过阅读《浮生六记》，通过了解陈芸，我们可以接触到中国传统社会中完美的女性形象和理想的两性关系，进而窥探到中国传统文化的审美情趣等方面的内容。这个文言难度较低、行文浅白流畅，并且内容颇具趣味的作品，很值得今天的大学生一读。